奠基篇

休闲文化与中国闲适散文

李漫天　著

中南财经政法大学新闻与文化传播学院文澜学术文库

中国社会科学出版社

图书在版编目(CIP)数据

休闲文化与中国闲适散文．奠基篇／李漫天著．—北京：
中国社会科学出版社，2016.7
ISBN 978-7-5161-8737-1

Ⅰ.①休… Ⅱ.①李… Ⅲ.①散文评论—中国—现代
Ⅳ.①I207.65

中国版本图书馆 CIP 数据核字(2016)第 189989 号

出 版 人	赵剑英
责任编辑	陈肖静
责任校对	牛 玺
责任印制	张雪娇

出 版	中国社会科学出版社
社 址	北京鼓楼西大街甲 158 号
邮 编	100720
网 址	http://www.csspw.cn
发 行 部	010-84083685
门 市 部	010-84029450
经 销	新华书店及其他书店

印 刷	北京君升印刷有限公司
装 订	廊坊市广阳区广增装订厂
版 次	2016 年 7 月第 1 版
印 次	2016 年 7 月第 1 次印刷

开 本	880×1230 1/32
印 张	8.875
插 页	2
字 数	228 千字
定 价	38.00 元

目　录

绪论：高速度与慢生活

工业革命将世界变得高速运转。进入电子时代，人们生活在一个更加"快速"的节奏中。"与时间赛跑"、"出名要趁早"、快餐、闪婚、高铁、行军式旅游、一夜暴富……人们如飞速的陀螺一样生活，失去了感受生活的兴趣和能力。捷克作家米兰·昆德拉认为高速是人们出离自身、遗忘自身的方式，当人跑步时，他会时时感到自己的存在，如自己的体重、年纪，但当人把自己交给一辆高速运行的汽车时，他就不再能真切地感受到自身了。

另一方面，人们似乎对快节奏的生活也会心生厌倦，试图过一种无所事事的生活，认为理想的状态就是不工作。对这两种生活观念，米兰·昆德拉感叹道："慢的乐趣怎么失传了呢？啊，古时候闲荡的人到哪儿去啦？民歌小调中的游手好闲的英雄，这些漫游各地磨坊，在露天过夜的流浪汉，都到哪儿去啦？他们随着乡间小道、草原、林间空地和大自然一起消失了吗？捷克有一句谚语用来比喻他们甜蜜的悠闲生活：他们凝望仁慈上帝的窗户。凝望仁慈上帝窗户的人是不会厌倦的；他幸福。在我们的世界里，悠闲蜕化成无所事事，这则是另一码事了。无所事事的人是失落的人，他厌倦，永远在寻找他所缺少的行动。"[①]

我国正处于社会转型的重要关键时期，科技的飞跃发展，经济领域的变革，以及生活方式的变迁和人们思维方式与价值观的

---

① 米兰·昆德拉：《慢》，马振聘译，上海译文出版社 2003 年版，第 3 页。

更新，带来了中国社会前所未有的大变局。在这大变局中，人们的心理状态、精神面貌也出现了一些负面的表现，其中最为突出的就是"焦虑"情绪的流行，我们正处在"焦虑的时代"。

焦虑（anxiety）不同于日常生活所说的焦急、着急、忧虑，后者往往是有具体对象、有时间性的。而作为一种病症的"焦虑"是无时无刻不在、无处不在，又是看不见摸不着，无法解脱的。日常生活中所说的焦急有时是一种警醒的、甚至甜蜜的感受，适当的紧张往往是人行动的准备。而焦虑是负面的情绪。

为了消除焦虑情绪，可以从社会环境入手，如发展经济，提高社会保障水平；建立公平、完善、持续的制度。同时，还应该从"软实力"方面入手，调整生活的节奏，适当地过过"慢生活"。"慢生活"（Slow Life）是西方现代社会针对竞争日趋激烈，生活节奏日益加快，以及焦虑时代的弊端而提出的一种生活观念。慢生活发端于意大利，最初出现在"吃"上，1986年卡罗·佩屈尼（Carlo Petrini）推动了反对麦当劳等世界快餐大户的"慢食运动"（Slow Food Movement）。后来拓展至生活的其他领域和方面。慢生活自20世纪80年代在意大利出现后，便逐渐受到越来越多注重生活质量的人的关注。国内健康专家洪昭光教授认为，慢生活体现在人们生活的方方面面，针对日常生活，他理解的慢生活体现在九个方面，除了慢吃、慢睡眠、慢工作，也包括慢运动、慢读书、慢休闲、慢音乐、慢社交、慢情爱。"慢生活"的"慢"，并不是"速度"上的绝对慢，像蜗牛一样地爬行，慢生活并非散漫和拖沓，而是自然、从容与淡定，是一种自然和谐的心态，一种掌控生活的能力，是相对于当前匆匆忙忙、急功近利的快节奏生活而言的另一种生活方式。慢节奏并不是抵制飞机、"动车"、"高铁"去坐牛车，倡导慢生活并不是要拒绝科技给我们带来的种种方便，而是对无限忙碌、"除了工作还是工作"的单调乏味生活方式的矫正。加拿大记者卡萝·奥诺德

（CarlHonore）说，"慢速哲学可以用一个词来概括，即平衡。如果快得有意义，就快；需要慢，则慢"。美国心理学家米哈伊·奇克森特米哈伊（Mihaly Csikszentmihalyi）1990 年发表了休闲学专著《畅：最佳体验的心理学》（*Flow：The Psy - chology of Optimal Experience*），从心理学的角度对休闲进行研究，他认为，不应用外在的标准界定休闲，休闲是一种有益于个人健康发展的内心体验，不论是在工作中还是在闲暇时刻都能寻求到这种"Flow"的最佳心灵体验。"Flow"被译为"畅"，是一种介乎焦虑感和厌烦感之间的最佳状态，它是指"具有适当的挑战性而能让一个人深深沉浸于其中，以至忘记了时间的流逝，意识不到自己存在的体验"①。

---

① 章海荣、方起东：《休闲学概论》，云南大学出版社 2005 年版，第 157 页。

第一章　休闲与休闲散文

第一节　休闲与休闲学

1. 休闲

汉字"休"甲骨文作 𝍫，像人在树下休息。"休，息止也。从人依木。"（《说文解字》）"休，息也。"（《尔雅·释诂下》）"休，象人息木阴。"（《五经文字》）故"休"又作"庥"。《尔雅·释言》："庥，荫也。"荫（yīn），树荫。《诗经·周南·汉广》："南有乔木，不可休思。"郑玄笺："木以高其枝叶之故，故人不得就而止息也。"

汉字"闲"金文作 𝍫，𝍫（门）后有 𝍫（木）。《说文解字》"闲，阑也，从门中有木。"闲本义指关上门并以木棒支住。疑是古人为了防御野兽或他人的进入而设置的防守设施。故"闲"引申为"防御"。《辞源》："以木拒门也。防御也。""虽收放心，闲之惟艰。"（《书·毕命》）人们防御的不仅是外部的侵扰，还有人自身观念的作祟，故"闲"又可引申为法度、道德等。如《论语·子张》："大德不逾闲"，《汉书·武五子传》："制礼不逾闲"等。《易·家人》云："闲有家。"孔颖达疏："闲邪存其诚者，言防闲邪恶，当自存其诚实也。""治家之道，在初即须严正立法防闲。""闲"在先秦主要防御、规范以及用以防御、规范的事物。

"闲"有时亦可通"闲"。如《诗经·十亩之间》："桑者闲闲兮。"唐陆德明《释文》即引作"闲闲"。又《荀子·王霸篇》："幽闲隐辟。"杨倞注："闲读为闲。"故段玉裁《说文解字注·门部》："闲，古多借为清闲字。""闲，隙也。从门，从月。"（《说文解字》）清代段玉裁注："闲者，门开则中为际，凡罅缝曰闲。""闲"是"间"的古字，作间隙、空隙解。《楚辞·招魂》："像设君室，静闲安些。"王逸注："空宽曰闲。"有隙缝即有空余、空闲，而时间上的空闲即"闲暇"，"暇，闲也。"（《说文解字》）《说文解字》段注云："闲者，稍暇也，故曰闲暇。"金文"闲"作晶或閒，像月印门户，或月光入户。入夜，人们停止劳作而安歇，故"闲"有安闲、安逸义。《集韵·山韵》："闲，安也。"

"休闲"（英文"Leisure"）往往被理解为在闲暇中展开的自由的活动或游乐的心态，是挣脱了外在的必然性对人自身的束缚而获得的一种生活状态。"休闲是从文化环境和物质环境的外在压力中解脱出来的一种相对自由的生活，它使个体能够以自己所喜爱的、本能地感到有价值的方式，在内心之爱的驱动下行动，并为信仰提供一个基础。"①

关于"休闲"我们还存在着种种模糊认识。首先，"休闲"与"闲暇"（free-time）有关，但不同于"闲暇"。"闲暇"是休闲的基础之一，但有了"闲暇"并不一定就能获得"休闲"，有时甚至会"闲愁最苦"。

其次，人们往往将"休闲"视为与"劳动"相对立，这在异化的劳动状况下也许是成立的，但"劳动"与"休闲"都是人类解放自身的方式，两者并非必然对立。

---

① 〔美〕杰弗瑞·戈比：《你生命中的休闲》，云南人民出版社2000年版，第14页。

另外，在消费时代、娱乐化时代，人们往往将"休闲"视为游乐。的确，"'娱乐'（recre‐ation）和'游戏'（play）在休闲研究中是比较重要的概念，是休闲的重要形式之一"①，但休闲与娱乐、游戏、消遣又有分别。据考证，西方最早具有休闲含义的词语是古希腊语 σχολή，相应的拉丁文为 scholē。"school 在中世纪英语中写法为 scole，来源于古英语的 scōl，scōl 来源于拉丁语 schola，意为'致力于学习、讲座、教育的空闲时间'，schola 源于希腊语 schole，意为'学术性讨论、演讲、教育'。"② 我国著名古希腊文学翻译家罗念生等编著的《古希腊语汉语词典》ΣΧΟΛΗ（σχολή）条的解释是："I①空闲的时间，闲暇，悠闲。②（＋属）摆脱出来，停止。③闲散，懒散。II①悠闲的讨论，讲学。②讲学的地方：学园，学校。"③ 德国学者约瑟夫·皮珀认为：休闲"在希腊文里原来叫作 σχολή，拉丁文叫作 schola，在德文中我们最早叫作 Suhule，其意思指的就是'学习和教育的场所'；在古代，称这种场所为'闲暇'，而不是我们今天所说的'学校'"。④ 法国学者罗歇·苏考证后认为："休闲在希腊语中为 Schole，意为休闲和教育，我们看到这两个概念的接近，一些人继续将它们紧密地联系在一起，认为发展娱乐，从中得益，与文化水平的提高相辅相成。休闲的这一精华含义以一定的受教育程度为前提，至今还存在，并将有社会价值的娱乐区

---

① 马惠娣：《人类文化思想史中的休闲——历史·文化·哲学的视角》，《自然辩证法研究》2003 年第 1 期。

② Philip Babcock Cove, *Webster's Third New International Dictionary of the English Language Unabridged*, Merriam‐Webster Inc., Publishers Springfield, Massachusetts, U. S. A. 1993. p. 2103.

③ 罗念生、水建馥编：《古希腊语汉语词典》，商务印书馆 2004 年版，第 864 页。

④ ［德］约瑟夫·皮珀：《闲暇：文化的基础》，刘森尧译，新星出版社 2005 年版，第 6 页。

别于其他娱乐。A—schole 指劳动，奴隶状况。"① 至于古希腊的休闲（σχολή）演化为后来的学校（shool），是因为，"在古希腊，休闲不是单纯的休息、娱乐，更不是无所事事，而是人们对善与幸福的一种追求，休闲的场所是人们学习、讨论、讲座、沉思的场所，这与我们现代意义上的学校极为相似，词义演进也由此而来"②。西方休闲学的开创者亚里士多德将游戏、休息排除在休闲之外，"闲暇时人们应该做些什么？自然不应该是嬉戏，那样的话嬉戏就会成为我们的生活目的。如果不是这样，那么嬉戏就更多的是在辛勤劳作时所需要（因为辛劳之人更需要松弛，嬉戏就是为了放松，而劳作总是伴随着辛苦和紧张），那么我们只能在适当的时候引入嬉戏，作为一剂解除疲劳的良药。它在灵魂中引进的运动是放松，在这种惬意的运动中我们获得了松弛。然而闲暇自身能带来享受、幸福和极度的快活。忙碌之人与此无缘，只有闲暇者才能领受这份快乐"③。"在亚里士多德看来，闲暇是一项十分严肃的、高尚的活动，闲暇并不等同于闲得无聊，甚至不包括恢复精力的游戏与休息，因为游戏与休息最终是为了更好地工作，是一种目的在行动之外的活动。亚里士多德反复强调闲暇本身是目的而不是手段，它是一种目的在自身的活动。"④

休闲不是轻轻松松的休息，也不是无所事事，而是将人从外在的、强制性的劳动下解放出来，实现人的全面发展。美国学者

---

① ［法］罗歇·苏：《休闲》，姜依群译，商务印书馆1996年版，第9页。

② 张永红：《马克思的休闲观及其当代价值》，湖南人民出版社2010年版，第32页。

③ ［古希腊］亚里士多德：《政治学》，颜一等译，中国人民大学出版社2003年版，第269—270页。

④ 张永红：《马克思的休闲观及其当代价值》，湖南人民出版社2010年版，第37页。

约翰·凯利认为：休闲应被理解为一种"成为人"的过程，是一个完成个人与社会发展任务的主要的存在空间，是人的一生中持久的、重要的发展舞台。[①]　"成为人"意味着：摆脱"必需"后的自由，获得人性的本真，在行动中发展共同体，树立完整自我，培养美和爱的能力。

2. 休闲文化与休闲学

（1）休闲文化

休闲作为人们自主选择的社会活动，是基于特定的自然条件，在特定的社会结构中形成的，表现为各种休闲方式。休闲方式的演化体现出人类文明的进程和特定社会、民族性的特性。

从根本的角度看，文化的产生与发展是与休闲密切相关的。瑞典学者皮普尔在《休闲：文化的基础》（1952年）一书中论述了休闲作为文化基础的地位和作用。我国学者赵毅衡也认为，"'休闲文化'似乎是同义反复：文化本身就是空闲的成果。'游戏的人'，产生文化。真正的文化，是'玩'出来的"[②]。

劳动创造一切，这是我们接受的最根本的观念。而休闲往往被视为劳动的对立面。实际上休闲与劳动并非对立关系，亚里士多德认为"休闲高于劳动是劳动要达到的目标"。休闲与劳动一样构成文明的基础，特别是休闲与高级文化形式相联系。赫伊津哈认为，从本质上看，文化和文明是以游戏的形式出现的。"人们认为，那种着意远离'日常'生活的自由活动是'不严肃'的活动；但事实上，它却将游戏者完全吸引进来，使其充分地投入这项活动。这是一项脱离物质诱惑的活动，通过这种活动得不

---

① ［美］约翰·凯利：《走向自由——休闲社会学新论》，赵冉译，云南人民出版社2000年版，第265页。

② 赵毅衡：《人生苦闲》，《书城》2007年第10期。

到任何'利润'。这种活动井然有序地在自己适当的时空域所内进行着。"① 希腊时代早期，发明往往是在游戏中产生的。

在林语堂看来，休闲、闲适不仅仅是个体的一种享受，也是人类文明的条件。

> 文化也者，盖为闲暇之产物，而中国人固富有闲暇，富有三千年长期之闲暇以发展其文化。在此长长三千年中，他们围绕有闲暇时间以清坐而喝香著，悄然冷眼的观察人生；……由于这样的闲谈熟虑，历史的意义乃始见伟大，它被称为人生之'镜台'，它反映出人类生活的经验，俾资现代人民之借鉴，他好像汇萃的川河，不可阻遏，不尽长流。（《吾国与吾民》）

这与马克思对休闲在人类文明进程中的思考是一致的。马克思在论自由时间的作用时曾指出："整个人类的发展，就其超出对人的自然存在直接需要的发展来说，无非是对这种自由时间的运用，并且整个人类发展的前提就是把这种自由时间的运用作为必要的基础。"② 而自由时间正是闲暇的本质。在马克思眼中，"休闲"一是指"用于娱乐和休息的余暇时间"，二是指"发展智力，在精神上掌握自由的时间"。"休闲"就是"非劳动时间"，"不被生产劳动所吸收的时间"。在马克思著作的英文版中，"闲暇"一词为 free‑time，在我国通常译为"自由时间"。值得注意的是，而西方休闲学研究者通常将 free‑time 等同于"休闲"（leisure）。

---

① ［荷］赫伊津哈：《游戏的人：对文化中游戏因素的研究》，Boston：Beacon Press 1955 年版，第 22 页。

② 《马克思恩格斯全集》第 47 卷，人民出版社 1979 年版，第 216 页。

休闲不同于休息，休闲也不同于闲暇，它反映了不同民族、不同时代、不同人群的文化信息。休闲是衡量一个国家文明进程的尺度。对休闲进行文化审视可以拓展人们对休闲的观念。因而，"休闲文化"是休闲研究的必然趋势。我国休闲学者马惠娣认为："休闲文化是将休闲上升到文化的范畴，指人在闲暇时间内，为不断满足人的多方面需要而处于文化创造、文化欣赏、文化建构的一种生命状态和行为方式。它通过人的个体或群体的行为、思维、感情、活动等方式，创造文化氛围、传递文化信息、构筑文化意境，从而达到个体身心全面、完整的发展。休闲的本质主要体现人的一种精神生活。"[①]

（2）休闲学

对休闲文化的研究构成了休闲学。

休闲本是人类自古以来的一种生活方式，也有众多思想家（如亚里士多德、马克思等）对休闲问题予以思考，但将休闲作为科学的研究对象则是近百年的事情。

现代工业革命带来的技术进步将人们从繁重的体力劳动中解放出来，为闲暇时间和休闲生活提供了物质条件。同时，现代社会越来越细的分工，使得人们被切分在更加狭窄的活动空间，带来人精神的紧张，也促使人们产生比以前更迫切的休闲需求。休闲成为人们生活中的重要内容，相应地，休闲研究也走向系统和独立。

休闲学是一门研究休闲活动的学问。1899 年美国社会学家、经济学家维伯伦（Thorstein Veblen）著有《有闲阶级论》一书，被视为最早涉及休闲的专著。1938 年荷兰学者约翰·赫伊津哈（John Huizinga）所著的《游戏的人》（Homo Ludens）继承席勒等人的观念，以"游戏"为切入点阐述了游戏与文化的关系，

---

① 　马惠娣：《文化精神之域的休闲理论初探》，《齐鲁学刊》1998 年第 3 期。

游戏作为文化的本质和意义对现代文明有着重要的价值，指出只有在游戏中人才是最自由、最具有创造力的存在。

西方休闲学起始阶段主要从社会学、经济学等角度研究休闲，20世纪中叶开始对休闲作哲学、文化学、心理学等角度进行理论研究，1952年瑞典哲学家皮普尔著有《休闲：文化的基础》，该书是西方最有影响的休闲学论著，作者强调"休闲和哲学的本质是相同的"，休闲作为文化的基础，具有重要的价值。他认为休闲是一种思想和精神的态度，而不是外部因素作用的结果，也不由空闲时间所决定。拥有这种的态度，人才能保持平和、宁静的状态，"温和的真实存在依赖于休闲"，拥有这种态度才能使自己感到生命的快乐。自20世纪末，西方的休闲研究重心又转向休闲经济上来。2003年英国学者威尔逊出版的《休闲经济学》一书，运用相关的经济学原理和统计学的方法，对休闲行业及其对国家经济的影响进行了深入细致的分析。

西方的休闲学研究有两大中心，一个是美国，一个是欧洲大陆。相比较而言，美国比较重视休闲现象的描述和分析，欧洲重视对休闲进行本体探寻和理论研究。我国著名休闲学家马惠娣介绍说：

> 休闲学在英文中通常由"leisure studies 或 leisure science"来表达，笔者曾就此请教了美国乔治·梅森大学著名休闲学研究教授托马斯·古德尔，问及这两个词的区别是什么？据他介绍，leisure science 或 leisure studies 是休闲学在欧洲和北美两个不同的研究风格。
>
> leisure studies 侧重于理论方面的研究，一般在哲学、社会学、心理学等方面，这一学派起源于欧洲；leisure science 侧重于定量研究，以数理统计模型、统计学、系统方法等研

究方法对休闲现象之间的相互关系为基础加以研究，这一学派主要起源于美国。但是 leisure studies 一般能涵盖 leisure science，而 leisure science 往往不涵盖 leisure studies。近几十年来，这两种研究方法相互借鉴、相互融合。[①]

中国传统文化中不乏休闲思想，特别是魏晋以降士人生活中富含休闲文化，但"休闲学"的产生则是近三十年的事情。经济学家于光远先生在 1983 年首先倡导对"玩"进行研究，认为"玩"是人类最基本的需求。于光远先生 1995 年成立了北京六合休闲文化研究策划中心。1995 年以后，我国逐步增加法定假日，闲暇时间增加，刺激了国人的休闲热情，也引起了学人对休闲问题的广泛思考。

我国的休闲研究主要集中在以下三个方面：

其一，是西方休闲学著作、论文的译介。首先是大型丛书的出版，以 2000 年马惠娣主持翻译"西方休闲研究译丛"为开端。该丛书对美国休闲学研究进行了介绍。

其二，从社会学的角度研究休闲。以于光远、成思危、龚育之、马惠娣等为代表。著作有：于光远先生的《论普遍有闲的社会》（1996 年）、陈鲁直的《民闲论》（2004 年）。此书主要从马克思主义理论的视角研究了"劳"与"闲"的关系，劳与闲在人类社会不同历史阶段的发展演化。强调休闲对人的自由全面发展的重大意义，体现了马克思主义理论对休闲的重视。（于光远、马惠娣《于光远马惠娣十年对话——关于休闲学研究的基本问题》，重庆大学出版社 2008 年版。）

其三，从经济学、产业经济学的角度研究休闲。著作有马惠

---

① 马惠娣：《人类文化思想史中的休闲——历史·文化·哲学的视角》，《自然辩证法研究》2003 年第 1 期。

娣的《走向人文关怀的休闲经济》（中国经济出版社 2004 年版），另外旅游、旅游管理、服务产业的研究者，以各自领域为起点，逐步延伸到休闲。

第四，从哲学的角度研究休闲。如孙承志的《休闲哲学观思辩》（《社会科学家》1999 年第 4 期）、马惠娣《休闲——文化哲学层面的透视》（《自然辩证法研究》2000 年第 1 期）等。特别是从马克思主义和中国传统哲学出发研究休闲问题，产生了一批有影响大成果。如刘晨晔的《休闲：解读马克思思想的一项尝试》（中国社会科学出版社 2006 年版）。

第二节　休闲美学与休闲文学

1. 休闲美学

休闲学作为研究人类休闲活动的学科，起步于社会学、经济学，随后引进了文化学、哲学、心理学等研究视角。而美学视角的引入是休闲学的重大突破。这主要是在两种力量的作用下实现。

其一，休闲学者在研究休闲问题时注意到休闲中的审美因素。美国经济学家凡勃伦在《有闲阶级论》（1899 年）中发现了休闲的"非物质性"和"准艺术性"。荷兰学者约翰·赫伊津哈的《游戏的人》提出"游戏"与文化演进的相关性。美国学者奇克森特·米哈伊的休闲学专著《畅：最佳体验的心理学》（1990 年）从心理学的角度突出休闲的体验特征，这些对中国学者产生较大影响。马惠娣等学者从人文的视角看待休闲，《休闲：人类美丽的精神家园》一书将研究向精神、情感、体悟等方面拓展。

其二，传统的美学家、文学理论家在研究审美活动时对文学艺术的娱乐、休闲性质与功能的观照。康德、席勒提出"游戏说"，席勒在《审美教育书简》中判定"游戏"与"完全意义上的人"的一致性关系。王国维受康德美学的影响，认为文学是游戏的事业，在其《人间嗜好之研究》中提出以"嗜好"医治闲暇带来的痛苦，提倡用文学嗜好取代卑劣的嗜好。叶朗先生指出中国古代文人"多半从审美的角度肯定'忙里偷闲'的意义和价值"。王先霈先生重视中国"以文为戏"的文学观及其在文学中的体现，并从文艺心理学的角度发掘道家"忘"和"适"的意义。20世纪80、90年代闲适散文热也激发了人们对文学与休闲关系的关注。

90年代开始，"休闲与审美"的关系问题引起众多学者的关注，10余年间发表了千余篇相关研究论文，如杜书瀛的《消闲与文化和审美》，罗筠筠的《休闲娱乐与审美文化》、潘立勇的《休闲与审美：自在生命的自由体验》等。

休闲与美学视角的进一步融合催生了中国"休闲美学"。2001年，吕尚彬等在《休闲美学》一书中首次使用了"休闲美学"这一概念，提出了休闲美学研究的对象，规划了休闲美学的基本框架。2008年徐放鸣等《审美文化新视野》一书中以"休闲美"为核心范畴对休闲进行审美文化研究。21世纪以来，对休闲时代美学的任务、休闲美学的可能性及其生成机理、休闲美学的本体和表现形式等问题作了论证。

此阶段还出现了一批以"休闲美学"为理论基点，对中国休闲文化进行论述的文章。主要表现在：

①立足"休闲美学"对思想家、文学家进行重新审视，如对庄子、朱熹、王国维等思想家进行休闲美学的探讨，对苏轼、范成大、李渔等文学家进行休闲美学审视。我们可以称之为"闲人研究"。

②以休闲美学为基点对古代文学作品进行评判，涉及诗、词、小说等文体，如中国台湾学者何函梅对《诗经》休闲思想

的发微，章辉对朱敦儒的词和小说《红楼梦》中的休闲美学的归纳。我们可称之为"闲品研究"。不过，此类研究主要集中在作品呈现的思想内容的分析，对文体形式方面的考察还不够，尤其是对中国古代散文这种闲适文体及其闲适语态关注不够，对园林、建筑等艺术形式中的休闲美学探讨也未充分展开。

③还有一些学者结合现实，以休闲美学为视点对当今休闲生活现象加以考察，如旅游休闲美学、体育休闲美学等，我们可以称之为"应用研究"。

目前我国美学休闲研究大多集中在两个领域：

其一，阐发哲学中的休闲美学思想。包括马克思主义休闲哲学中蕴含的休闲美学思想和中国古代哲学中的休闲美学思想。一些学者从宏观对中国哲学中的休闲美学加以描述，如胡伟希、陈盈盈的专著《追求生命的超越与融通：儒道禅与休闲》、张永红的论文《儒、道、禅闲适思想探微》。有的则对具体人物和学派的休闲思想加以论述，其中庄子最引人注目。

其二，日常休闲生活领域的审美表现。"休闲美学"概念提出时的定位即生活美学、应用美学。基于休闲"日常生活世界"的背景，休闲美学的应用研究是必要的。但美学的核心是艺术，黑格尔的美学即限定在艺术美领域。艺术最能体现美的特性，王国维界定美之性质为"可爱玩而不可利用者"，过分强调日常生活的应用性，会弱化美学休闲的理论品格，尤其是在美学休闲需要理念提升的阶段。

2. 休闲文学

对国内学术界来说，"休闲文学"这一概念，最早是在2000年由魏饴教授提出来的。他说："休闲文学是以写休闲并以供读者休闲为旨趣的一类文学作品。"①

　　休闲文学是以人类的休闲活动为对象或材料，目的在于愉悦身心的文学。"是不是所有以休闲为题材的文学作品都可称为'休闲文学'了，显然不是，我们所理解的'休闲文学'不仅仅是写休闲，还应当是可给读者的休闲带来轻松趣味的，不带有政治目的的；换言之，'休闲文学'应当不去追求主题的重要意义，它更不要求有什么政治功利性，它唯一的目的就是要让读者在繁忙的工作之余'却鞍解甲'，暂时走出喧嚣的尘世，轻松自在地进入实实在在的'休闲'境界。"② 2000 年 4 月 25 日，魏饴在《文艺报》上发表了《悄然勃兴的休闲文学》，引发了学界的争论。"休闲文学"的提出固然有消费时代文化消费的刺激，但休闲不同于消费，更不等于物质享受。持怀疑态度的人往往放大了当下消费中的负面影响，将"休闲文学"仅仅视为一种时尚文化消费。有人主张休闲文学是大众文学的一种方式，实际上，中国古代的休闲文学主要不是大众的，而是文人的。

　　我们认为，休闲文学可以从多个角度来理解，既包括写作材料、内容上的规定，也应考虑写作动机、写作目的、创作过程、文字表达形式。因此，我们认为可以从宽泛的和严格的两个意义上来界定休闲文学。

　　广义上的休闲文学指以休闲生活为题材的文学，包括对休闲现象的描述、休闲心境的表现和休闲观念的评判。

　　狭义的休闲文学则是从写休闲和休闲地写两个方面来规定休闲文学，是写作目的娱乐性、写作方式自由性、文字表达自由性相结合的一种文学形式。在文学历史进程中，往往有过多的外部

---

　　①　魏饴：《论休闲文学》，《常德师范学院学报》（社会科学版）2000 年 1 月第 1 期。

　　②　同上。

因素左右着文学，休闲文学则从外部规定性下解放出来，回归到文学本身。借此，文学成为人的一种休闲方式。

目前我国休闲文学的研究主要集中在现代和当代，特别是消费文化背景下的文学消费。实际上，自有人类的休闲活动起就有以审美的方式对休闲的把握。中国休闲文学最起码在白居易的时代就已经正式出现。只是由于中国"载道"的文学观念过于浓厚，休闲文学往往处于被遮蔽的状态。柳宗元提出："圣人之言，期以明道，学者务求诸道而遗其辞。……道假辞而明，辞假书而传。"①南朝极有文学情趣和文学才华的的萧统虽然爱好陶渊明的作品，但也主要着眼于与其"有助于风教"，对《闲情赋》之类的无补于风教的作品颇有微词，并将其拒之《文选》门外。"中国的旧文学，从古以来，以'文以载道'——以文章来维持道义为目的。文章应当为宣传伦理思想而写的。不载道的文章，不能说是正派的。换言之，中国古人写文章，是以维持世道人心为目的。当然作者想写的东西不一定都是'载道'的东西。可是为了这种传统，想写的都不敢写出来，写出来的不得已而用匿名。"②

第三节　中国休闲散文

1. 休闲散文界说

我们认为，休闲散文可以从如下三个方面来界定：

其一，休闲散文是以休闲问题为对象，以休闲文化为内容的

---

① 徐柏容、郑法清选编：《柳宗元散文选集》，百花文艺出版社 2005 年版，第237 页。

② 冰心：《怎样欣赏中国文学》，载《冰心全集》第 3 卷，海峡文艺出版社1994 年版，第 480 页。

散文。这个意义上的休闲散文相对比较宽泛，一些古代的政论文常常言及休闲问题，论者或者认同休闲、逸乐，或者否定休闲。古代社会生产力低下，人们必须付出艰苦的劳作才能生存；而王公贵族享有财富和闲暇的特权，往往会玩物丧志，甚至带来倾覆、失败。因此，对休闲人们往往持谨慎忧虑的态度。当然，从天地万物的物情和人类的本性出发，人们也期待休闲生活。苏舜钦《答韩持国书》"虽是禽兽，亦安肯舍安逸而就愁苦哉"！

休闲散文主要集中在正面反映闲适生活的散文，尤其是摹写山水之趣的散文。韩愈："故士之行道者"不得于朝，则山林而已矣。山林者，士之所独善自养，而不忧天下者之所能安也。如有忧天下之心，则不能矣。"① 欧阳修也认为，"道之明者，固能达于进退穷通之理。能达于此而无累于心，然后山林泉石可以乐"。② 体现在散文创作上则有"山林之文"与"庙堂之文"两种相对应的散文类型。"江湖之景，天付闲人"③，山林成为中国古代士人最初和最后的安顿之所，山林之文构成中国休闲散文的主体。

当然，这并非说庙堂就没有闲适。欧阳修说，"故穷山水登临之美者，必之乎宽闲之野、寂寞之乡而后得焉；览人物之盛丽，夸都邑之雄富者，必据乎四达之冲、舟车之会而后足焉。盖彼放心于物外，而此娱意于繁华，二者各有适焉"。④ 相对于人类最初的家园，社会关系，尤其是政治关系对人形成的挤压要突

---

① 韩愈：《后二十九日复上书》，载《韩昌黎文集校注》卷3，马其昶校注，马茂元整理，上海古籍出版社1986年版，第163页。

② 欧阳修《答李大临学士书》。

③ 胡仔：《苕溪渔隐丛话》前集卷二十八，人民文学出版社1962年版，第199页。

④ 欧阳修：《有美堂记》，载《欧阳修全集》卷40，中华书局2001年版，第584页。

出一些，社会生活中的闲适主要表现在掌握进退之道上。出处进退为中国古代士人最基本的生存状态和生存策略，进而享其荣，退而遂其乐，道家以"退"为本，儒家亦讲究进退之道。宋代文学家尹洙作《退说》，倡"进退两忘"。

予家洛阳，汝距洛为近。凡过汝而馆昭禅师居者三十年矣。今年贬官汉东，道汝，复馆焉。因言："禅师始见予进于文而已，益进以名，遂以仕。禅师视予之为进久矣。山林乐也，盍退乎以休吾勤。"禅师曰："退与进，均有为也，不若两忘焉。"予悚然愧其说之胜也。然予之所谓退者，岂以进为不偶、退为高耶？直以不才于退适宜耳。乐之不为过也。既而自诋曰：予之不才于退适宜者，非今日始自知也。向天子命之治民，又命之治兵，不于是时自退，今以罪黜，乃曰乐退。退之乐与否，非所得而言也。禅师之说旨哉！于是作退说以自儆。（《河南集》卷三）

尹洙（字师鲁）贬官，欲退乎山林以休勤劳，禅师认为有意于退仍然有些拘束，不若进退两忘。尹洙等人以其得失、忧患、生死不累于心的豁达阐释了中国古代文人进退自如的生活艺术。

其二，休闲散文是以散文创作或散文鉴赏为休闲方式的文学活动。这个层面的休闲主体主要是古代文人。文人在闲暇时光，以散文为媒介来畅情达性。如陶潜《感士不遇赋》：

昔董仲舒作《士不遇赋》，司马子长又为之。余尝以三馀之日，讲习之暇，读其文，慨然惆怅。夫履信思顺，生人之善行，抱朴守静，君子之笃素。自真风告逝，大伪斯兴，闾阎懈廉退之节，市朝驱易进之心。怀正志道之士，或潜玉于当年；洁己清操之人，或没世以徒勤。故夷、皓有"安归"之叹，三闾发"已矣"之哀。悲夫！寓形百年，而瞬息已尽，立行之难，而一城莫赏。此古人所以染翰慷慨，屡伸而不能已者也。夫导达意气，其唯文乎？抚卷踌躇，遂感而赋之。……

陶潜在《感士不遇赋》序言中言及自己以董仲舒和司马迁等人文章来消遣"三馀"之日。《三国志·魏志·王肃传》裴松之注引《魏略·董遇传》云：魏人董遇劳作之余常挟持经书，投闲习读，并教人利用"三余"来读书，所谓"三余"即"冬者岁之余，夜者日之余，阴雨者时之余也"。陶潜不仅作为鉴赏者"消费"前人的文学艺术，而且还以文章写作来度过闲暇时光。借助这种雅致的休闲方式，陶潜上与伯夷、叔齐和商山四皓叹为同调；外不为贫贱所扰，躬耕平畴；内保持本性的纯朴、心灵的平静。与酒肉宴饮相较，文学休闲更能接近心灵的释放和安定。晚唐陆龟蒙乃布衣之士，但他能以文章消解"穷愁"之气，他耕种的水田在一夜暴雨之后淹灌成江，仓无升斗蓄积，乃亲自荷负农具，奋力耕作，自信"岁波虽狂，不能跳吾防、溺吾稼也"。他在《甫里先生传》中云：

> 甫里先生者，不知何许人也。人见其耕于甫里，故云。先生性野逸，无羁检，好读古圣人书。……先生平居以文章自怡，虽幽忧疾痛中，落然无旬日生计，未尝暂辍。点窜涂抹者，纸札相压，投于箱箧中，历年不能净。写一本，或为好事者取去，后于他人家见，亦不复谓己作矣。先生嗜茶荈，置小园于顾渚山下，岁入茶租十许薄为瓯牺之实。自为《品第书》，一篇，继《茶经》、《茶诀》之后。……性不喜与俗人交，虽诣门不得见也。不置车马，不务庆吊。内外姻

党，伏腊丧祭，未尝及时往。或寒暑得中，体佳无事时，则乘小舟，设蓬席，赍一束书茶灶笔床钓具棹船郎而已。所诣小不会意，径还不留，虽水禽戛起山鹿骇走之不若也。人谓之江湖散人，先生乃著《江湖散人传》而歌咏之。由是浑毁誉不能入，利口者亦不复致意。

在这里，散文写作与休闲生活合为一体，平日居家喜欢饮茶，便写成《品第书》，生性闲逸散放，便作《江湖散人传》，并歌咏之。

明末清初文学家周亮工"无聊之极，日惟藉选择尺牍送日"。（《与张瑶星》）尺牍之文大多为休闲小品文，此类文字虽然于国事政事无益，但能显示人的情趣和韵致，凸显人的审美世界，因而在文学领域有不可替代的作用。

当人们逸出政治、伦理等公共生活空间而进入私人生活空间时，文学的娱乐功能渐渐呈现出来，散文不仅能"载道"，也能娱乐和游戏，西汉扬雄的《逐贫赋》就是一篇"以文为戏"的早期代表作，文章宗师韩愈也有"不以文立制，而以文为戏"（裴度《寄李翱书》）的时候，"韩文公著《毛颖传》，好博塞之戏"[1]。

休闲是人的生活需要，在不同的时代有不同的动因和不同的色调。中国古代文人以文为戏，大抵有两种基本情况，一则时运不济，遁迹江湖，以著书自娱；一则生性恬淡，不以势权为乐而以闲适为安，欣然著书。前者多少带有被动的色彩，因而其休闲散文多羼杂幽怨或无奈；后者出自本色，一派悠然。但这两派均"聊自愉悦销暇"。销暇的方式有很多，诗文休闲更能体现休闲的本质，即精神的松弛、愉悦。"以诗为戏，其乐不有过于博弈

---

① 唐·王定保：《唐摭言》卷五《切磋》，中华书局1985年版，第45页。

乎!"(明·梁潜《泊庵集》卷七)

阿根廷作家博尔赫斯说过:"我写作,不是为了名声,也不是为了特定的读者,我写作是为了光阴流逝使我心安。"当代散文作家斯妤在散文《两种生活》中也谈到人们打发闲暇时光的不同方式,对她而言,散文写作就是一种让自己安定下来的生活方式:

> 我的朋友常常批评我"未老先衰"。因为他们对我除了关在书房看书写字外别无所好颇不以为然。我知道他们的意见很对,也全是为我好,可我就是无法改掉这日甚一日的"恶习"。每天吃过早饭,若不能尽快坐到书桌前,心里就会惶惶不安,好像丢了什么重要的东西,误了什么重要的约会似的。我知道潇洒的人士看见我这么说一定要不屑,认为我是"犯酸"。读书也罢,写字也罢,不过一种生存手段罢了,有什么好认真的?奈何人真的是很不相同。明知这种状态在别人眼里是酸腐,是愚蠢,明知读书写作如今既不荣耀,亦非时尚,但它既然出乎本性,发自真情,也就不管它愚蠢不愚蠢,时尚不时尚了。何况在我看来,生活不仅仅是动的,是如火如荼,跌宕起伏,欣欣向荣,波澜壮阔的,它同时也是静的,是静寂凝然中的微波粼粼,滴答流淌。至少它有一部分是需要滴答流淌,凝神静听的。[①]

捷克有一句谚语用来比喻他们甜蜜的悠闲生活:他们凝望仁慈上帝的窗户。中国古代的休闲生活虽然没有上帝用以凝望,但也有凝望的对象——现实世界的事物。

---

① 袁鹰、吴泰昌编:《鲁迅文学奖获奖作品丛书散文卷》,华文出版社1998年版,第615—616页。

其三，休闲散文是以自然为风格特征的散文。这是最严格意义上的休闲散文。休闲散文或"以淳古淡泊之音，写山林闲适之趣"①，或"不为尖新艰险之语，而有从容闲雅之态"②，或者曲意摹写，语丰文繁，或质实朗峻，语简意远……。散文以作者最切己的方式表现自己和世界，其文体之繁复，难以尽言，其风格多样，不可拘束，但有一点是可以确定的，即"自然"。

"自然"即自身的样子、本己的样子，如水铺地，随地赋形，并无常态。不同的流派可找到适合自己的样子，"山林之文，其气枯以槁；台阁之文，其气丽以雄"③；不同的作者可以找到适合自己的样子，王安石取法扬雄，"词简而精"，笔力简峻、硬朗，欧阳修的散文"多得太史公逸调"④，丰腴柔婉，即便是对高若讷这样的"不才谏官"、"君子之贼"，行文之中也有"容与闲易"之态，《与高司谏书》：

> 修顿首再拜，白司谏足下：某年十七时，家随州，见天圣二年进士及第榜，始识足下姓名。是时予年少，未与人结，又居远方，但闻今宋舍人兄弟，与叶道卿、郑天休数人者，以文学大有名，号称得人。而足下厕其间，独无卓卓可道说者，予固疑足下不知何如人也。
>
> 其后更十一年，予再至京师，足下已为御史里行，然犹未暇一识足下之面。但时时于予友尹师鲁问足下之贤否，而师鲁说足下："正直有学问，君子人也。"予犹疑之。夫正直者，不可屈曲；有学问者，必能辨是非。以不可屈之节，

---

① 王鏊：《震泽长语》卷下，清嘉庆刊本。
② 赵秉文：《竹溪先生文集引》。
③ 宋濂：《汪右丞诗集序》，参见《宋学士文集》銮坡前集卷七，四部丛刊本。
④ 茅坤：《王文公文钞》卷十一。

有能辨是非之明，又为言事之官，而俯仰默默，无异众人，是果贤者耶！此不得使予之不疑也。

自足下为谏官来，始得相识。侃然正色，论前世事，历历可听，褒贬是非，无一谬说。噫！持此辩以示人，孰不爱之？虽予亦疑足下真君子也。

是予自闻足下之名及相识，凡十有四年而三疑之。今者推其实迹而较之，然后决知足下非君子也。

前日范希文贬官后，与足下相见于安道家。足下诋诮希文为人。予始闻之，疑是戏言；及见师鲁，亦说足下深非希文所为，然后其疑遂决。希文平生刚正、好学、通古今，其立朝有本末，天下所共知。今又以言事触宰相得罪。足下既不能为辨其非辜，又畏有识者之责己，遂随而诋之，以为当黜，是可怪也。

夫人之性，刚果懦软，禀之于天，不可勉强。虽圣人亦不以不能责人之必能。今足下家有老母，身惜官位，惧饥寒而顾利禄，不敢一忤宰相以近刑祸，此乃庸人之常情，不过作一不才谏官尔。虽朝廷君子，亦将闵足下之不能，而不责以必能也。今乃不然，反昂然自得，了无愧畏，便毁其贤以为当黜，庶乎饰己不言之过。夫力所不敢为，乃愚者之不逮；以智文其过，此君子之贼也！

且希文果不贤邪？自三四年来，从大理寺丞至前行员外郎，作待制日，日备顾问，今班行中无与比者。是天子骤用不贤之人？夫使天子待不贤以为贤，是聪明有所未尽。足下身为司谏，乃耳目之官，当其骤用时，何不一为天子辨其不贤，反默默无一语；待其自败，然后随而非之。若果贤邪？则今日天子与宰相以忤意逐贤人，足下不得不言。是则足下以希文为贤，亦不免责；以为不贤，亦不免责，大抵罪在默默尔。

散文遵循"自然"，既无文体上的局促，亦无作家自身的勉强，无意于为文，故写作成为一种放松，成为一种休闲。

严格说来，休闲散文不仅在内容、对象上是休闲的，而且在形式和文体风格上也该是休闲的。典型的休闲散文是以"闲人"的姿态，写闲散的生活，且其散文语态散淡平和。历史上主事功的散文大抵语态劲健，表意质实，如陈亮为代表的永康派。而闲适散文大抵语态平和，表意含蓄，"漾洄其气，含茹其意"。清初遗民周容在《复汪苕文书》中曾说：

> 仆自幼好读大家之文，稍长应制科，意欲以幼之所好移诸时艺，然名心互怵，未快也。及天下乱，弃时艺不复事，似可并心于大家之文矣，而初则奔走于患难，继则奔走于饥寒，间偶有述，皆激楚忿懑之余，且护爱而逞恃，慕亢而讳因，以故气满于词，意尽于腕，其怛怛愧悔更甚于足下所云。因念古者大家未尝不身经患难，而发为文章，每能于激楚忿懑之时，漾洄其气而含茹其意者，何也？养以有余，守之至静也。

作为遗民，周容心中难免激楚忿懑，表现在文章上往往"气满而意尽"，他希望能改变这种状况，其方法就是品读休闲散文，"因又念此生若得数年之暇，从容山林间，取诸大家之文，涵茹反复，庶几可以自救其气满而意尽"。

2. 中国古代休闲散文的特点

中国古代休闲文学的研究在诗歌领域起步较早，特别是白居易的"闲适诗"。然而，散文实际上是中国古代休闲文学的主阵地。

　　"散文"一词最早见于宋罗太经《鹤林玉露》引周益公"四六特拘对耳，其立意措词贵浑融有味，与散文同"一语。可见，"散文"主要是与"韵文"、"骈文"相对而提出的。尽管高明的骈文作者也能纵横开阖，浑融有味，但毕竟拘于声、对；散文则完全没有这些约束。散文是一种题材广泛、表达灵活的文学形式。从某种意义上讲，散文是无法定义的。

　　关于散文的类别，我国古代主要着眼于文体类型。中国古代最早的散文集《尚书》按照文体将散文分为典、谟、训、浩、誓、命6种。曹丕的《典论·论文》提到的散文文体有：奏、议、书、论、铭、诔6种。陆机在《文赋》中提到的散文文体有：碑、诔、铭、箴、颂、论、奏、说8种。刘勰在《文心雕龙》中提到的散文文体有颂、赞、祝、盟、铭、箴、诔、碑、哀、吊、杂文、谐、隐、史传、诸子、论、说、诏、策、檄、移、封禅、章、表、奏、启、议、对、书、记等。昭明《文选》将文共分三十七类：赋、诗、骚、七、诏、册、令、教、策、表、上书、启、弹事、笺、奏记、书、檄、对问、设论、辞、序、颂、赞、符命、史论、史述赞、论、连珠、箴、铭、诔、哀、碑文、墓志、行状、吊文、祭文，其中主要属于散文。这种分类固然精细，但失之烦琐。

　　中国现代散文分类大多着眼于表达方式，一般将散文分为记叙类、论说类、抒情类。然而，一篇散文往往会用到多种表达手法，如龚自珍的《病梅馆记》，有叙事，但也有大段的议论。

　　我们从休闲学的视角出发，按照散文写作的目的将散文分为载道散文和休闲散文。由于中国古代有"闲适诗"、"闲适图"，近代有"闲适散文"等名称，为了协调一致，我们也可将"休闲散文"称为"闲适散文"。

　　"闲"即闲散、散淡、安静；"适"本义前往，有舒服、舒适的含义，"适"往往指事物自身的和谐、完满，自适其性（包括人的个体生命的自适，以及万物顺应其本性地存在）。"闲适"：清闲安逸，优游自得。"闲适和散漫都是从俗务中抽身出来的状态，心境却迥异。闲适者回到了自我，在自己的天地里流连徜徉，悠然自得，内心是宁静而澄澈的。散漫者找不到自我，只好依然在外物的世界里东抓西摸，无所适从，内心是烦乱而浑浊的。"①

"闲适"与文学的关联由来有自。白居易将"闲适诗"与"讽喻诗"相对："谓之讽喻诗，兼济之志也。谓之闲适诗，独善之义也。""闲适者，思澹而词迂。"② 白居易将闲适诗理解为退出政治空间的个人生活世界的独善，其基本特征是思想淡泊，文词迂缓。

"闲适散文"指表现休闲意识、休闲思想，具有闲适笔调的散文。广义的闲适散文指反映休闲生活、休闲思想的散文。严格的闲适散文指展示闲适生活，且风格平淡、自然的散文，即"思澹而词迂"的散文。周作人 1921 年提出"美文"的概念："用平淡的谈话，包含深刻的意味"，"美文"可以视为闲适散文的简洁表述。

如果说闲适诗只是诗歌的一种风格，那么，闲适应该是散文的全部，从本质上讲，散文原本就是"闲适"的。在文学体裁中，散文可以说就是闲适的文体。可以从以下几个方面说明。

（1）闲散、散淡

"散文"顾名思义，是最"散"的，最休闲的。散文的"散"简单划分可包含两个方面：

其一是"形散"。评论家萧云儒曾提出散文"形散神不散"。

---

① 周国平：《闲适》，《法制资讯》2009 年第 11 期。

② 《白居易全集》，丁如明、聂世美校，上海古籍出版社 1999 年版，第651 页。

"神"不"散"，"'神'不散，中心明确，紧凑集中"①。形"散"是指散文的运笔如风，不拘成法，尤贵清淡自然，平易近人而言。散文可以"形散神不散"，用一根思想的红线串起生活的珍珠。

其二是"神散"。散文不仅可以"形"散，也可以"神散"。很长一段时间，人们将散文变成精致的、人造的假山似的形态，用一根预先设定的明确的思想控制线将一些零散的材料联缀成一篇散文。这样的散文思想明确、主题鲜明，停留在主体的意识层面。然而，真正优秀的散文不须用"一根思想的红线"串起生活的珍珠，而是存在的纯然呈现，特别是以审美为指向的文学散文。散文是人的存在状态的自然呈现，而不仅仅是人的思想、观念的表达。思想、观念是意识层面的，而存在比意识要本源、复杂得多。很长一段时间以来，人们追求所谓思想性、深刻性，殊不知将人变成一种符号，散文也称为符号化的表达形式，散文的韵味渐渐丧失。"有意作诗谢灵运，无心成咏陶渊明"②，优秀的散文往往是无心成咏。"神无方，而易无体"（《周易·系辞上传》），神之所以为"神"就在于它具有超越人的意识的、神妙莫测的属性，而不能局限于"一根思想的红线"。这"一根思想的红线"类似古人所说的"成心"。宋代张载《正蒙·大心篇》以"大心"破"成心"，"成心者，意之谓与！无成心者，时中而已矣"。清人王夫之对此的注释是："中无定在，而随时位之变，皆无过不及之差，意不得而与焉。"③ 真正的散文家并非只盯着思想来写作，而是"任真"，听任世界自然地呈现。真

<hr />

① 萧云儒：《形散神不散》，载《笔谈散文》，百花文艺出版社1980年版，第33页。

② 启功：《启功韵语》，北京师范大学出版社1989年版，第68页。

③ 王夫之：《张子正蒙》，上海古籍出版社2000年版，第146—147页。

正的散文如水流，不仅水面上的浪花是自由的、流动的，其底层
的暗流也是自由流动的，而且正是底层暗流的流动才推动表层的
水花的流动，因此，散文不仅"形"应该散，而且"神"更应
该散。散文理论中流行一时的"形散神不散"，将"形"与
"神"分割开来，将"神"固定化，这势必限制散文的自由。法
国哲学家弗朗索瓦·于连指出："首先要提防的，就是观念
（"意"），因为观念不仅会让人远离事物，而且会让思想变得固
定，变得合理化，同时也就让思想永远变得偏颇，让精神丧失了
不受约束的自由。"① 从古至今，许多优秀的散文正是神散之文，
无所谓主题，更无所谓中心思想。

　　另外，散淡还表现在散文文体的灵活自由和散文在表现手法
上灵活多变。就表现手法而言，或叙事，或描写，或抒情，或议
论，不拘一格。先秦时期，历史散文一般用叙事，诸子散文主要
运用议论。魏晋以降，不同表达手法相互融合，散文趋向将叙
事、议论、抒情、描写多种手法综合加以运用。对此，徐师曾
《文体明辨》视为散文的"变体"，如他认为"记"本当是叙
事，故韩愈的《画记》、柳宗元游记可视为"记"之"正体"，
而韩愈的《燕喜亭记》则穿插议论于"记"中，至于柳宗元的
《永州韦使君新堂记》、《永州铁炉步志》则议论多矣。"欧苏而
后，有专以议论为记者。"

　　（2）随便、随意

　　相对于其他文体，散文是最随意、自由的一种文体。诗歌往
往有声律韵脚等形式要求，不易达意，古人往往借散文来表达。
如冒襄在爱人董小宛亡故后，选择用忆语散文的形式来记述自己
与董小宛之间的往事。"业为《哀辞》数千言哭之，格于声韵不

━━━━━━━━━━

　　① 　弗朗索瓦·于连：《圣人无意——或哲学的他者》，商务印书馆 2004 年版，
第 3 页。

尽悉，复约略纪其概。"① 现代散文是在英国随笔（Essay）的影响下起步的，"随便"地写，如家常絮语般地书写。胡适在《五十年来之中国文学》（1923 年）一文中对散文的艺术特征也有过片断的描述："（小品散文）用平淡的谈话，包藏着深刻的意味。"是否一定要包含"深刻的意味"，倒不一定，"包藏着深刻意味"的散文并非通则，但是，"平常的谈话"却是散文最普遍的特点。朱自清认为，散文的"选材与表现，比较可随便些"，类似"闲话"。我们可以引用鲁迅翻译的厨川白村的著作《出了象牙之塔》对随笔的感受来理解散文这种"美文"的闲适风格："如果是冬天，便坐在暖炉旁边的安乐椅上，倘在夏天，便披浴衣，啜（chuo）苦茗，随随便便，和好友任心闲话，将这些话照样地移在纸上的东西，就是 essay。"这种"闲话风"的散文观念构成中国现代散文观念中审美属性的主要内容。洛夫在他的散文集《一朵午荷》的序言中引用了休斯敦·彼得逊的话："散文的含意应该说它是一篇短文，少则一页，多则二三十页。上天入地，几乎无所不谈。所采取的是一种现身说法、随随便便、毫不铺张的方式。一篇散文要有发人深省的力量，但态度上不能道貌岸然；它所涉及的问题，刚刚达到哲学的边缘，却又毫无系统。它必须是散漫中的统一。"②

（3）自我的本色

周作人认为散文是"即兴的文学"，真实简明，"言他人之志即是载道，载自己的道亦是言志"。传达自己的心中情思是散文的灵魂，散文不是"言他人之志"的，而是"载自己的道"。20 世纪 60 年代前后杨朔、刘白羽等人的抒"大我"、抒"国

① 冒襄：《影梅庵忆语》，载涂元济注释《闺中忆语》，上海文艺出版社 2006 年版，第 13 页。

② 转引自洛夫《闲话散文》，《散文》1994 年第 4 期。

家"、"集体"之情，固然是散文的一种形式，但散文也可以很"自我"，而且它最擅长的题材和领域是"小我"。散文虽有对社会生活的描写，但它是"以个人的眼光与个人的兴趣为出发点的"①。"散文写作是主体最大限度地扬弃共性化的东西向个性化的自我复归，是尽可能地遏制了某种社会性的投射之后对自己私人经验的挖掘、寻觅和占有，是现实化人生向审美化人生的一种过渡。"② 厨川白村的《出了象牙之塔》指出："在 essay，比什么都紧要的要件，就是作者将自己的个人底人格的色彩，浓厚地表现出来。"

中国古代虽然也有"载道"的严肃的散文，但影响最深远的还是"言志"的、清新的、"抒写性灵"的散文。同样，中国现代有鲁迅杂文那样的剑拔弩张，1933 年鲁迅发表了《小品文的危机》一文，认为中国的散文小品在五四时期取得了成功，但沦为"小摆设"的地位，如果这样下去，可能麻醉了读者，不利于"挣扎和战斗"。他认为，散文小品有死的和活的之分，活的能够使人生存的散文小品应该是"匕首和投枪"。鲁迅提出的"生路"是借匕首和投枪杀出来。但是，当时北平、天津的许多作家则以温柔和闲适对待人生。所以在讽刺、说理之外不乏周作人式的闲适散文。散文的风格是冲淡闲逸，随着"革命"的时代的结束，国家的富裕强大，"风沙扑面，狼虎成群"的年代已成过往，闲适的散文将更加显示出它的合理性。

3. 中国古代休闲散文历史线索

中国休闲散文的源头可以一直追溯到散文发生的时候。早在

---

① 胡梦华：《絮语散文》，参见俞元桂主编《中国现代散文理论》，广西人民出版社 1984 年版，第 16 页。

② 李继峰：《闲适派散文的个人笔调与现代散文的文体自觉》，《聊城师范学院学报》（哲学社会科学版）1999 年第 2 期。

甲骨卜辞种就有关于当时王侯休闲生活的记录。商代甲骨文中占卜田猎的卜辞，占全部甲骨文相当大的比例。据陈炜湛统计，田猎刻辞在甲骨刻辞总数中约占 1/20。① 殷商卜辞虽形制简短，但在其简略性中形成了质朴和意生文外的传统。章学诚云："上古简质，结绳未远，文字肇兴，书取足以达微隐、通形名而已矣。"② 阮元《文言说》亦云："古人无笔砚纸墨之便，往往铸金刻石，始传久远；其着之简册者，亦有漆书刀削之劳，非如今人下笔千言，言事甚易也……是必寡其词，协其音，以文其言。"③

周人固然心怀殷忧，但依然游观不辍。汉末魏晋时期士人的休闲生活孕育了丰富的休闲散文，宋、元、明三朝是中国文学的高峰，也是休闲散文的高峰。现代中国即便"风沙扑面，狼虎成群"，也不乏大量休闲散文出现。从某种意义上讲，中国休闲散文的发展进程从一个侧面反映了中国文学发展的进程。

休闲是一个历史范畴，它在人类的不同历史阶段有着不同的含义和价值。我们可以在中国古代散文中寻见其基本脉络。

休闲是一个复杂的文化现象，它涉及哲学、政治、经济、伦理道德、心理学、美学等方面。我们将散文作为考察休闲问题的基点。

在编写体例上，我们以历史为纵线，选择中国古代历史上不同时期最能反映其时休闲观念的散文加以解说。然而，历史的材料千头万绪，为了厘清休闲的发展脉络，我们引入逻辑的线索，例如我们在思考"大休闲"的时候，将春秋时期的某些反映远古观念的思想提到历史的开端处。理想的叙述方式是将休闲放在

① 陈炜湛：《甲骨文田猎刻辞研究》，广西教育出版社 1995 年版，第 1 页。
② 章学诚：《文史通义》，古籍出版社 1956 年版，第 7 页。
③ 阮元：《揅经室集》，中华书局 1993 年版，第 605 页。

历史和逻辑结合部加以考察。

　　由于篇幅的原因，我们在本书中主要探讨先秦、两汉和魏晋时期的休闲散文。我们认为这也是中国休闲散文的奠基时期，从散文形态上讲，由哲理散文、政论散文渐渐过渡到文学散文。

第二章　天休——大休闲

林语堂曾受美国作家赛珍珠之约，写一本介绍中国的书，这就是《吾国吾民》（1935年），该书在美国受到极大的关注，美国读者最喜爱《吾国吾民》中的《生活的艺术》那一章。赛珍珠的丈夫建议林语堂着重扩展这一章，于是林语堂写出了《生活的艺术》一书。在该书中，林语堂以道家思想为蓝本，把中国人的哲学称为"闲适哲学"，"他一只眼睁着，一只眼闭着，看透了四周发生的一切"。"美国人是闻名的伟大的劳碌者，中国人是闻名的伟大的悠闲者。"书评家（Peter Precott）称："读完这书后，我真想跑到唐人街，一遇见中国人，便向他行个鞠躬礼。"

美国哲学家约翰·凯利（John R. Kelly）指出："中国人对生活与休闲有精深的思想，形成了一个悠久的传统。"[①] 林语堂说："中国人之爱悠闲，有着很多交织着的原因。中国人的性情，是经过了文学的熏陶和哲学的认可的。这种爱悠闲的性情是由于酷爱人生而产生，并受了历代浪漫文学潜流的激荡；最后又由一种人生哲学——大体上可称它为道家哲学——承认它为合理

---

① 约翰·凯利：《走向自由——休闲社会学新论》，赵冉译，云南人民出版社2000年版，第3页。

近情的态度。"①

　　休闲不是简单的休息，也不是劳作的对立面。休闲从本质上讲是人的一种基本存在方式，甚至是天地万物的一种存在方式。从宏观世界来讲，太阳有其"出"，也尤其"入"，海潮有其"升"，也有其"落"，植物有其"荣"也有其"枯"，动物、昆虫有其外出觅食、交配的状态，也有其休息、甚至冬眠的状态。中国古代的休闲首先是在"天人之际"展开的一种和谐的状态，人的休闲与宇宙相交涉，我们称之为"大休闲"。

第一节　大休闲

　　"大休闲"是时下很新潮的一个词语，在当下的"休闲时代"往往指政府层面高度重视，社会公众积极参与，同时涵盖面广泛（既包括生活性休闲也包含产业性休闲）的休闲活动。这种大休闲主要指社会参与度的普遍和数量上的广泛。

　　20世纪周作人也曾提出过大休闲、大闲适的概念。周作人将闲适分作两类：一是小闲适，即在和谐的环境中产生的趣味与自由；一是大闲适，即在不和谐的甚至残酷的环境，依然以一种有趣的态度对待。周作人认为："死是无奈何的，唯其无奈何所以也就不必多自扰扰，只以婉而趣的态度对付之，此所谓闲适亦即是大幽默了也。"如他将"苦茶"作为自己散文的主要符号，有对"苦"的品味、欣赏之意。这种大休闲着眼于对外部世界的超然的态度。吕祖俭、吕乔年辑录《丽泽论说集录》载吕祖谦语："大抵当适意时而悦，与处安平时而悦，皆未足为难。惟当劳苦患难而悦，始见真悦。"（《丽泽论说集录》卷二）

---

　　① 林语堂：《人生不过如此》，载《悠闲生活的崇尚》，陕西师范大学出版社2007年版，第208页。

"大休闲"首先应该是精神世界的超远、从容。子曰："君子坦荡荡，小人长戚戚"（《论语·述而》）。中国古代许多志士仁人不论个人条件、环境如何穷困，都不失其心志的愉悦、畅达，一个心胸阔达的人对外界的纷扰不经为意，面对困厄依然能谈笑风生。春秋时期的贤者颜回深得孔子赞叹，"一箪食，一瓢饮，在陋巷，人不堪其忧，回也不改其乐"（《论语·雍也》）。晋代陶潜"不戚戚于贫贱，不汲汲于富贵"（《咏贫士》）。南宋李光云："处燕闲而心常险者，小人也；身屯否而心常亨者，君子也。"（《读易详说》卷五）常人的喜乐以外物为转移，而真正的闲人超然物外，甚至能苦中作乐，"咏夜檐之寒声，自今言之，但觉其有幽闲自得之趣，殊不见其有所苦也"。（王阳明：《书东斋风雨卷后·癸酉》）王阳明被贬贵州龙场，然而，他"未尝一日之戚戚也"。（王阳明：《瘗旅文》）

人们常常是被一些"苦"的观念所苦，而不能享受生活的乐趣。悲苦的生活观念很多时候是借无病呻吟的文章传染给世人，并成为一种习见的。因此，宋代文豪欧阳修提倡"慎勿作戚戚之文"（《与尹师鲁书》），欧阳修数次被贬，但在贬谪之地滁州，他徜徉山林泉石，"甚乐"，有《醉翁亭记》等山水之乐的文章。

安贫若素，是古代君子的一种内在修养。明代陈白沙云：

　　　　人无气节不可处患难，无涵养不可处患难。如唐柳宗元不足道，韩退之平日以道自尊，潮州之贬，便也撑持不住，如共太颠往来，皆是愁苦无聊，急急地寻得一人来共消遣，此是无涵养。若坡老便自不同，作《示虎儿诗》云："独倚桄榔树，闲挑荜拨根。谋生看拙否，送老此蛮村。"又云"日啖荔枝三百颗，不辞长作岭南人"。此皆是患难奈何不得气象，何其壮哉！若加之涵养，则所见当又别。①

陈白沙以苏轼的诗歌来说明苏子的修养，实际上，在苏子的散文中我们可以举出更多的例子。

清代散文大家汪琬在《跋剑阁图》中论及闲雅、安闲对于人生险境的意义：

> ……及观图中，皆按骑徐行，指顾间颇有闲雅态，若不知阁道，若不知阁道之险者，真能品。予因思士大夫处崎岖崄巇之场，率当安闲如此，然后可济于难。若轻薄躁妄，未有不失身坠者。夫岂徒度阁道然哉！同年子吴天章出此图示予，因附识此语于后。

至此，我们也许会提出一个问题，面对世人唯恐避之不及的人生遭际，为何古代之圣贤君子能安之若泰？

我们认为这既与古代君子的人格涵养相关，也与中国古代对绝对超越者的认同相关。所谓绝对的超越者指"天"。中国古代文化将与"天"和合视为最高智慧，而这最高智慧的承担者即"圣人"。在儒家的人格结构体系中有庸人、士人、君子、贤人、圣人五等，"圣人"是最高尚的，也是最遵循"天道"的。《大戴礼记·哀公问五仪》载：

> 孔子曰："人有五仪，有庸人、有士人、有君子、有贤人、有圣人，审此五者，则治道毕矣。……所谓圣者，德合于天地，变通无方，穷万事之终始，协庶品之自然，敷其大

---

① 陈献章：《陈献章集》，载《与贺克恭黄门》十则之四，中华书局1987年版，第134页。

道而遂成情性；明并日月，化行若神，下民不知其德，睹者
不识其邻，此谓圣人也。"

此处的"圣人"也就是《周易》中的"大人"。《易传·文
言·干》云："夫'大人'者，与天地合其德，与日月合其明，
与四时合其序，与鬼神合其吉凶，先天而天弗违，后天而奉天
时。天且弗违，而况于人乎，况于鬼神乎。"

与"圣人"相比，"贤人"在修养上便有所欠缺，如孔门弟
子中的颜渊是"贤者"的代表，孔子曾惋惜颜渊早亡，认为其
但只其"进"不知其"止"。明代王肯堂作了如下解说：

> 李廊庵公问余："子谓颜渊云云，如何看？"予曰："惜
> 他尚涉程途，未得到家耳。"公欣然曰："今人以'止'字
> 为上章功亏一篑之止，但知圣贤终身从事于学，而不知自有
> 大休歇之地，则止字不明故也。"[①]

天地有刚健也有阴柔，四时有长进也有含藏，颜渊未能像圣
人、大人那样与四时合其序，与天地合其德。

道家所推崇的"圣人"是体道者，"天地不仁，以万物为刍
狗；圣人不仁，以百姓为刍狗"。（《老子》第五章）天作为超越
者，不以世间的仁慈为仁慈，而是听任万物自己生长。圣人效法
天地，对待百姓不横加干涉。"是以圣人处无为之事，行不言之
教，万物作而弗始，生而弗有，为而弗恃，功成而弗居。"（《道
德经》河上公章句第二章）在庄子心目中，"至人无己，神人无
功，圣人无名"。（《逍遥游》）"古之真人……登高不栗，入水
不濡，入火不热……古之真人，其寝不梦，其觉无忧，其食不

---

① 王肯堂：《郁冈斋笔尘》。

甘，其息深深……古之真人，不知说生，不知恶死；其出不欣，
其入不距；翛然而往，翛然而来而已矣。"（《大宗师》）

《黄帝内经》从养生的角度将人分为真人、至人、圣人和贤
人四种理想人生：

> 黄帝曰：余闻上古有真人者，提挈天地，把握阴阳，呼
> 吸精气，独立守神，肌肉若一，故能寿敝天地，无有终时，
> 此其道生。
>
> 中古之时，有至人者，淳德全道，和于阴阳，调于四
> 时，去世离俗，积精全神，游行天地之间，视听八达之外。
> 此盖益其寿命而强者也，亦归于真人。
>
> 其次有圣人者，处天地之和，从八风之理，适嗜欲于世
> 俗之间，无恚嗔之心，行不欲离于世，被服章，举不欲观于
> 俗，外不劳形于事，内无思想之患，以恬愉为务，以自得为
> 功，形体不敝，精神不散，亦可以百数。
>
> 其次有贤人者，法则天地，象似日月，辨列星辰，逆从
> 阴阳，分别四时，将从上古合同于道，亦可使益寿而有极
> 时。①

无论儒、道或医家，他们所推崇的至圣，均以天、道、自然
为信奉的对象，均强调人对超越者的皈依，而不是强调
"人"——这一有限存在者的"作为"，不是强调"心有所定"。
在对"天"——超越者的皈依、随顺中，"独立守神"、"积精全
神"，超越生死，从而达到"无忧"、"无栗"，实现"以恬愉为
务"。

这种大智慧也许在强调所谓"主体性"的今人看来是"消

---

① 《黄帝内经·素问》卷一。

极"的、落后的，然而，当我们剥除主体的迷妄和自大，会发现古人对"天"等超越者的尊重、皈依，其间蕴含着人类的"大智慧"。这种"大智慧"体现在休闲文化上就是"大休闲"。庄子曾向我们描述了这种大休闲，"禽兽可系羁而游，鸟鹊之巢可攀而窥"（《马蹄》）；"凄然似秋，暖然似春，喜怒通四时，与物有宜而莫知其极"。（《大宗师》）而这种大休闲在哲学上的概括就是"天休"，在政治上体现则为"大同世界"，在日常生活世界中的表现就是"日出而作，日落而息"、"随时宴息"。

第二节　天休、顺天休命

休闲与休息、闲暇相关，但休闲不等于休息、闲暇。

汉字"休"，《说文解字》："休，息止也。从人依木。"《尔雅·释诂下》："休，息也。"其造字着眼于人在紧张的劳作中靠在树旁歇息。甲骨文作 𣪠，像人在树下休息。《五经文字》："休，象人息木阴。"故"休"又作"庥"。《尔雅·释言》："庥，荫也。"荫（yìn），树荫。《诗经·周南·汉广》："南有乔木，不可休思。"郑玄笺："木以高其枝叶之故，故人不得就而止息也。"

中国古代的休闲不仅指人倚木休息，还包括"天休"。

前面我们说过，休闲是人的一种本己的存在方式。人的存在又是在与世界的关联中呈现出来的。在人与世界的关联中，包含有三种基本关系：人与自然之物的关联，人与他者的关联，人与超越者（"天"、"神"等）的关联。

中国古人认为存在一个超越性的——天。人与天的关系首先表现在人对天保持高度的敬畏。"钦若昊天。"（《尚书·尧典》）"予畏上帝，不敢不正。"（《尚书·汤誓》）殷人认为天帝是绝对者，它保佑着殷商后裔。周人继承了殷人天帝的观念，敬畏天

的指示——天命。孔子也说："君子有三畏：畏天命，畏大人，畏圣人之言。"（《论语·季氏》）

敬畏天，也意味着信赖天。天命并非知识的对象，并非教条，而是在深沉与寂静中不断地对世界发挥影响，"维天之命，于穆不已"。（《诗经·大雅》）孔子很少谈论"天"，《论语·阳货》载：

> 子曰："予欲无言。"子贡曰："子如不言，则小子何述焉？"子曰："天何言哉？四时行焉，百物生焉，天何言哉？"

人无须去想方设法讲述"天"，但人有理由相信天能运转四季，天能化成万物，一切都无须担心。在对"天"最真诚的信赖中，人获致一种安全感和松弛感，"天"能让人，乃至万物得到休养生息。

1. "天休"

"天休"一词出现在《尚书·洛诰》：

> 王拜手稽首曰："公不敢，不敬天之休，来相宅，其作周配休。公既定宅，伻来，来，视予卜，休恒吉。我二人共贞。公其以予万亿年敬天之休。拜手稽首诲言。"

《尚书》是中国古代最早的一部史书。武王克商后不久便去世，成王年幼，由周公辅政。周公平定了管叔、蔡叔及殷商旧部的叛乱，为加强对殷商遗民的统治，便决定在东土营建新的都城，先由太保召公去东土相宅。后来周公又亲临东土相宅，谋都洛邑，将洛邑经营为成周的政治中心，并向成王汇报，成王认同这一做法，史官记录该史实，诰谕众人，这就是《洛诰》。《书序》云:"召公既相宅,周公往营成周,使来告卜,作《洛诰》。"

上段《洛诰》引文两次提到"天之休"。古人往往训"休"为"美"。《尔雅·释诂下》:"休,美也。"《广韵·尤韵》:"休,美也,善也。"《诗经·豳风·破斧》:"哀我人斯,亦孔之休。"毛传:"休,美也。"《诗·商颂·长发》:"何天之休。"(郑玄笺:"休,美也。");《左传·襄公二十八年》:"以礼承天之休。"(杜预玄笺:"休,美也。")《周易》:"六二休复吉象曰休复之吉以下仁也。"《学易记·卷三》"休即美也"。

"休"的本义为止息,如何转化为"美"的呢?下面以《周易》中的"休"为线索,寻找"休"转训为"美"的线索。

本书认为这与古代的"天"、"天命"、"天休"概念有关。

周人对超越者的信仰与殷商有了一些变化。殷人认为"帝立子生商"(《诗经·商颂·长发》),天帝是殷人的祖先神,它会无条件地庇佑殷人,殷人也从内心对其信奉,"殷人尊神,率民以事神"。(《礼记·表记》)然而,经历殷周革命,人们对天神的态度发生了些许变化,这就是"天命靡常"。(《诗经·文王》)当然,这并非周人不信奉天神,只是在信奉中多了一层敬畏和忧虑。《洛诰》一开始周公细述自己为了选择新的大邑,派太保召公大相东土,并亲自到处卜卦,最终选定了洛:

> 周公拜手稽首曰:"朕复子明辟。王如弗敢及天基命定命,予乃胤保大相东土,其基作民明辟。予惟乙卯,朝至于洛师。我卜河朔黎水,我乃卜涧水东,瀍水西,惟洛食;我又卜瀍水东,亦惟洛食。伻来以图及献卜。"

这说明西周初统治者对"天"仍然十分敬重。只不过,天人之间的关联不再是单方面的,而是双向的,"天命靡常,惟德是辅"。(《尚书·多士》)周文王正是以其美德而承受"天命"。

　　《洛诰》所言"天之休"就是"天命"的一种呈现方式。"天休"如何能置换或训释"天命"呢？这或许与"天"显示其"命"的方式有关。《春秋·穀梁传》："人之于天也，以道受命。天之于人也，以言授命。不若于道者，天绝之，不若于言者，人绝之也。"天以"言"授命，然而自从人与天的原始统一被破坏之后（"绝地天通"），常人已经不能听懂天之"言"，只有巫还能直接听懂天的语言。对于常人而言，天昭示其命的方式是给人类降祸或赐福，兆以吉凶。"天道福善祸淫"。（《尚书·汤语》）"天命"在周人看来，已不再是祖先神，它既可庇佑人，也可降祸于人。趋吉避凶是人的普遍心理，人们首先面对的是"避祸"。周人充满忧虑，担心灾祸降临，如同天降丧于殷商。因此，周人积极作为，以消除灾祸——"休否"。

　　《周易》否卦："九五，休否，大人吉。""休"乃"止"、"息"、"休息"。《用易详解》卷三："休，止也。""否"，即否闭，不通畅。否"则是天地不交而万物不通也"。（《否卦象传》）万物不通，故不吉利，《易经》否卦云："否之非人，不利。""否"与"泰"相反，"泰"，"通也"，《象》曰："则是天地交而万物通"，万物亨通，故吉利，《易经》泰卦："泰，小往大来，吉，亨。"人们希望能祛除"不利"，故提出"休否"。

　　"休否"即止息天地之否，而实现天地相通——泰，"休否为泰"。"泰"方可承接天地的大德——生，也即吉利、安详、美。"休"本是动词，休止、止息，其作用的对象是"否"、"咎"，其达致的目标是"泰"、"吉"。后来，人们就直接将它所达致的目标来界定它。所以称休美、休祥。"曰休，曰吉，皆赞美之辞。"（宋·方实孙：《淙山读周易》卷七）因休美、休祥的获得是仰仗上天，"非得上天之佑，何以致元吉之休哉？"（宋·李杞：《用易详解》卷八）故此休美亦为"天休"，"咎者，人咎；吉者，天休也"。（宋·丁易东《易象义》卷二）

"天休"是上天显示其命令的形式，故"天命"亦可谓"天休"。《周易·鼎》："象曰木上有火鼎君子以正位凝命。"《本义》："鼎，重器也。故有正位凝命之意。凝犹至道不凝焉之凝，传所谓协于上下以承天休者也。"宋代董楷《周易传义附录》卷八上："朱氏附录正位凝命，恐伊川说得未然，此言人君临朝也须端庄安重一似那鼎相似安在这里不动然后可以凝住那天之命如所谓协于上下以承天休。""天休"或称"天之休"，均指"命"。在这里，"天休"、"天命"、"休命"和"天休命"这几个词可以互训。

"天命"是世间合理性的总的根据，而人的作为毕竟有所局限，"寿夭贫富，安危治乱，固有天命，不可损益。穷达、赏罚、幸否有极，人之知力，不能为焉！"（《墨子·非儒下》）"天休"是终极的存在，人在此处获得了最终的依据和最大的休闲。"君子岂容心于其间哉！不过顺承天之休命耳。休，美也。天之命盖有善而无恶也。"（《周易集说》卷十一）

德国哲学家瓦尔特·比梅尔说：

　　　　对人来说，一种关于神性之物的经验方式乃是天意（Vorsehung）。所谓天意，我们理解就是一个富有意义的事件在发生那一刻，其意义根本就不能为人们所认识，因而也不能被人们当作目标，而毋宁说是处于任何一种人类有效活动的领域之外的。恰恰因为天意的作用绝不是人能强制或者决定的，所以，与天意相适应的态度乃是希望情绪。希望也含有信赖。希望乃是一种对某个任何确定的并且具有先行确定作用的知识都把握不了的东西的信赖。……希望中也含着谦恭——那就是把自己交付给恩典。①

"天休"是终极的存在，人在此处获得了最终的依据和最大的休闲。"君子岂容心于其间哉！不过顺承天之休命耳。休，美也。天之命盖有善而无恶也。"（俞琰：《周易集说》卷十一）人们所要做的就是顺承天休。在对天的信靠中，人获得了最大的安宁和休闲。

当然，周人已不像殷人绝对的听命于"天"，周文化逐步意识到"人"与"天"的互动性，故申言"顺乎天而应乎人"（《周易·革》）。"礼以顺天。"（《左传》）

《周易》中指出，要实现"休否"，有一些条件：首先是"位正当"。九五得位得正，故吉利。《周易·鼎》："象曰：木上有火，鼎，君子以正位凝命。"朱熹《周易本义》注："鼎，重器也。故有正位凝命之意。凝犹至道不凝焉之凝，传所谓协于上下以承天休者也。"《周易传义附录》卷八上："朱氏附录：正位凝命，恐伊川说得未然，此言人君临朝也须端庄安重，一似那鼎。相似安在？这里不动，然后可以凝住那天之命，如所谓协于上下，以承天休。"

"天休"中不仅指人的休闲活动或"功夫"，也指万物的和谐存在状态或休闲状态——"天休"，这里才是休闲的"本体"。"天休"即天地万物之本。中国古代哲人将天地万物之本规定为根源性的"虚静"，该"虚静"中蕴含万有和群动。老子"归根曰静"即此种虚静。《周易》中的"休复"观念亦是这种休闲本体的体现。

如果人们能够得到天的眷顾，就能获得吉祥、幸福。故

---

① ［德］瓦尔特·比梅尔：《当代艺术的哲学分析》，商务印书馆1999年版，第149—150页。

"休"又训为"喜"。《广雅·释诂一》："休，喜也。"《诗经·小雅·菁菁者莪》："菁菁者莪，在彼中阿。既见君子，乐且有仪。菁菁者莪，在彼中沚。既见君子，我心则喜。菁菁者莪，在彼中陵。既见君子，锡我百朋。泛泛杨舟，载沉载浮。既见君子，我心则休。"

此外还需要常怀惊惧之心。《诚斋易传》卷四："济否之君，不可以有轻心，心轻无成；不可以有汰心，心汰无终；欲济否有成而能终，其惟有儆心者乎。"

回到《洛诰》的开头，周公与成王大谈"天之休命"一方面承认其终极合法性、稳靠性，同时强调"敬"、虔诚。在此"天休"中不仅有轻松的休闲、亦有沉重的忧虑。天命原先属于大国殷，如今改为周，天命并非绝对稳靠，因此对于周初的统治者，既有无穷之休美，亦有无穷之忧恤。

2. 顺天休命

"顺天休命"是《周易》中提出的。

《周易·大有卦》："大有：元亨。"大有卦下干上离，干象征天，离象征火。该卦一阴居中居尊位，五阳来应，象征大有所获。朱熹《周易正义》："柔处尊位，群阳并应，大能所有，故曰'大有'。"王弼《周易注》："处尊以柔，居中以大，体无二阴以分，其应上下，应之靡所不纳，大有之义也。"此卦的卦主是六五爻，故以阴柔为主。"柔"而能大有，是因为"柔"隐含着"顺"、"顺应"。故《大有》卦实际上就是阐述"顺"、"顺应"的功效。《彖》曰："大有，柔得尊位大中，而上下应之，曰大有。其德刚健而文明，应乎天而时行，是以元亨。"《象》曰："火在天上，大有。君子以遏恶扬善，顺天休命。"

顺天休命意味着吉利。在《周易》中，《萃》和《革》卦也提到"顺"。《萃》卦《彖》亦云："萃，聚也。顺以说，刚中而应，故聚也。……用大牲吉，利有攸往，顺天命也。观其所聚，而天地万物之情可见矣。"《革》卦也说"顺乎天而应乎人。"（《周易·革》）

"顺"在中国古代观念中具有十分突出的地位。阮元《释顺》篇云："有古人不甚称说之字，而后人标而论之者；有古人最称说之恒言要义，而后人置之不讲者。孔子生春秋时，志在《春秋》，行在《孝经》，其称至德要道之于天下也，不曰'治天下'，不曰'平天下'，但曰'顺天下'。'顺'之时义大矣哉，何后人置之不讲也！"[1]儒家经典中，"顺"意味着皈依、敬畏、认同。如："顺帝之则。"（《诗经·大雅》）"礼以顺天。"（《左传》）

道家也讲"顺"，老子认同不争、讲顺其自然，庄子云："夫至乐者，应先之以人事，顺之以天理。"（《天运》）智慧者不以一己之私与天相对抗，而应安时处顺："且乎得者，时也，失者，顺也；安时而处顺，哀乐不能入也……且夫物不胜天，久矣，吾又何恶焉？"（《庄子·大宗师》）庄子还从政治哲学的角度告诫："天有六极五常，帝王顺之则治，逆之则凶。"（《庄子·天运》）"循天之理，故无天灾。"（《庄子·刻意》）

《周易》中"顺"50余见，而以坤卦最为显著。"《易》之'坤'为顺也，《易》之称'顺'者最多。"[2]《坤卦·象》曰："至哉坤元，万物资生，乃顺承天。坤厚载物，德合无疆。含弘光大，品物咸亨。牝马地类，行地无疆，柔顺利贞。君子攸行，先迷失道，后顺得常。"《坤卦·文言》曰："坤至柔，而动也刚，至静而德方，后得主而有常，含万物而化光。坤其道顺乎？承天而时行。""顺天"即顺应天的启示和安排。面对人所无法

---

① 阮元：《揅经室集》，中华书局1993年版，第26页。
② 同上书，第27页。

掌控的世界，人们所要做的就是顺应，顺承天命。

"休"字在古代典籍中，有"止"、"退"、"静"等的含义，"顺"也有柔顺、不争等含义。"顺"和"休"均强调在超越者面前人的所思所想所作所为的止息和随顺。这样才吉利，非则就不吉利。"辞顺而弗从，不祥。"（《左传·文公十四年》）"犯顺不祥。"（《左传·襄公二十五年》）

人们皈依、随顺的对象有"时"、"则"等等，最应随顺的是"天"、"天命"。"命"在中国古代往往指事物的属己的规定，是超出人的主观意愿的属性。《周易·鼎》："象曰：木上有火，鼎，君子以正位凝命。"凝，严整之貌，君子当效法鼎，端正自己的位置，敬畏天命。

"顺天休命"即顺因天命。"天命"亦称为"天休"。"休命"与"顺天"意思接近。"顺天"是从正面、肯定方面而言；"休命"是从反面、否定方面而言，即休止否命。但两者异途同归，休止否、不吉，目标是为了获得泰、吉利。周人的殷忧就是主动规避否、咎的心理状态。"由于命由天赐，休命就是维持、守护并完善天所赐之命，所以休命与顺天是一回事：'顺天休命。'（《易·大有》）顺天与休命为互言，顺天即休命，休命即顺天。"①

《周易》之作其有忧患乎！君子终日干干，即便是晚上睡觉也让人保持警觉（夕惕若），故很少直接谈休闲。其休闲也不是消遣、逸乐，而是在阴阳、刚柔、进退的辩证中获致的安宁。《易》者，易也，其主题是变易、变化。变化的根源是阴阳和合；变化的表现是昼夜、刚柔、进退。阳与昼、刚、进相类，阴与夜、柔、退相关。

---

① 唐文明：《顺天休命：孔孟儒家的宗教性根源》，《孔子研究》1999年第4期。

人一方面敬畏天命，另一方面又以其一定的行为呼应天命，参与天命的构建，呼应的方式就是"顺天休命"。（《周易·大有》）

对天的敬畏体现在顺天则天，"顺帝之则"。（《诗经·大雅》）中国古代的休闲最深重的根基在于"人"与"天"的关联，天对人实施的影响，古人称为"命"或"天命"。唐君毅曾指出："'命'这个字代表了天与人的相互关系。"① 古人对待"天命"的态度是敬畏和顺应，也就是"天休"或"顺天休命"。

顺天休命也就是敬畏天命，顺应天命，不以一己之私意干预天命，从而最大限度地获得天的信任和庇护，顺应天命可以获得大休闲。南宋吕祖谦（1137—1181 年）认为，世上君子和小人的分别就在于能否依命而行，"顺理而动"。"天下之事，须顺理而动则豫。如'君子坦荡荡'，'作德心逸日休'，此顺德之谓也。'小人长戚戚'，'作伪心劳日拙'，此不顺动之谓也。天地以顺动则日月躔次，四时代谢，自然不过不忒，况圣人乎！……天地之间只有一顺字。顺即行其所无事。"（《丽泽论说集录》卷一）

反之，不顺天而行"日劳心拙"，甚至将遭致灾祸。《尚书》记载共工"滔天"而不顺天，故遭祸。

当然，在"天"与"人"的关系中还包括另一方面，即人以其德行获得天的反映和眷顾。经历殷周革命，人们也意识到"天命"并非绝对不可动摇，人的因素增强了，人作为三才之一，"与天地参"，于是周代的统治者提出了"以德配天"的观念。"皇天无亲，惟德是辅。"（《尚书·蔡仲之命》）"天难谌，

---

① 唐君毅：《中国先秦哲学中的天命》，《东西方哲学》1962 年第 11 期，转引自郝大维、安乐哲《孔子哲学思微》，蒋弋为、李志林译，江苏人民出版社 1969 年版，第 159 页。

命靡常。常厥德，保厥位，厥德匪常，九有以亡。"（《尚书·咸有一德》）"无念尔祖，幸修尔德，永言配命，自求多福，殷之未丧师，克配上帝，宜鉴于殷，骏命不易。"（《诗经·大雅》）"天"与"人"建立起一种互动的关系，"天矜于民，民之所欲，天必从之。""天视自我民视，天听自我民听。"（《尚书·泰誓》）因此对于"天命"，人并非完全被动的，人可以以自己的行动来呼应天命。祸福虽由天降，但天又是依据人的作为来选择降祸还是赐福。《大有》卦《象传》曰："火在天上，大有。君子以遏恶扬善，顺天休命。"天命是君子行为的准则和依据，同时，君子对善的弘扬，对恶的遏止又不是被动的行为。这里可以发现人的受动与主动的统一。

3. 大同世界

当人们将视野由无法控制的、神秘的世界转向大地时，"大休闲"是指在中国古人描述远古之世时，人与自然、社会协调共荣的生存状态，其中渗透着中国古人对美好社会的向往。

南宋费衮在《梁溪漫志》卷八中讲述了一则士人祈求闲适的故事：

> 有士人，贫甚。夜则露香祈天，益久不懈。一夕，方正襟焚香，忽闻空中神人语曰："帝悯汝诚，使我问汝何所欲。"士答曰："某之所欲甚微，非敢过望，但愿此生衣食粗足，逍遥山间水滨，以终其身，足矣。神人大笑曰："此上界神仙之乐，汝何从得之？若求富贵则可矣"。

正如该故事中神人所言，休闲逍遥乃人世间难以企及的理想。休闲是人类自古以来的梦想。

　　人类对梦想的设计往往超越现时与当前，或将期盼的目光投向未来，或以羡慕的眼光顾盼初始。

　　西方空想社会主义者在对未来的理想社会的设计中包含"人人劳动，个个休闲"。康帕内拉（Kamnahena）在《太阳城》中对未来社会是这样描述的："一切公职、艺术工作，劳动和工作，却是分配给大家来承担，而且每人每天只做不超过四小时的工作。"① 欧文推测，未来社会劳动时间会大大缩短，而且劳动不再是苦差事："利用最近 100 年来的发明和发现，根据科学原理组织社会，并以简单而合理的平等和正义原则管理社会，人们就有可能在每天不到 4 小时的有益而愉快的劳动条件下，使社会拥有大量品质优良的产品。"② 马克思吸取了空想社会主义的合理因素，提出了走出"异化"状态，实现"人的解放"和"人的全面而自由发展"的共产主义理想。届时，随着劳动时间的缩短，人们有大量的闲暇时间，人们可以利用闲暇时间来从事高级的活动。马克思指出，"我们的目的是要建立社会主义制度，这种制度将给所有的人提供健康而有益的工作，给所有的人提供充裕的物质生活和闲暇时间，给所有的人提供真正的充分的自由"。③ 在《德意志意识形态》一文中，马克思对共产主义社会做了牧歌般的描绘："在共产主义社会里，任何人都没有特定的活动范围，每个人都可以在任何部门内发展，社会调节着整个生产，因而使我们有可能随我自己的心愿今天干这事，明天干那事，上午打猎，下午捕鱼，傍晚从事畜牧，晚饭后从事批判，但并不因此就使我成为一个猎人、

---

　　① ［意］康帕内拉：《太阳城》，陈大维等译，商务印书馆 1980 年版，第 24 页。

　　② 《欧文选集》下卷，柯象峰等译，商务印书馆 1965 年版，第 2 页。

　　③ 《马克思恩格斯全集》第 21 卷，人民出版社 1965 年，第 570 页。

渔夫、牧人或批判者。"①

　　这种"乌托邦"在中国古代社会也在梦中出现过。她处在遥远的"黄金时代"。让我们将目光投向上古之世。

　　论及上古之世，人们往往会想到黄帝、尧舜禹时代。据历史学者研究，其时的社会结构有几种不同说法：其一，尚处在部落联合体或酋邦联盟阶段，尚未出现真正的国家。② 其二，已经是早期国家，③ 出现了各级政府，如《尚书·周书》云："唐虞稽古，建官惟百，内有百揆、四岳，外有州牧、侯伯。"孔安国传："尧、舜考古，以建百官。内置百揆、四岳，象天之有五行；外置州牧十二及五国之长。上下相维，外内咸治。"其三，"尧舜禹政治集团，则是建立在方国联盟基础上的一种国际次体系"④。学界大多数人认为尧舜禹时代是具有国家性质的部族联合体。

　　黄帝、尧舜禹时代部落联盟之间实际上不断有矛盾和冲突，甚至发生大规模的战争。史书对此有详细记载。炎、黄是两大部落联盟，彼此曾爆发激烈冲突。《史记·五帝本纪》记载："（黄帝）与炎帝战于阪泉之野，三战，然后得其志。蚩尤作乱，不用帝命。于是黄帝乃征师诸侯，与蚩尤战于涿鹿之野，遂禽杀蚩尤。"尧舜禹时期，战争更加频繁。《荀子·议兵》记载："尧伐驩兜，舜伐有苗，禹伐共工。"据《尚书·尧典》记载，帝尧

---

　　① 《马克思恩格斯全集》第 3 卷，人民出版社 1960 年版，第 37 页。

　　② 参见谢维扬《中国早期国家》，浙江人民出版社 1996 年版；王和：《尧舜禹时代再认识——关于中国国家起源问题的几点思考》，《史学理论研究》2001 年第 3 期；张国硕：《论夏商周古族的起源》，载《三代文明研究》（一），科学出版社 1999 年版；金景芳、吕文郁：《论尧舜禹时代是由原始社会向国家过渡的中间环节》，《学习与探索》1999 年第 3 期；吕文郁：《论尧舜禹时代的部族联合体》，《社会科学战线》1995 年第 5 期。

　　③ 参见苏秉琦《重建中国古史的远古时代》，《史学史研究》1991 年第 3 期。

　　④ 许兆昌：《前现代国际体系与尧舜禹时代》，《史学集刊》2008 年第 6 期。

时，舜曾"流共工于幽州，放驩兜于崇山，窜三苗于三危，殛鲧于羽山"。《史记·五帝本纪》云："舜归而言于帝，请流共工于幽陵，以变北狄；放驩兜于崇山，以变南蛮；迁三苗于三危，以变西戎；殛鲧于羽山，以变东夷。"而部落内部有明显的贫富差异，这从当时的墓葬形制可以看出，有的随葬品很多，有的则没有任何随葬品。

现实的困扰，使得人们生发出超越的冲动，将上古之世设想为远古和睦社会，各部落联盟之间没有争斗和平相处，将尧舜禹设想为"和谐万邦"的领袖，将人民设想为"竞于道德"的民众。于是上古之世被设计成"大同"社会。

《礼记·礼运篇》云：

> 昔者仲尼与于蜡宾，事毕，出游于观之上，喟然而叹。仲尼之叹，盖叹鲁也。言偃在侧曰："君子何叹?"孔子曰："大道之行也，与三代之英，丘未之逮也，而有志焉。大道之行也，天下为公。选贤与能，讲信修睦。故人不独亲其亲，不独子其子，使老有所终，壮有所用，幼有所长，矜寡孤独废疾者，皆有所养。男有分，女有归。货恶其弃于地也，不必藏于己；力恶其不出于身也，不必为己。是故谋闭而不兴，盗窃乱贼而不作。故外户而不闭，是谓大同。今大道既隐，天下为家，各亲其亲，各子其子，货力为己，大人世及以为礼。城郭沟池以为固，礼义以为纪；以正君臣，以笃父子，以睦兄弟，以和夫妇，以设制度，以立田里，以贤勇知，以功为己。故谋用是作，而兵由此起。禹、汤、文、武、成王、周公，由此其选也。此六君子者，未有不谨于礼者也。以着其义，以考其信，着有过，刑仁讲让，示民有常。如有不由此者，在势者去，众以为殃，是谓小康。"

孔子参加完祭祀，可以分享祭祀所用的酒醴和牺牲，而且接着游览城阙，这本是极快乐的事，为何"喟然而叹"？其弟子不明其原因。孔子是仁者，他所追求的并非一己之逸豫，他追求的人与人之间的普遍和谐，于是他描述了上古之世和睦安详的大同景象。孔子郑玄注："大道，谓五帝时也。"在五帝时代大道通行，天下没有私有观念，没有不公现象，生活得到保障，人人劳动，共享财富。

《礼记》中的这段文字与西方空想社会主义对未来社会的描述有许多相似之处。都涉及人类的理想状态与休闲的关系。不过中国古人的"大同社会"所讲的是休闲之"大道"，这与空想社会主义对休闲生活的具体设计不同，也与后世所讲休闲的方法和程序不同。后世的"休闲之道"往往将"道"理解为方法、原理。然而，古人将休闲之道视为，此"道"即"大道"，"大道之行，天下为公"。在这种大同之世，人们顺乎天而不溺于私心。顺天应人，各尽性命。

然而，这种大同之世不复存在，故孔子喟然而叹。孔子所生活的时代，私有观念早已产生，人们将逸乐、休闲理解为占有财富，理解为不劳而获。卡夫卡在《地洞》揭示了在私有观念下，人们希望通过占有财物来获得安宁、怡乐，然而，却陷入一种无穷无尽的不安之中，为了克服不安，地洞中的那只动物只能用一系列无休止的劳作来巩固自己的地位，它不停地储藏食物，它虽然有那么一瞬间对占有物的快乐，但旋即被紧张和焦虑包围，它担心别的动物会在暗处偷袭，"对占有物的快乐，即对财富的悠闲的玩赏，被一种忙乱状态，即无休止的不安状态所替代了"[①]。

---

　　① ［德］瓦尔特·比梅尔：《当代艺术的哲学分析》，商务印书馆1999年版，第100页。

4. 劬劳即休闲

劳动是将人与世界联系起来的纽带，也是人生存的基础。劳动对于人类而言不仅仅是获取生活资料，它实际上已经构成了人的本质，人原本就是劳动动物。然而，在现实世界中，劳动与休闲往往被视为是相对立的。一方面，人们认可劳动对人而言的本质性地位，但同时，劳动又往往是人力图避免的。休闲常常被视为休息、无所事事。然而，在原始的休闲中，在"天休"中不仅有"休止"，也有"劳作"。《周易》兑卦是讲娱乐和休闲的，其《象》传云：

> 兑，说（悦）也。刚中而柔外，说以利贞。是以顺乎天而应乎人。说以先民，民忘其劳；说以犯难，民忘其死。说之大，民劝矣哉！

"说"即愉悦、欢乐。古人认为"说之大"矣。这种"悦"不是好逸恶劳的逸乐，而是顺天应人，"忘其劳"、"忘其死"的勤劳。

在后世看来，休闲是与劬劳相对立的。皮珀将世界分为"工作的世界"和"闲暇的世界"。亚里士多德虽然注意到了休闲与劳动的联系，认为劳作是为了闲暇，但在当时的社会制度下，劳动与休闲的主体是分开的。于是劳动演化为异化劳动，休闲变成少数人的特权。人们为了自己的休闲，力图放弃劳作，而一些特权阶层更是将自己的休闲建立在他人的辛劳的基础上。针对这种不公平的现象，空想社会主义提出"每一座城市及其附近地区中凡年龄体力适合于劳动的男女都要参加劳动，准予豁免的不到五百人。其中各位摄护格朗特虽依法免除劳动，可是不肯利用这个特权，而是以身作则，更乐意带动别人劳动。有些人经过教士的推荐以及摄护格朗特的秘密投票，也可以豁免，以便认真进行各科学术研究。但是如果任何做学问的人辜负了寄托在他们身上的期望，就被调回去做工。相反，往往有这样的事，一个工人业余时间钻研学问，孜孜不断，成绩显著，因而他可以摆脱自己的手艺，被指定做学问。"①"人人劳动，个个休闲"，这是空想社会主义者对乌托邦的美好描述。劳动被莫尔规定为每一个社会成员的"义务"，并且莫尔将劳动限定在体力劳动上，豁免者主要是从事学术活动的人，这多少有弱化劳动的快乐性的意味，实际上也是一种异化劳动。

真正的休闲应该包含劳动，这样才能既满足人的物质需求，又不被物质生产所奴役。《礼记》中的大同世界，人们乐于劳作，"力恶其不出于身也，不必为己"，孔疏："'力恶其不出于身也，不必为己'者，力，谓为事用力。言凡所事，不惮劬劳，而各竭筋力者，正是恶于相欺，惜力不出于身耳。非是欲自营赡。故云'不必为己'也。"（《礼记正义》卷二十一《礼运第九》）元代陈澔《礼记集说》："天下为公，言不以天下之大私其子孙，而与天下之贤圣公共之。如尧授舜，舜授禹，但有贤能可选，即授之矣。当时之人，所讲习者诚信，所修为者和睦，是以亲其亲以及人之亲，子其子以及人之子，使老者壮者幼者各得其所，困穷之民，无不有以养。男则各有士农工商之职分，女则得归于良奥之家。货财，民生所资以为用者，若弃捐于地而不以时收贮，则废坏而无用，所以恶其弃于地也，今但得有能收贮以资世用者足矣，不必其善利而私藏于己也。世间之事，未有不劳力而能成者，但人情多诈，共事则欲逸己而劳人，不肯尽力，此所以恶其不出于身也。今但得各竭其力，以共成天下之事足矣，

①　［英］托马斯·莫尔：《乌托邦》，戴镏龄译，商务印书馆1982年版，第58—59页。

不必其用力而独营己事也。风俗如此，是以奸邪之谋，闭塞而不兴；盗窃乱贼之事，绝灭而不起。暮夜无虞，外户可以不闭，岂非公道大同之世乎？"①

一个具备生活智慧的人应尽可能将此两者结合。古时农事既毕，劳者饮酒食肉休息闲暇，中国古代的许多节日也都与劳动及对其成果的享受相关。在现代社会也有这样的视工作为休闲的人。如葡萄牙首富阿莫林热爱工作，他几乎每个月能把集团所有公司访问一遍，和员工聊天，他说："我的兴趣是投资，工作只是我的休闲时光。"②

与休闲与劳动的二分法相对应，人们往往从两个绝然相反的立场看待历史发展的深层动力，一种观念认为劳动创造了文化，一种则认为休闲创造了文化。这两种观念皆有其合理性，然而其二分法本身存在诸多问题。

有人曾设想随着技术的进步，人类劳动时间的缩短，闲暇的增加，人们将享受休闲之乐。然而，我们现在的劳动时间比古人减少了许多，但是休闲也未必有所增加。这就是所谓生命中有不可承受之轻。现代社会相对于古代社会，不但没有让人们感受到休闲之乐，反而增添了许多闲愁和问题。王国维《人间嗜好之研究》指出："其工作愈简，其闲暇愈多，此时虽乏积极的苦痛，然以空虚之消极的苦痛代之。"其中一个原因是我们将休闲视为劳动的反面。在这种状况下，即使劳动时间仅仅占全部时间的百分之一，我们依然会背负着劳动的重压。加之人们为了腾挪更多的"闲暇"，就得加大单位时间内的劳动强度，这将加大劳动对人们的压迫感，"闲暇时间"不等于"自由时间"。快节奏

---

① 陈澔：《礼记集说》，万久富整理，凤凰出版社 2010 年，第 169—170 页。

② 刘薇：《瓶口巨贾：葡萄牙首富家族的生意经》，《南方周末》2012 年 11 月 29 日第 C18 版。

的生活步伐，使来之不易的闲暇，也变成一种繁忙，人们忙着休闲，如同被拴在了一列快速奔跑的列车上。而消费时代的休闲消费又将人们的休闲生活与物质占有和消费的符号功能相联系，缺乏真正意义上的休闲。

在马克思看来"休闲"与"非劳动时间"相关联，马克思说："个性得到自由发展，因此，并不是为了获得剩余劳动而缩减必要劳动时间，而是直接把社会必要劳动缩减到最低限度，那时，与此相适应，由于给所有人腾出了时间和创造了手段，个人会在艺术、科学等等方面得到发展。"①

马克思论劳动主要是指物质生产活动，而且是资本主义制度下的异化劳动。异化劳动只能给人带来"疲劳"，不能给人带来休闲享受。社会学家凡勃仑所说的"有闲阶级"因其强力而获得大量的财富并赢得社会的羡慕眼光，而那些劳动者受到社会的鄙视，并妄自菲薄，这两种情况下都不可能有真正意义上的休闲，因为其基础是劳动与休闲的两离和对立。当劳动成为愉悦的劳动时，劳动本身就是一种休闲。届时，劳动就不仅仅是"为了"休闲，"为了"意味着外在的目的性。劳动在自身之外并无别的目的，它有自身固有的快乐。

实际上，在私有制下，劳动本身并不受人重视，人们关注的是劳动的产物或实用功效。在人类的理想状态，人们关注的不仅是劳动的产品，也关注劳动本身，不鄙视劳动，不逃避劳动，而是将劳动与休闲统一起来。

这种劳动与休闲的统一首先在艺术领域发生了。"因美术必须在双重意义里是自由的艺术：它既不是一种雇佣的劳动，这劳动的量是让人按照一规定的标准来评定，强迫或付酬的，也不是

---

① 《马克思恩格斯全集》第 46 卷下，人民出版社 1960 年版，第 218—219 页。

在这场合里情感固然也参加了活动，但没有见到一别一目标而感到满足和鼓舞的（不顾酬金）。"[1] 艺术是自由劳动及其成果，在艺术生产中，生产者埋头工作，并不是为了某种其他的目的，他享受这一工作本身。正因如此，艺术区别于手工艺，"前者唤做自由的，后者也能唤做雇佣的艺术"[2]。休闲不单是一种生活的观念，不单是一种狭隘的、主观的生活愿望，而是生存的自然状态。海德格尔十分欣赏德国浪漫诗人荷尔德林的一句诗："劬劳功烈，然而诗意地，人栖居在大地上。"对于诗人而言，劬劳与诗意的栖居原本是一体的。

当劳动和休闲统一的时候，劳动就不是生命中的一部分时间，比如50％的时间用于休闲，而是生命中100％的时间用于休闲，闲暇和劳动共同构成人生的本源。亚里士多德的休闲理论中实际上已经蕴含这种统一性，休闲在亚里士多德看来并不是无所事事、游手好闲，而是一种高级的活动，出于智者，他将这种高级活动限定在哲学沉思。

这种人人劳动、个个休闲的大同世界在道家文献中也有反映。《老子》第八十章对上古之世的描述是："使有什佰之器而不用；使民重死而不远徙。虽有舟舆，无所乘之；虽有甲兵，无所陈之。使民复结绳而用之。甘其食，美其服，安其居，乐其俗。邻国相望，鸡犬之声相闻，民至老死，不相往来。"

"大道之行"的"大同社会"毕竟已经逝去，对此不免让人伤感。进入"小康"社会（禹汤文武之世），人人为己，为了使个人的利益得到协调，就有了礼、乐、刑、政，有了种种制度。虽然借此制度文明社会秩序得以维护，但是大同世界的大和谐消

---

① ［德］康德：《判断力批判》上卷，宗白华译，商务印书馆1964年版，第168页。

② 同上书，第148—149页。

失了。相对于大同之世，小康社会优劣立判。故孔子对尧舜推崇备至。《论语·泰伯》云："子曰：大哉！尧之为君也。巍巍乎！唯天为大，唯尧则之。荡荡乎！民无能名焉。"尧舜法天，不以人力干预自然。《论语·卫灵公》："无为而治者，其舜也与！夫何为哉？恭己正南面而已矣。"庄子亦云："夫虚静恬淡寂漠无为者……万物之本也。明此以南向，尧之为君也；明此以北向，舜之为臣也。以此处上，帝王天子之德也；以此处下，玄圣素王之道也。""夫天地者，古之所大也，而黄帝、尧、舜之所共美也。故古之王天下者，奚为哉？天地而已矣。"（《庄子·天道》）这里我们看到儒道的会通，尧舜所代表的上古之世去私存公，天下大同。上古之世乃"大同"，"大同"非人力致尔，乃"天地而已矣"。

5. 日出而作，日入而息

有一首古歌《击壤歌》表现了尧舜之世的情形。

有关《击壤歌》的相关记载最早见于道家文献。《庄子·让王》：

> 舜以天下让善卷，善卷曰："余立于宇宙之中，冬日衣皮毛，夏日衣葛𫄨；春耕种，形足以劳动；秋收敛，身足以休食。日出而作，日入而息，逍遥于天地之间，而心意自得，吾何以天下为哉！

相传善卷是尧舜时代隐士，与许由齐名。帝尧和帝舜先后要将帝位禅让给他，均被他拒绝了。因为他在宇宙天地中得到了最彻底的呵护，伴随宇宙的节奏劳作休息，逍遥自得，别无他求。

在儒家思想系统中尧帝的大德并非体现在作为部落联盟或国家的管理者，而是顺天休命，则天法地，让民众自行劳作歇息。

《帝王世纪》："帝尧之世，天下太和，百姓无事，有老人击壤而歌。"

关于《击壤歌》的内容东汉王充《论衡·艺增》篇转引《尚书大传》，作了较完整的记录，并将之作为孔子赞美尧的注解：

> 《论语》曰："大哉！尧之为君也。荡荡乎民无能名焉。"传曰："有年五十击壤于路者，观者曰：'大哉！尧德乎！'击壤者曰：'吾日出而作，日入而息，凿井而饮，耕田而食，尧何等力！'"此言荡荡无能名之效也。

《淮南子·齐俗训》亦云：

> 古者，民童蒙不知东西，貌不羡乎情，而言不溢乎行。其衣致暖而无文，其兵戈铢而无刃，其歌乐而无转，其哭哀而无声。凿井而饮，耕田而食。无所施其美，亦不求得。亲戚不相毁誉，朋友不相怨德。

尧帝的伟大就在于他顺天而行，不作功邀名，无为而万化自成，其效应浩浩荡荡，莫可名状，民众沐浴在尧帝的恩德之下而不自知。同时，尧帝自己也不以之为德，《列子·仲尼》：

> 尧治天下五十年，不知天下治欤，不治欤？不知亿兆之愿戴己欤？不愿戴己欤？……尧乃微服游于康衢，闻儿童谣曰："立我蒸民，莫匪尔极。不识不知，顺帝不则。"尧喜问曰："谁教尔为此言？"童儿曰："我闻之大夫。"问大夫，大夫曰："古诗也。"后因称歌颂盛世之歌为《康衢谣》。

尧唐之世为太和盛世，其时的民众随着太阳的升起而劳作，伴着太阳的降落而歇息，与天地万物相徜徉，这就是大休闲。昼而作，夕而休，"作乎作者，与万物皆作；休乎休者，与万物皆休"。（李翱《复性书·下》）

尧唐之世成为中国古代理想的代名词，成为古代大休闲的理想范型。曹植《七启》："吾子为太和之民，不欲仕陶唐之世乎？"陶渊明亦发孔子之叹："愚生三季后，慨然念黄虞。"（《赠羊长史》）"悠悠上古，厥初生民，傲然自足，抱朴含真。"（《劝农》）在《戊申岁六月中遇火》中，陶渊明欣赏上古之世日出而作、日入而息的大休闲："仰想东户时，余粮宿中田，鼓腹无所思，朝起暮归眠。"东户时代是传说中的一个治世，据《困学纪闻》引《子思子》云："东户季子之时，道上雁行而不拾遗，余粮栖诸亩首。"陶渊明将上古之世改造成人间天堂——桃花源。

一天之中"日出而作，日入而息"，一年之中则是春耕、夏种、秋收、冬藏，生活在农业社会的人们，其作息应和着自然的步伐。

6. 随时宴息

喜悦、幸福在亚里士多德那里是休闲的基本属性。在《周易》中，古人描述休闲的词是"豫"和"随"。

（1）豫

"豫"，《尔雅·释诂》训为"乐也"。豫卦，下坤上震，郑玄曰："坤，顺也；震，动也。顺其性而动者，莫不得其所，故谓之'豫'。豫，喜豫、说乐之貌也。""豫，和豫也，休逸闲暇之谓也。"（朱震《汉上易传》卷二）

《象》传："豫，顺以动，故天地如之，而况建侯行师乎？天地以顺动，故日月不过，而四时不忒；圣人以顺动，则刑罚清而民服。豫之时义大矣哉。"休闲、欢愉就是顺应万物的本性而动。天地本身也是顺应物性而动的,何况人类的行为呢?天地顺应物性而动,所以日出月落、日落月出周转如常,不失毫厘,四季更迭不会出半点差错;圣人顺应民情而动,于是刑罚清明、百姓信服。欢愉之时包涵的意义多么宏大啊!

"豫"既有积极的和豫、安乐、闲暇,也有引发负面因素的怠豫,特别是在社会生产力低下的时代,它对事功的影响。《杂卦》曰:"豫,怠也。"宋代林栗指出,"豫之训诂不一而足,曰暇豫,曰怠豫,曰备豫,曰疑豫,皆豫之时义也。若夫和豫悦豫不出于暇豫之义矣,方国家闲暇之时既有和豫之美必有怠豫之渐,既有备豫之思,必有疑豫之失。是以圣人为卦,名之曰豫,取夫暇豫而戒夫怠豫者也"。(《周易经传集解》卷八)"豫"的积极的和豫、安乐与消极的怠豫是相互联系的,"常人之情,安则逸,逸则怠,怠则不急于事矣"。(《周易经传集解》卷八)但不能因"豫"有消极的怠豫的可能性就否定"豫"本身。"豫"是国家治理的目标所在,"豫之言暇也。国家闲暇,人民和乐之谓也"。(《周易经传集解》卷八)但作为统治者又必须对自己的逸豫保持警觉、谦逊,所以"豫之成卦,谦之反也,艮之一阳在三阴之下,歉然有不足之意,所以为谦也。艮反成震而出乎坤,九三进而居四,动而上下应之,所以为豫也。诗云:始于忧勤,终于逸乐。有天下之大而不以谦,居之则骄侈之心生,而忧勤之事废矣,欲国家之闲暇,人民之和乐,不可得也。古之圣人视天下之治,犹若未治,视国家之安,犹若未安,是以自朝至于日中昃,不遑暇食用咸和万民此谦之所以致豫也"。(《周易经传集解》卷八)

(2)随

《周易》随卦《象》曰:"泽中有雷,随,君子以向晦入宴息。"

　　"随",《说文》训为"从也"。《广雅》:"随,顺也。"随卦,下震上兑,震为动,兑为悦"含有内动外悦,人愿随从之义"。①《集解》引郑玄注:"震,动也;兑,说也。内动之以德,外说之以言,则天下之人咸慕其行而随从之,故谓之'随'也。"《周易·随卦》《象传》曰:"泽中有雷,随;君子以向晦入宴息。"《程传》:"雷震于泽中,泽随震而动,为'随'之象。""向晦"即"向晚";"宴息",即安息、休息。这是说明"君子"观《随》卦之象,悟知凡事"随时"的道理,故早出晚入、于向晚按时休息。人们比较重视的是"天行健,君子以自强不息",然而,真正的君子当是动静不失其常,随时奋起,随时宴息。《程传》:"君子昼则自强不息,及向昏晦,则入居于内,宴息以安其身,起居随时,适其宜也。《礼》:'君子昼不居内,夜不居外',随时之道也。"《周易衍义》卷五曰:

　　　雷发声于震之春,收声于兑之秋,由震而兑,雷藏泽中,与时休息,为随时之象。日出于东方之震,入于西方之兑,自震而兑,自明向晦出于明者至晦而入也。劳者宴,作者息矣,所以用随也。天地之随为昼夜、为寒暑、为古今,君子之随为动息、为语黙、为行藏。一昼夜之顷而动息随之,况于消息盈虚之大者乎?向晦如日之没光,入宴息如雷之收声。程氏曰:《礼》:君子昼不居内,夜不居外,随时之道也。

　　天下万物随四时而动,人亦顺随天地四时而作息,朝起暮归,在这看似平常的运作中,蕴含着宇宙的大和谐。在宇宙万物相应和的大和谐中,人们白天努力劳作,夜晚安静歇息,真朴安

---

　　①　黄寿祺、张善文:《周易译注》,上海古籍出版社2004年,第140页。

定，享受着真正的休闲："相命肆农耕，日入从所憩。桑竹垂余荫，菽稷随时艺。春蚕收长丝，秋熟靡王税。荒路暖交通，鸡犬互鸣吠。俎豆犹古法，衣裳无新制。童孺纵行歌，斑白欢游诣。"（陶渊明《桃花源诗》）

古人日常生活的节奏与四季运行相协调。农忙时节，男女老幼为农事而繁忙；农闲时节，人们尽情欢愉。如冬天农事闲暇，古人有许多休闲的活动。如《诗经·唐风·蟋蟀》：

> 蟋蟀在堂，岁聿其莫。今我不乐，日月其除。无已大康，职思其居。好乐无荒，良士瞿瞿。
> 蟋蟀在堂，岁聿其逝。今我不乐，日月其迈。无已大康，职思其外。好乐无荒，良士蹶蹶。
> 蟋蟀在堂，役车其休。今我不乐，日月其慆。无以大康，职思其忧。好乐无荒，良士休休。

历来关于这首诗的主旨的分析颇为复杂、矛盾，朱熹《诗集传》："唐俗勤俭，故其民间终岁劳苦，不敢少休。及其岁晚务闲之时，乃敢相与燕饮为乐。……然其忧深而思远也，故方燕乐而又遽相戒。"其实，这是首歌颂休闲的诗歌。秋天，年近岁末，蟋蟀已经转入室内，服役的车马也将休息不乘，农事完毕，万物皆归于休息，"我"也应抓紧时间娱乐，否则辜负了大好时光，诗尾呼吁"良士"也该"休休"。"休休"，安闲之貌。岁功既毕，劳动者于此休息闲暇之时宴饮逸乐，以自忘其劳累，以便来岁投入新的勤奋之中。这是顺应自然的节奏，也是生活的节奏。

休闲与时间相关，"闲暇"首先得有"暇"。上古的时间是一种自然的、宽松的时间，这种时间观容易使人获得一种大休闲。古人以日、月的运行作为参照，相对于后来的更为精确的计时单位（时辰、小时），以日、月为时间参照是一种模糊、宽松的方法。中国古代衡量时间运用的是长时段，一日之内以昼夜为单位，一年之内以季节为单位。在较长的时段中，不易形成紧张感、逼迫感。

另外，"日出而作，日入而息"，太阳的升降是一种循环，中国远古的时间观念是一种循环的"圜"，是一种周期性的重复，在这种周而复始的循环中不易产生紧迫感。

与现代休想方式的人化、技术化不同，古人的作息与日的出入同调。现代社会人们有丰富的夜生活，那种日出而作、日入而息"的生活方式往往被视为是远古时期、农耕文明的特征。然而，自然作为人类的故地旧乡，人与之有一种最本原的联系，也许只有在那里才有纯粹的休闲，在自然中一切都释然，人们可以"站在树枝底下，像牛羊那样久久的凝视"。（英国诗人 W. H. 戴维斯（W. H. Davies，1871—1940 年）《闲暇》）恩格斯在描述共产主义时说"这种共产主义，作为完成了的自然主义，等于人道主义，而作为完成了的人道主义，等于自然主义，它是人与自然界之间、人与人之间的矛盾的真正解决，是存在和本质、对象化和自我确证、自由与必然、个体和类之间的斗争的真正解决。它是历史之谜的解答，而且知道自己就是这种解答"。①

后世人们追求休闲往往是身体的休息、心灵的闲散，视界往往拘于个体有限的范围。然而，大休闲是在天地万物的怀抱中所获得的闲逸。坐在躺椅上，独自读书品茗，固然休闲，然而"一个真正有力量的自信的文化人应该投身到大自然的怀抱中去，去与劳动者和劳动结合"②，以获得一种天然的放松和休闲。

---

① 《马克思恩格斯全集》第 42 卷，人民出版社 1960 年版，第 120 页。
② 张炜：《张炜自选集·葡萄园畅谈录》，作家出版社 1996 年版，第 123 页。

7. "大休闲"的当代意义

当代进入了所谓"全民休闲"的时代，休闲渗透到生活的诸多领域。然而，当代的休闲偏重于经济功能和物质性，重视休闲活动的程序化安排。当我们返回到休闲的起源处，"大休闲"可以给我们一些参照。

首先，"大休闲"是宇宙万物的和谐状态，休闲是万物各尽其性命之理，"各正性命保合太和"。这种休闲能给当下提供较宽的视域，休闲不仅仅人类自身的活动，它也与宇宙万物相交涉。

其次，古人的休闲很少消耗物质资源，现代休闲往往以物质的耗损为条件，比如休闲经济，消费休闲。这种休闲在刺激经济发展的同时也给自然生态带来巨大压力，比如休闲旅游在带动一方经济的同时也给自然环境和道路交通、能源供给等产生负面的影响。而且，当消费变成一种符号化的活动时，它也给人们的心理带来巨大压力。中国当下的假日休闲从某个意义上走向了休闲的反面。

再次，在社会保障系统越来越完善的时代，人们的生活越来越富足、安定，人们越来越将生活限定在"幸福"、"快乐"的领域，就像一首歌中唱的：

让我们敲希望的钟呀

多少祈祷在心中

让大家看不到失败

叫成功永远在

让地球忘记了转动呀

四季少了夏秋冬

让宇宙关不了天窗

叫太阳不西冲

让欢喜代替了哀愁呀

微笑不会再害羞……

然而，四季之为"四季"就是因为它包含春、夏、秋、冬，不能只有春天而排除夏、秋、冬。生活不是观念的演绎，生活中也不可能只有成功和欢喜。当人们将生活仅仅设计为"欢喜"时，人们能够欢喜的事物反而越来越少。同样，当人们只以不劳作为休闲，以轻松为逸乐时，人们越发难以获得休闲。以往人们往往将"人人劳动，个个休闲"的理想实现的重任分派给科学技术的进步，然而，与古代原始落后的技术手段相比，现代的技术是"进步"多了，然而，人们是否就真正获得了休闲了呢？休闲首先是一种从容的心态和超然的精神。

第三章 休闲与防闲——中国古代休闲观辩证

周代是中国文化的奠基时期，也是休闲文化的发轫期。前一章的"大休闲"思想是从哲学的角度对"天休"加以思考。其理论资源主要是《周易》。本章则主要从政治学的角度对休闲与防闲、逸乐与无逸等问题加以讨论，其理论资源主要是《尚书》。

我们可以找到大量的材料来证明中国人是"伟大的悠闲者"，然而，我们同样可以找到大量的材料来证明，中国人是"伟大的劳碌者"。这看似矛盾的组合正构成中国古代休闲的整体。

第一节 "闲逸"与"无逸"

1. "闲逸"

"逸"甲骨文作 ，本义为奔走。从辵（chuò）从兔。兔子善于奔逃。"逸，奔也。"（《玉篇》）奔跑，往往是从一种拘禁中解脱出来，故有"放逸"之意。当某一个体从同类中超脱出时，逸又有"超逸"之意。当超逸的是社会生活时，逸就是"隐逸"。

"逸"往往是指与"劳"相对应的一种生存状态，指安逸、安乐。"为之者劳，居之者逸。"（张衡《东京赋》）安逸是生活的基本面，"民莫不逸"。（《诗经·小雅·十月之交》）"中人之性好逸豫。"（孔安国《尚书正义》）就连苦行禁欲的宗教中也认可休息、休闲。据传，起初释迦牟尼的弟子一年之中不分季节在外云游乞食。后来释迦牟尼规定弟子一年之中大部分时间在外徒步旅行，但在雨季（5—8月）则休息四个月，不必云游乞食，而是在寺内接受供养，坐禅修学，这段时间称为"安居期"。耶和华在西奈山向摩西传十诫，其第四诫是：星期天必须休息。

在大同之世，人们逸己劳己。就人的本性而言，"逸己"近乎天然，休闲是人性的自然追求，"劳己"则是一种境界。从某种意义上讲，"好逸恶劳"是人的本性。为了"逸己"而又能逃避"劳作"，就得"劳人"。在人类早期文明中，由于生产力的发展水平有限，许多人劳而不得休，有些人则休而不劳。中华民族历史上生存艰难，故传统道德对待"休闲"，表现出一种复杂的态度。一方面从人性的本然出发认可休闲，如荀子云："劳而欲休，此人之情性也"（《荀子·性恶》），另一方面，又鄙视"好逸恶劳"。

"闲"在在古代有两种基本语义：

其一，防闲、防御。闲字金文作𱫌，两扇门后有一根木头。许慎《说文解字》："闲，阑也，从门中有木。"闲本义指关上门并以木棒支住。疑是古人为了防御野兽或他人的进入而设置的防守设施。故"闲"引申为"防御"。《辞源》："以木拒门也。防御也。"

在礼教时代，人们防御的不仅是外部的侵扰，还有人自身观念的作祟，故"闲"又可引申为法度、道德等。如《论语·子张》："大德不逾闲"，《汉书·武五子传》："制礼不逾闲"等。《易·家人》云："闲有家。"孔颖达疏："闲邪存其诚者，言防闲邪恶，当自存其诚实也。""治家之道，在初即须严正立法防闲。""闲，阑也，扞蔽之义。"（《周易经传集解》卷十九）

"闲"本指栅栏、栏杆，其功能是抵御、保护、庇佑。古人认为，有家而无闲，则不能保有其家。在儒家看来，"礼"是防闲的主要工具。

其二，空闲、闲暇。前面我们已介绍，"闲"的异体字为"閒"，《说文解字》："閒，隙也，从门从月。"清代段玉裁注："閒者，门开则中为际，凡罅缝曰閒。""閒"本为表示空间的概念：虚闲，不滞塞，后引申为时间概念：闲暇。段注："閒者，稍暇也，故曰閒暇。"

先民造字往往从其生活实感出发，"防闲"是防御性的活动、被动的活动，但防御中保障了安宁无事，为"闲暇"提供了可能，《孟子·公孙丑上》所云："国家闲暇"即指国家没有战争的威胁。后来的休闲、闲适的语义主要从"闲暇"中发展而来，主要指一种自然闲适、优哉游哉的生活状态。"十亩之间兮，桑者闲闲兮，行与子还兮。"（《诗经·魏风·十亩之间》）朱熹《诗集传》："闲闲，往来者自得之貌。""临冲闲闲，崇墉言言。"（《诗经·大雅·皇矣》）朱熹《诗集传》："闲闲，徐缓也。"

但若一味地放纵、嬉戏，缺乏相应的防闲，则会像烈马奔逸，伤害身心，破坏真正的休闲。《说郛》卷七十五上："古人制字，闲适与防闲之字同，盖有深意，饱食终日无所用心难矣，君子居闲虽不至如小人之无所不为，然亦多恣意于声色杯酒者，是以贵于以礼防闲也。"这两种含义似相对立，实即相反相成，体现了中国古代对待休闲问题的辩证思维特征。也正是因此构成了中国文化，尤其是儒家文化"礼"与"乐"的相互协同。

2.《无逸》——周公的休闲政治学
（1）《尚书》与周公
抽象的谈论休闲并无多大价值，休闲原本是一个文化现象、一个历史现象。休闲、逸乐固然是人的本性，但休闲并非抽象的思辨概念，而是在特定的场景中的人的生存状态。从现实层面而言，休闲、"逸"、"逸豫"、"逸乐"是有条件和限制的，尤其是在物资贫乏的时代。

有学者将中国古代文明以"忧"和"乐"来加以概括。周代文明不同于殷商文明的重要特点在于"忧"。周初的统治者面对殷周革命，产生无限的忧患，武王战胜商纣，并未趾高气扬，而是如履薄冰，如临深渊。他忧虑天命不保，他担心政权不稳。正是"忧"使得周人不再一味信赖天的庇佑，而是重视人的德行。对待前代之失，周初的统治者进行了深刻的反思，他们认为，纣王的灭亡与纣王一味逸乐、荒淫有关。因此，周人以警惧的态度对待逸乐与休闲。

周代是中国文明的奠基时期，其文化观念在《尚书》中有详细的记录。《尚书》中有一篇《无逸》，该篇文章奠定了中国古代政治家对逸乐的基本态度，这种态度也影响到其他领域。

《尚书》是我国最早的散文集。《尚书·周书》共十九篇：《牧誓》、《洪范》、《金縢》、《大诰》、《康诰》、《酒诰》、《梓材》、《召诰》、《洛诰》、《多士》、《无逸》、《君奭》、《多方》、《立政》、《顾命》、《费誓》、《吕刑》、《文侯之命》、《秦誓》。其中，《文侯之命》、《秦誓》二篇为春秋时期的作品，其余十七篇，应为西周散文。其中的《无逸》篇反映了我国周代对休闲的态度和观念。

《无逸》的作者是文王之子，武王之弟周公。孙星衍的《尚书今古文注疏》引《书序》说："周公作《无逸》。"

周公是西周开国重臣，也是中国传统文化的主要创造者。《史记·鲁周公世家》曰："周公旦者，周武王弟也。自文王在世，旦为子孝，笃仁，异于群子。"在文王的众多儿子中，"唯发、旦贤，左右辅文王"。（《史记·管蔡世家》）针对商纣王

"弃德刑范，欺侮群臣，辛苦百姓，忍辱诸侯"的做法，周公提出"祀（敬）德纯礼"的主张，因而深得文王的赞允。

周公具备超人的智慧和勇气。在伐纣的关键时刻，周公力排众议，坚定信心。《荀子·儒效》有记载：

> 武王之诛纣也，行之日以兵忌，东面而迎太岁，至泛而泛，至怀而坏，至共头而山隧。霍叔惧曰："出三日而五灾至，无乃不可乎？"周公曰："刳比干而囚箕子，飞廉、恶来知政，夫又恶有不可焉。"遂选马而进，朝食于戚，暮宿于百泉，旦厌于牧之野。

武王即位后，周公辅佐武王成就帝业。《史记·周本纪》曰："武王即位，太公望为师，周公旦为辅，召公、毕公之徒，左右王师，修文王绪业。"《史记·鲁周公世家》："及武王即位，旦常辅翼武王，用事居多。"

西周立国之初面临着诸多险境和问题，周公在这一特殊时期发挥了关键作用，"小邦周"克"大邑商"，"邦之安危，惟兹殷士"。（《尚书·毕命》）汉代刘向的《说苑·贵德》里有这样一段记载：

> 武王克殷，召太公而问曰："将奈其士众何？"太公对曰："臣闻爱其人者，兼爱屋上之乌；憎其人者，恶其余胥；咸刘厥敌，使靡有余，何如？"王曰："不可。"太公出，邵公入，王曰："为之奈何？"邵公对曰："有罪者杀之，无罪者活之，何如？"王曰："不可。"邵公出，周公入，王曰："为之奈何？"周公曰："使各居其宅，田其田，无变旧新，唯仁是亲。百姓有过，在予一人。"武王曰："广大乎，平天下矣。凡所以贵士君子者，以其仁而有

德也！"

正因周公杰出的政治和军事才华，武王病危时曾想将王位传给周公（见《逸周书·度邑》）。武王崩，成王年幼，由周公旦摄政。成王和召公奭等疑忌周公，内部不和。武庚见机联合东方旧属国起兵反周。周公对内向召公恳切解释，稳定内部，周公在获得召公、太公等重臣的坚定支持后，待处理完武王的丧事，便精心准备东征平叛。在东征出发前，周公又对周王室贵族和诸侯百官进行动员，统一思想。对此，《尚书·大诰》记载了周公之言。周公亲自带兵进行东征，经过艰苦卓绝的斗争，东征平叛取得决定性胜利。

周公平叛胜利后，周王朝实际控制疆域较之殷商时期有了显著扩大。为了实现对新征服广大区域的有效统治，达到长治久安，周公按照"授民授疆土"的原则，对周王室同宗兄弟、子弟、异姓功臣、古代先王后裔以及臣服于周王朝的异族首领进行了分封。其中，周公将殷商王朝的中心地区，就是发生叛乱的策源地卫分封给了自己的同母弟康叔封。为使康叔不辜负安定殷人故地的使命，周公专门作《康诰》、《酒诰》、《梓材》，谆谆告诫康叔如何治理好殷民，亲授统治经验，并提出了"明德慎罚"的治国原则。

周公实行分封后，开始营建东都洛邑，形成了宗周和成周两个统治中心，进一步加强了周王朝对全国的控制。接着周公又制礼作乐，通过礼乐制度的推行，使周王朝的统治迈上了文明的道路，呈现出天下安定，繁荣发展的大好局面。如《尚书大传》所言："（周公）卜洛邑，营成周，改正朔，立宗庙，序祭祀，易牺牲，制礼乐，一统天下，合和四海，而致诸侯。"《礼记·明堂位》记载："武王崩，成王幼弱，周公践天子位，以治天下。六年，朝诸侯于明堂，制礼作乐，颁度量，而天下大服。"

周公执政称王七年后还政于成王，并尽心竭力地辅助成王。《淮南子·氾论训》载曰："成王既壮，周公属籍致政，北面委质而臣事之，请而后为，复而后行，无擅恣之志，无伐矜之色，可谓能臣矣。"

周公还政成王后，仍心怀社稷，殚精竭虑辅佐成王，从《无逸》和《立政》两篇周公诫成王的诰词可见其忠君为国的精神。《立政》是周公晚年告诫成王建立官制的诰词。《史记·鲁周公世家》载："成王在丰，天下已安，周之官政未次序，于是周公作《周官》，官别其宜，作《立政》，以便百姓。百姓说。"周公在《立政》中分析了夏商两代设官的得失，指出两朝的成功经验在于任用贤人，并且告诫成王要任用贤人，实行"中刑"，不要误于众狱，以发扬光大文王、武王所开创的事业。《立政》对成王乃至周初政治都产生了极大影响。

（2）"淫"与"逸"

作为思想家的周公其影响更为深远。周公的思想的关节点可以说就是"逸"。在《逸周书·大开武》中记载了周公在西周尚未成立之前对待"佚"（通"逸"）的态度：

维王一祀二月，王在酆，密命。访于周公旦，曰："呜呼！余夙夜维商，密不显，谁知。告岁之有秋。今余不获其落，若何？"周公曰："兹在德，敬在周，其维天命，王其敬命。远戚无十，和无再失，维明德无佚。佚不可还，维文考恪勤，战战何敬，何好何恶，时不敬，殆哉！"

王拜曰："允哉！余闻国有四戚、五和、七失、九因、十淫。非不敬，不知。今而言维格，余非废善以自塞，维明戒是祇。"

周公拜曰："兹顺天，天降瘝于程，程降因于商。商今生葛，葛右有周。维王其明用老和之言，言孰敢不格。四

戚：一内同外，二外婚姻，三官同师，四哀同劳。五和：一
有天维国，二有地维义，三同好维乐，四同恶维哀，五远方
不争。七失：一离在废，二废在衹，三比在门，四谄在内，
五私在外，六私在公，七公不违。九因：一神有不飨，二德
有不守，三才有不官，四事有不均，五两有必争，六富有
别，七贪有匮，八好有遂，九敌有胜。十淫：一淫政破国，
动不时，民不保；二淫好破义，言不协，民乃不和；三淫乐
破德，德不纯，民乃失常；四淫动破丑，丑不足，民乃不
让；五淫中破礼，礼不同，民乃不协；六淫采破服，服不
度，民乃不顺；七淫文破典，典不式教，民乃不类；八淫权
破故，故不法，官民乃无法；九淫贷破职，百官令不承；十
淫巧破用，用不足，百意不成。呜呼，十淫不违，危哉！今
商维兹，其唯第兹命不承，殆哉！若人之有政令，废令无
赦。乃废天之命，讫文考之功绪，忍民之苦，不祥。若农之
服田务耕而不耦，维草其宅，既秋而不获，维禽其飨之，人
而获饥，云谁哀之。”

　　王拜曰：“格乃言。呜呼，夙夜战战，何畏非道，何恶
非是。不敬，殆哉！”

　　开，启也；武，指周武王；大开武，指周公旦开导周武王之
言。这篇文章的主题是“明德无佚”。文章开头介绍周武王在鄷
邑，私下里询问周公：我日夜秘密地谋图覆灭殷商，诸侯有谁响
应呢？现在是关键的时刻，如同庄稼成熟季节，若不去收割，颗
粒就会落地，我该怎么办？周公认为，要想成功就得敬重道德。
敬重道德，周就能承受天命；敬重道德不骄奢淫逸，周就能团结
远近诸侯。若贪图安逸就难以获得天命，保持天命。要像文王那
样勤勉谨慎虔敬，否则就危险了。

　　中国古代政治哲学认为，政权的合法性的根源在“天”和

"天命"。但"天"的性质在不同的时期是各不相同的。殷商时期，"天"具有绝对稳靠性，当周人密谋颠覆殷商政权时，商纣王信心满满地说："我不有命在天乎？"商纣王以为有天的庇佑，就可以肆无忌惮，为所欲为。

"德"是中国文化的核心观念，周公在其形成过程中具有突出的地位和作用。周公首次提出以德辅天的观念，强调统治者的"德"对于"天命"的影响，强调统治者个人的品格养成。"明德"思想影响了中国文化的基石。

如何才能"明德"？周公将"无佚"与"明德"联系起来思考。早期的"德"主要是统治者的品格修养，作为统治者拥有较多的社会资源，尤其是最高统治者，"普天之下，莫非王土"，因此，他们更易产生佚乐。宋代金履祥（1232—1303年）云："人主者，小民之主，而所处安逸之地，易纵于逸。"[1] 所以周公提出"明德无佚"，以顺应天命。

接下来周公解释了"四戚"、"五和"、"七失"、"九因"和"十淫"。其中"十淫"最为关键，周公认为商代如今岌岌可危就是因为纣王违犯了十淫。"淫"即过分、毫无节制。十淫包括：一，淫政，即过多的政令和赋税，淫政将不按时节役使民众，结果就会遭到民众的背弃，最终就会破国；二，淫好，即过分的癖好，它将导致不协调，最终就会破义；三，淫乐，即过度享乐，它将败坏道德，道德不纯正，民众就会失去常态；四，淫动，即轻佻好动，它将破坏廉耻之心，没有廉耻之心，民众就不知礼让；五，淫中，即过分拘泥于礼仪，过分拘泥于礼仪形式反而会损害礼，礼不和谐，民众也就不协调；六，淫采，过多的色彩会破坏服制，民众就不顺从；七，淫文，辞藻过于华丽的文章会破坏经典，不合教化，则民众会学坏；八，淫权，即过分重视

---

[1]　金履祥：《尚书表注》卷二，中华书局 1985 年版，第 112 页。

权变、变通，这将破坏成法，导致人们不遵守法规；九，淫贷，"贷"为"贰"字之误，贰，副职，与"职"（正职）相对应，淫贷即过多的副职，这将破坏正职，政令就不顺畅；十，淫巧，过度的工巧会耗费财用，事情难成。"政"、"好"、"乐"、"动"、"中"等等本身并无不妥，但是过分、走向极端，就不妥了。"淫"就是极端的行为。

"十淫"中大多涉及统治者与"民"的关系，"保民"是《尚书》的核心观念之一。殷周革命之际，周人看到了民心向背的作用，关注民众的力量，于是提出了"保民"的思想。"保民"思想的提出是针对商纣王的经验而提出的。纣王纵欲无度，恣意佚乐，耗费大量财力、人力，终于引发民众的不满，最终步向覆灭。周初统治者意识到，要想"保民"，就得限制统治者的言行，勿使其"淫"，勿使其"佚"。

（3）"无逸"

《尚书·无逸》篇更集中体现了以周公为首的周初统治者关于"逸乐"的思想。

《无逸》是周公对成王的告诫之辞，在中国散文史上具有特殊的地位，清人罗惇曧《文学源流·周秦诸子总论》："至于《无逸》开奏议之先。"在《尚书》时代，散文有"六体"：典、谟、训、诰、誓、命，《无逸》属于"诰"。"诰"与"训"其文体相近，皆含警戒之意。《无逸》的语言相对于上古简质的文字，已经十分流畅、典雅了。在论述观点的过程中反复申说，正反对照，文采斐然，形成"宽平不迫"而包蓄广大、含藏不尽的韵味。

《无逸》是周公还政于成王时写的。《史记·鲁周公世家》载曰："成王长，能听政。于是周公乃还政于成王，成王临朝。周公之代成王治，南面倍依以朝诸侯。及七年后，还政成王，北面就臣位，歔歔如畏然。……及成王用事，人或谮周公，周公奔楚。成王发府，见周公祷书，乃泣，反周公。周公归，恐成王壮，治有所淫佚，乃作《多士》，作《毋（无）逸》。……作此以诫成王。"[①]

　　周人原以农业立国，素有"好耕农"、"宜谷者稼墙"（《史记·周本纪》）之传统。周人爱惜粮食，酿酒较谨慎，文王规定只有在祭祀的时候才能饮酒，而且不能醉酒。然而，周人胜利之后，骄奢之风渐起，特别是殷人的狂饮之风在周人中传染开来。殷人尤其是殷代后期，骄奢淫逸，酗酒成风，正是这种风气导致殷人被"天"所遗弃。微子叹曰："我用沉酗于酒，用乱败厥德于下。"（《尚书·微子》）周公在《尚书·酒诰》中总结殷商王朝灭亡教训时亦指出："在今后嗣王酣身，厥命罔显于民，祗保越怨不易，诞惟厥纵，淫佚于非彝，用燕丧威仪，民罔不蠹伤心。惟荒腆于酒，不惟自息乃逸。厥心疾很，不克畏死。辜在商邑，越殷国灭无罹。弗惟德馨香，祀登闻于天，诞惟民怨。庶群自酒，腥闻在上，故天降丧于殷。罔爱于殷，惟逸。天非虐，惟民自速辜。"周公反复指出：纣王沉溺于饮酒，引起民众的怨恨，终于天命不保；纣王仍不思悔改，大肆纵情于过度的淫乐活动。贪图安乐而丧失了作为君王的威仪，臣民无不痛心疾首。纣王放纵饮酒，从不自我节制而，骄奢隐逸。最后众叛亲离，上天把亡国的灾祸降给了殷。上天之所以抛弃殷商，是因为他们淫逸过度。这是周公对殷周革命的深层原因的分析。

　　酗酒成风，只不过是一种表现形式，它却反映出胜利后的周人的某种精神状态，一种淫逸奢靡的生活风尚渐渐养成。周初统治者鉴于殷人酗酒的危害以及周人取胜后的状态，清醒地意识到革命后的严峻形势，《尚书·召诰》载："皇天上帝，改厥元子兹大国殷之命。惟王受命，无疆惟休，亦无疆惟恤。呜呼，曷其

---

① 司马迁：《史记》，中华书局1982年版，第1520页。

奈何弗敬!"应心怀无疆的忧患,保持高度的谨慎。

周初统治者希望对"逸"进行规范:一方面告诫:"汝勿佚!"(《尚书·酒诰》)竭力强调君臣上下戒骄勿逸和奋勉从政。另一方面,也认可合理的逸乐和饮酒:

> 小于惟一妹土,嗣尔股肱,纯其艺黍稷,奔走事厥考厥长。肇牵车牛,远服贾用。孝养厥父母,厥父母庆,自洗腆,致用酒。
>
> 庶士有正越庶伯。君子,其尔典听朕教。尔大克羞耇惟君,尔乃饮食醉饱。丕惟曰:尔克永观省,作稽中德。尔尚克羞馈祀,尔乃自介用逸。

《酒诰》是周公对康叔的诰词,周公认为,对于殷商故地(妹土)的人们而言,只要他们能尽力劳动,专心致志地种植好庄稼,勤勉地奉事父母兄长。农事完毕后,勉力牵赶着牛车,到远方从事商业贸易,用以孝敬赡养父母。父母欢喜,这时就可以自己办好丰盛的膳食,就可以饮酒了。对于周朝的众卿士、有职位人以及各国诸侯、各级官员而言,能听从朝廷的教导,按时进献美食给老人和君王,就可以喝饱吃足,可以自己谋求逸乐了。可见,周公并非反对逸乐本身,而是反对不顾一切的逸乐,反对纵欲。

为了及时消除了享乐之风对西周新生政权的消极影响,周公作《无逸》以告诫成王不要放纵逸乐。

《无逸》开篇曰:

> 周公曰:"呜呼!君子所,其无逸。先知稼穑之艰难,乃逸,则知小人之依。"

　　这段文字"无逸"与"乃逸"并举，颇费人思量。王念孙以为"乃逸"二字是衍文。"先知稼穑之艰难，则知小人之依。文义上下相承，中间不得有乃逸二字。且周公戒王以无逸，何得又言乃逸乎？乃逸二字盖涉下文'厥子乃不知稼穑之艰难，乃逸乃谚'而衍。"（《经义述闻》卷三十二）王夫之曰："《书》云：'所其无逸'，言勿逸其所不可逸者也。"（《尚书引义》卷五）结合上下文及历史语境，周公并非全然否定"逸"，只是逸者易而无逸者难，逸者众而无逸者寡，故特加以提倡耳。实际上，周初统治集团也存在种种逸乐：观、逸、游、田。"无逸"并非否定逸乐，而是反对过分的逸乐，也就是"淫逸"。故该段文字是说：君子在其位，岂能没有逸乐！然而，须先了解稼穑的艰难，才能享受逸乐，这样方可理解百姓的苦衷。

　　逸乐是普通人的天性，"中人之性好逸豫"（《尚书》孔传），逸乐是合理的。然而，若无警惧而防闲、制驭之，逸乐就如脱缰的野马，狂奔不止，并最终伤及人自身。所以，人们出于理性的考虑，在享受逸乐的同时会加以适当的节制，不至于淫逸。

　　对于"君子"而言，对逸之心有所敬畏更加重要，因为君子特别是君王更具逸乐的条件。"人主又不与常人同。彼其享四海九州岛之奉，意之所欲无不可者，往往易得适情纵意。苟不自为检束，严其防闲，则恣其心之所欲何所不至？……且如人主享崇高富贵之极，适情纵欲何所不可？欲声色则声色在前，欲货利则货利便有，所以欲无不遂，求无不得。"[1]"人主者，小民之主，而所处安逸之地，易纵于逸。无逸者，谓其不纵于酒色湛乐与游观田猎之娱也。君子所以无逸者，其必先知稼穑之艰难，故处安逸之地，则知小人之依，所以能体恤小民不自纵逸，故能致

---

① 林之奇：《尚书全解》卷三十二。

小民之无怨，亦足以介吾身之寿康。人主而不先知稼穑之艰难，则处安逸之地，不知小人之依，但知纵一身之欲。夫不知小人之依，则下致民怨；但知纵一身之欲，则享年不永。此一篇之大意也。"① 倡导"无逸"是为了了解"小人之依"，进而"保民"。这是中国古代休闲政治学的基本思路。

在开头的这段文字中还提到了休闲（逸乐）与劳动（稼穑）的关系。在当时所有的劳动中，"稼穑"是最为艰难、辛苦的劳作，寒耕热耘、沾体涂足之劳，水旱螟蝗、风雹之灾，稼穑之艰、农事之难可见一斑，故文章以稼穑之艰指代劳苦。"先知稼穑之艰难，乃逸。"包含着"劳"与"逸"的统一性。宋林之奇《尚书全解》载：

> 苏氏曰：旧说先知农夫之艰难，乃谋逸豫，非也。周公方以逸为深戒，何其谋逸之亟也？盖曰王当先知稼穑之道，惟艰难乃所以逸乐，此说是也。先儒之失在于"谋"之一字。以逸豫为谋，则是有心于逸。有心于逸，则将为民害矣。惟以稼穑艰难为念，而不留意于逸者，乃所以能逸。盖好逸未必得逸，无逸者自然逸也。

林之奇认同苏轼的观点，认为不可将"劳"与"逸乐"两截，将"逸"视为主体的一种有意、执着的"谋图"。

接下来，周公列举殷代及周代圣明的君王兢兢业业，不敢荒宁，从而能享国持久的事例，反复申说无逸之益：

> 周公曰："呜呼！我闻曰：昔在殷王中宗，严恭寅畏，天命自度，治民祗惧，不敢荒宁。肆中宗之享国七十有五

---

① 金履祥：《尚书表注》卷二，中华书局1985年版，第112页。

年。其在高宗，时旧劳于外，爰暨小人。作其即位，乃或亮阴，三年不言。其惟不言，言乃雍。不敢荒宁，嘉靖殷邦。至于小大，无时或怨。肆高宗之享国五十年有九年。其在祖甲，不义惟王，旧为小人。作其即位，爰知小人之依，能保惠于庶民，不敢侮鳏寡。肆祖甲之享国三十有三年。

殷中宗是商汤玄孙、商朝第 5 代国君太戊，《史记·殷本纪》载太戊即位之前"殷道衰，诸侯或不至"，而太戊称帝后，立伊陟为相，修德行善，"殷复兴，诸侯归之，故称中宗"。中宗治国有方，在位 75 年。高宗是商朝第 22 代国君武丁，《史记·殷本纪》载其即位之后，"思复兴殷"，梦见傅说并举以为相，"修政行德，天下咸欢，殷道复兴。帝武丁崩，子帝祖庚立。祖己嘉武丁之以祥雉为德，立其庙为高宗"。中宗在位 59年。祖甲是商朝第 25 代国君。其父武丁发现祖甲聪明，决定让他代替哥哥祖庚继位，但祖甲明白这是不义之事，便逃亡民间，与普通民众打成一片，直到祖庚死后才出来即位，因曾长期生活在民间，故体恤民众的疾苦，在位达 33 年。这几位贤明的君王的共同特点是"不敢荒宁"和"知小人之依"。"依"有苦衷之意。王引之释云："依，隐也。谓知小人之隐也。《周语》'勤恤民隐'，韦注曰：'隐，痛也。'小人之隐，即上文稼穑之艰难，下文所谓小人之劳也。云隐者，犹今人言苦衷也。"[①]

周公在《无逸》的开头提出一个现象，我们可以概括为"二代现象"或"后代现象"：

　　　相小人，厥父母勤劳稼穑，厥子乃不知稼穑之艰难，乃

---

　　① 王引之：《经义述闻》卷四"小人之衣"条，江苏古籍出版社 1985 年版，第 98 页。

> 逸乃谚。既诞，否则侮厥父母曰："昔之人无闻知。"

不仅是王侯、世禄之家，你看看就连那些普通的老百姓，其父母辛勤耕耘，但他们的儿子们却不知稼穑的艰辛，贪图逸乐，狂妄粗暴，以至于欺诈诓骗，还瞧不起父母，埋怨说："你们老一辈人过时了。"周公提出小人（老百姓）存在的这种现象，是为了告诫作为"王二代"的成王。周公指出殷代贪图安逸的昏君难以保持王位，说明"逸"之祸，以此与上面列举的"无逸"之福形成对照。无逸者则历年有永，故能终享其逸，而那些耽于逸乐者因贪图目前之娱则无望乎享受国历年之永，这既包含逸与无逸的辩证关系，也说明世界的公平性。

> 自时厥后立王，生则逸，生则逸，不知稼穑之艰难，不闻小人之劳，惟耽乐之从。自时厥后，亦罔或克寿。或十年，或七八年，或五六年，或四三年。

这类君王的特点是一出生就生活在安逸的环境中，不知稼穑之艰难，也不了解民众的辛劳，整日沉湎于逸乐之中。他们的结局也一样，没有能够持久在位的，最多也不过十年，短的则只有三、四年。"二代"现象是中国的一种普遍现象，从"小人"到"君王"。故有创业容易守业难的说法。"大抵创业之君躬履艰难，所以能恭俭；守成之主，坐享治安，往往易得侈靡。"[1] 这也是周公最担心的，在《无逸》的结尾，周公再次谆谆教诲："呜呼！嗣王！其监于兹。"后世继位的国王啊，要以此为鉴啊！

在介绍了殷商的两类不同的君王之后，周公将讨论引向本朝，赞美文王及其祖父古公亶父、文王的父亲季历：

---

[1]　袁燮：《絜斋家塾书钞》卷五。

周公曰："呜呼! 厥亦惟我周太王、王季，克自抑畏。文王卑服，即康功、田功。徽柔懿恭，怀保小民，惠鲜鳏寡。自朝至于日中，昃，不遑暇食，用咸和万民。文王不敢盘于游田，以庶邦惟正之供。文王受命惟中身，厥享国五十年。"

文王是中国圣王的代表，据传，文王做过卑贱的事务，造过房屋，种过田，知道稼穑之艰难。正因如此，文王善良仁慈，和蔼谦虚，心里装着百姓，爱护鳏寡孤独的人。也正因文王知道稼穑之艰难，所以他能勤于政事，从日出至日中，从日中至黄昏，没有闲暇，自己连吃饭的时间都没有，但使得民众安乐。文王不敢沉溺于游观和田猎，恭恭敬敬操劳政事，文王中年时期即诸侯之位，在位五十年。

周公再三告诫成王，王命之长短不在天，而在君王能否限制逸乐保和万民。

（4）古代休闲的基本方式

周公在《无逸》中现列举历史上正反两方面的君王的事例，说明无逸之益和淫逸之祸，并进一步明确提出自己的主张：

周公曰："呜呼! 继自今嗣王，则其无淫于观、于逸、于游、于田，以万民惟正之供。无皇曰：'今日耽乐。'乃非民攸训，非天攸若，时人丕则有愆。无若殷王受之迷乱，酗于酒德哉!"

周公告诫成王：你自现在起继承了王位，那么，你就不能过分地沉溺于观赏、闲逸、游乐和狩猎。贤明的君主一定要勤俭，依靠百姓正常进贡的物品来生活就行了，不能加重百姓的负担。

不要为自己开脱，说："今天我尽情地玩一下。"骄奢淫逸不是引导民众的方法，也不是顺天的行为。贪图淫逸的人是有罪过的，会遭到报应的。不要像纣王那样，纵酒没有节制啊！

在这段文字中，周公从否定的方面提出了休闲的四种方式：观、逸、游、田。这也许是中国最早的对休闲的分类。不过，这四种方式并非处于同一层次，逸为统领，而观、游、田是隶属于"逸"的三种方式。

当代有学者将休闲就其性质和价值分为善闲和恶闲。也有人将休闲分为三类：雅闲、俗闲和恶闲。① 善闲以内心的充盈为目的，而不是感官的愉悦，更不是情欲的放纵。按照这种划分，《无逸》中的观、逸、游、田都应归为恶闲，但是，我们也不能否认，即便是在所谓的"恶闲"中，我们也可以领略生命的欢愉。因此，任何休闲方式当中都有可取的因素。实际上，休闲方式本身并无善恶之分。善恶要看行为人是否损害了社会和他人的利益。周公并非否定"观"、"逸"、"游"、"田"本身，而是君王"淫"于观、"淫"于逸、"淫"于游、"淫"于田，过分谋求安逸会加重民众的负担，引发民众的怨恨，并最终将导致天命不保，纣王就是最好的例子。

（5）"无逸"观念的价值和意义

周初的文化观念是"敬天"、"保民"。敬则不逸，逸则不敬，对"天"的敬畏就不能过分沉溺纵欲和享乐，否则天会褫夺其天命，降祸罹灾。对"民"的保护就不能过分逸己劳人，不逸豫则斯能治民。如果天怒人怨就会像纣王那样失去政权。

从《无逸》对"逸"的评判中可以见出周代初期的统治者的忧虑、警惧和作为上位者的责任。正如《诗经·小雅·十月

---

① 参见孙红、雷正良《"休闲文化与当代生活学术研讨会"综述》，《江西社会科学》1999 年第 7 期。

之交》所吟诵的："悠悠我里，亦孔之痗。四方有羡，我独居忧。民莫不逸，我独不敢休！天命不彻，我不敢效我友自逸。""里"为"悝"的假借字，忧愁之意。痗（mèi），病，忧思成疾。诗中这位忠于国事、忧悯苍生的官员在他人逸乐之时，独自坚守，不敢休息，不忍逸乐。

历史上具开创之功的君王，大多历经艰辛，而继位登基的君王大抵如鲁哀公所自我描述的：生于深宫之中，长于妇人之手，未尝知忧，未尝知劳，未尝知惧，未尝知危。这些温室中的花朵"非有栉风沐雨之艰，而遂据此富贵之势；非有殚精疲神之劳，而遂享此治安之效，则逸豫之心不期生而自生矣"（林之奇《尚书全解》卷三十二），极易沉湎逸乐，骄淫矜侉，不敬王政，因而极易丧失政权。在周公看来，"无逸"是"立政"的基本条件。

"无逸"的观念的积极意义在于：

其一，忧虑国事，不耽于逸乐。《无逸》针对的原本是一特殊的人群——统治者、领导者，特别是最高统治者。作为政治人物，他有特殊的责任。若耽于逸乐，其危害将十分巨大。

其二，体现了统治者的仁心，不过分扰民，"彼之劳苦万状，我何忍以逸为哉！斯民必将得以从事于畎亩之闲，而无丝毫之扰也"。（《尚书全解》卷三十二）一个能体恤民众的领导者若全心全意为民众服务，就不能耽于一己之闲。历史上一些荒淫无度的君王往往淫浸一己之乐，逸豫无度，夺民时，困民力，终致民心背离，酿成社会危机。《无逸》列举殷商三宗忧勤不息，享国长久，而殷商后王逸豫自适，过早坠失其天命，以说明享国之短长并非纯由上天安排，也取决于君王自身的行为，那些耽于逸豫的君王早坠厥命，而那些怀警惧之心的君王历年有永。

当然，对"逸乐"的警惧，并不是完全否定休闲与逸乐。古人认识到人生逸乐的天性，因而肯定其合理性。实际上古代帝王一方面提倡"无逸"，但生活中仍少不了逸乐，这也绝非是虚伪，而是掌握住了逸乐与无逸的辩证法。如果主观上过分讲求逸乐，往往忘记生活艰辛的一面，逸乐成了轻飘飘的休息，成了生命中不能承受之轻，结果反而不能领略逸乐。

> 李翱曰：人皆知重敛可以得财，而不知轻敛之得财愈多。柳子厚曰：污吏之为商不若廉吏之为商，其为利也博，是周公无逸乃逸之说也。夫无逸而乃逸，非是无逸者，其心已在于逸也，效之必至理之固然也。（《尚书全解》卷三十二）

其三，《无逸》强调柔性的防御和"慎始"。

闲、防闲不同于硬性的制止、限定，而是柔性的防御。"闲者，宽而防之之谓也。"（胡瑗《周易口义》卷六）

这种宽而防的闲，往往是在事物的不利情形尚未显著之前就加以"豫防"，能于思虑未动，私邪未萌之前豫防闲之。正因为其防闲是柔性的，而非过分强制性的，故不与"休闲"、"逸乐"决然对立。

其四，周公以辩证的方式处理"逸"与"无逸"，强调"克和厥中"。"中"为中国文化价值观念的核心，在对待"逸"的问题上，周公将"无逸"与"乃逸"相互联系起来，既认可逸豫，又谨防逸豫，赞赏明主"不刚不柔，厥德允修"。对于君子而言，无逸或不耽于逸乐者方能享国之永逸，而耽于逸乐，满足于眼前享乐的则丧失国之永逸。对于常人而言，耽于淫欲享乐，往往伐性殒寿。人之常情，勤俭生于贫，骄奢生于富，那些富于财货的往往容易骄傲矜侉。子贡曾问孔子"富而无骄，何如"？孔子认为"富而无骄，可矣"，但是，还有待进一步精进，未若"富而好礼者"。

"逸"与"无逸"的平衡关系也许可借"收放心"来说明。

放逸之心，人之本然，若没有"放"，心就会死寂。然放荡奢侈之习既久，且自矜夸于人，无所收敛，则必将以恶终，故需要"收"其放心。休闲不是一味逸乐、无所事事，更不是一味收束，而是"收"与"放"之间的均衡与制驭。诗云："君子之马，既闲且驰"（《诗经·大雅·卷阿》），既要防闲，使其不至于狂奔乱跑；然而，又不能过多拘束。孔子"从心所欲不逾矩"，大概正是这种既闲且驰、收放自如的自由境界。正如陶渊明在《闲情赋》中所说："始则荡以思虑，而终归闲正。"中国人在闲适中往往保持一份矜持，绝非放纵，所谓"奉养有节"。明人吴宽记述当时的逸士钱逊，"少游江湖间，中岁屏迹里巷，至老益喜闲适，翛然逸士也。翁无子，以家事悉付赘婿，素与竹堂僧暄公为方外交，即精舍傍凿池开圃，数携亲友往游，烹鱼煮笋，日醉以乐，或避暑竹林下，脱帽衔杯，有六逸风致。平生奉养甚厚，市中新味，人争售之。翁治以荐客，亦不自享也。……然翁虽好逸乐，未尝从侈靡习，至老其德固无悖其常者，里人故敬重之"①。人生需要休闲、逸乐，然而，不能悖其常理，闲适之中岂能妄言以溺其理哉！亚里士多德也认为，休闲与节制不可分，"节制是在快乐方面的适度"。②

　　其五，《无逸》提出了"德"的观念，以德来防闲放逸。"德"是自我警醒的道德观念，其动力之源来自人的内部，它有别于外部的强制性的约束，德义礼乐积诸身，则放荡奢侈之习自消。这样，既有防闲之功，又无强制之感，而是隐含着道德自律的自由感，故在"防闲"之中又有"休闲"、"悠闲"。中国古代"闲"兼具"防闲"与"休闲"二义，而其连接点正在君子

①　吴宽：《家藏集》卷七十三《蔗庵翁墓表》。
②　亚里士多德：《尼各马可伦理学》，廖申白译注，商务印书馆2003年版，第88—89页。

的人格修养，特别是道的修养。

其六，在君子的修养中，还包括文化修养，古人的文化修养集中在"六艺"，其中又以"乐"最为关键。"乐者，圣人因人之豫而节之，所以养其正，而闲其邪。其和可以感鬼神，而况于人乎！（荀子）曰：乐者，人情之所不能免也。人情不能免而不能节文以正之，则民德乱矣。"（李衡《周易义海撮要》卷二）

最后，《无逸》中实际上蕴含着休闲政治学。统治者应时时注意节俭。中国古代推崇节俭之德，特别是作为统治阶层。骄淫矜侉将涉凶险，若不加以防闲，则人情流放，必至于有悔。罗马的衰败与纵欲逸乐是密切相关的，唐明皇贪求眼前之快活，不思日后之事，导致安史之乱。古今中外历史上大量的事实说明了这一点。

当然，站在今天的立场上看，过分执着于政治功用性而否定"逸"也有其历史的局限性。《无逸》中所代表的对生活的过分忧虑，对逸乐之美的否定，在时代发生巨大变迁的今天，有其值得反思的地方。古人认为一有逸乐即非圣人，宋代理学甚至将其与天理对立。然而，劳作、忧虑是为了生活得更美好，劳动的目的是休闲。我国休闲学家于光远先生在 20 世纪 80 年代就提出社会主义的生产目的是为了改善人民的生活，而不是为了生产而生产、为了积累而积累、为了高速度而高速度。经济发展的目标不是先生产后生活，而是实现人民的富裕和生活幸福。为了某种不确定的未来而杞人忧天，往往也有忽视生命的欢愉之嫌。

但总的说来，《无逸》中的休闲思想仍然对我们思考休闲问题有参考价值，对于我们当下的浮躁和焦虑的时代，在炫耀性休闲渐成风气的时代，世禄之家如何做到不奢靡，贫贱之家如何做到贫而乐？尤其是官场如何克服奢靡之风？《无逸》等古典散文中所包含的休闲思想对我们的休闲实践有指导意义。

古人常常感叹：闲岂易得哉！休闲是轻松的，但又不是轻松的。

第四章　仁者之乐

　　休闲不仅是哲学、政治学思考的问题，也是伦理学思考的问题。《尚书·无逸》中"先知稼穑之艰难，乃逸，则知小人之依"，有仁恤斯民之意，已隐含伦理情感，若能将"稼穑之艰难"和"小人之依"常置于胸臆，就会心生恻隐，彼之劳苦万状，"我"何忍以逸为哉！

　　春秋战国时期，社会经济得到了迅速发展，产生了大量有闲阶层。墨子说自己"上无君上之事，下无耕农之劳"。正是有闲阶层的出现，出现了专门从事文化生产的"士人"群体。加之"礼崩乐坏"的时代环境，出现了"百家争鸣"、"处士横议"的局面。春秋以前，学在官府，春秋时期，私人讲学、著书蔚然成风，产生了《论语》、《墨子》、《孟子》、《庄子》、《荀子》、《韩非子》等诸子散文。面对休闲生活，各家也有不同的观念。大体而言，墨家和法家强调人的工具性，因而不重视休闲问题，甚至否认休闲文化。如《墨子·非儒下》：

　　　　有强执有命以说议曰："寿夭贫富，安危治乱，固有天命，不可损益。穷达、赏罚、幸否有极，人之知力，不能为焉！"群吏信之，则怠于分职；庶人信之，则怠于从事。吏不治则乱，农事缓则贫，贫且乱，政之本，而儒者以为道教，是贼天下之人者也。

　　且夫繁饰礼乐以淫人，久丧伪哀以谩亲，立命缓贫而高浩居，倍本弃事而安怠傲，贪于饮食，惰于作务，陷于饥寒，危于冻馁，无以违之。是若人气，鼷鼠藏，而羝羊视，贲彘起。君子笑之，怒曰："散人焉知良儒！"夫夏乞麦禾，五谷既收，大丧是随，子姓皆从，得厌饮食。毕治数丧，足以至矣。

　　墨子反对儒家固执地坚持"有命"的观念。在墨子看来，人们信奉"天命"，官吏就会怠于分内的职责，天下就会大乱；民众就会怠于该做的事务，粮食等就会匮乏。墨子讥讽儒家用烦琐的礼节迷乱人心，假借礼仪卑怜乞食；编造出"命"之类的说法，引诱人们安于贫困以傲世。背离根本放弃农事而安于懈怠慵懒。贪求饮食，懒于劳作，难免陷于饥寒，困于冻馁。儒者就像乞丐乞食，像田鼠偷藏食物，像公羊一样贪婪地盯着他人，像阉猪一样跃起争夺。君子嘲笑他们，他们还愤怒地说："庸人怎能知道良儒呢？"夏天乞食麦子和稻子，五谷收齐了，就盯着大办丧事的人家，子孙都跟着去白吃白喝，办几次丧事，就足够潇洒一阵子了。

　　在先秦诸子中，道家崇尚自然，提倡无为、虚静，是最推崇休闲生活的，庄子倡导逍遥游，不愿出仕，而甘愿像乱泥里的乌龟，悠闲地摆着尾巴。

　　儒家介乎否定休闲生活的墨家、法家与积极倡导休闲的道家之间。

　　其一，儒家的理想人格是君子，君子以仁慈为怀，儒家重视进取，因而对休闲似持否定态度。"好逸恶劳"，"玩物丧志"在价值层面上是被人诟病的。

　　在生产力低下的时代，"个个休闲"只是一种理想。当时无法获取满足全体社会成员所需的生活资料和财富，只有极少数人能够过有闲的生活。这极少数人为了保障其有闲生活，以制度的形式规定了其占有社会资源、享受悠闲的生活。从奴隶制到资本主义制度，均为少数特权阶层为自己的有闲而剥夺他人的劳动成果的制度。《诗经·魏风·伐檀》：

> 坎坎伐檀兮，置之河之干兮。河水清且涟猗。不稼不穑，胡取禾三百廛兮？不狩不猎，胡瞻尔庭有县貆兮？彼君子兮，不素餐兮！
> 坎坎伐辐兮，置之河之侧兮。河水清且直猗。不稼不穑，胡取禾三百亿兮？不狩不猎，胡瞻尔庭有县特兮？彼君子兮，不素食兮！
> 坎坎伐轮兮，置之河之漘兮。河水清且沦猗。不稼不穑，胡取禾三百囷兮？不狩不猎，胡瞻尔庭有县鹑兮？彼君子兮，不素飧兮！

少数人的有闲是建立在不平等的社会制度上的，大多数人的劳作成果被极少数人占有，成就"硕鼠"与钟鸣鼎食之家。极少数特权阶层的"有闲"缺乏社会公义，它只是极少数人的休闲，是统治阶级的"独乐"，它与人类的大同社会理想相悖。马克思在中学阶段的拉丁语作文《奥古斯都的元首政治应不应当算是罗马国家比较幸福的时代》中这样写道："如果一个时代的风尚，自由和优异性受到了损害或者被破坏了，同时，贪得无厌，铺张浪费和荒淫无度充斥泛滥，那么这个时代就不可能称为幸福时代。"① 在生产力低下和社会正义缺失的状况下，幸福和休闲的"乐土"只是人们的一种幻想。《诗经·魏风·硕鼠》咏

---

① 《马克思恩格斯全集》第 40 卷，人民出版社 1982 年版，第 825 页。

叹道：

> 硕鼠硕鼠，无食我黍！三岁贯女，莫我肯顾。逝将去
> 女，适彼乐土。乐土乐土，爰得我所。
> 硕鼠硕鼠，无食我麦！三岁贯女，莫我肯德。逝将去
> 女，适彼乐国。乐国乐国，爰得我直。
> 硕鼠硕鼠，无食我苗！三岁贯女，莫我肯劳。逝将去
> 女，适彼乐郊。乐郊乐郊，谁之永号？

　　另外，少数特权阶层打发闲暇时间的方式往往是纯消耗性的，也就是说他在消耗闲暇时间时并未促进自身的发展和社会的进步。有些有闲者打发闲暇的方式不是有益的活动，而是"浪费在欢宴和游荡上"。[①] 在康帕内拉的太阳城中，人们每天劳动 4 个小时，"其余的时间都用来愉快地研究各种科学、开座谈会、阅读、讲故事、写信、散步以及从事发展脑力和体力的活动，而且大家都乐意从事这一切活动。只是不允许玩骨牌、掷骰子和下棋以及其他静止不动的赌博游戏；打球、棒球、套环、摔跤、射箭、射击和标枪等是准许的"[②]。从这些论述中可以发现，如何度过闲暇时间是有区别的，有积极的休闲，有消极的休闲。积极的休闲是指从事高级的活动发展休闲主体，因而是创造性的活动；消极的休闲只是无聊地打发闲暇时间。马克思比较了两种休闲方式："如果音乐很好，听者也懂音乐，那么消费音乐就比消

---

　　① ［英］托马斯·莫尔：《乌托邦》，戴镏龄译，商务印书馆 1982 年版，第 57 页。

　　② ［意］康帕内拉：《太阳城》，陈大维等译，商务印书馆 1980 年版，第 24 页。

费香槟酒高尚。"① 尤其是对 "下流的娱乐"② 予以批判。

其二，中国传统文化虽然对 "好逸恶劳" 予以道德批判，但在有所 "用心" 这个角度孔子对 "博弈" 等休闲方式予以某种程度的肯定。"饱食终日，无所用心，难矣哉！不有博弈者乎，为之犹贤乎已。"（《论语·阳货》）博，局戏、游戏也；弈，围棋也。在孔子看来，博弈固然不是君子所取的生活方式，但是，与饱食终日，无所用心相比，还是要优胜一些。饱食终日，无所用心是纯消耗性的，而博弈主要是围棋之类的休闲益智游戏。《人谱类记》卷下云："昔人博弈不过消闲适兴而已，至今日则流为呼卢斗吊，专以赌钱为事。"博弈、游戏虽为小道，但毕竟丰富了生活，"必有可观者焉"，故而得到了有所保留的肯定。

孔子并没有直接谈论休闲，但孔子对君子心性的认定从根本上肯定了休闲。

第一节　仁者安仁

1. 孔子 "仁" 的思想

孔子的思想核心是 "仁"。

关于 "仁"，孔子并未作固定的界定，而是随着具体场景、对象，随时赋义。如：颜渊问仁，孔子的回答是："克己复礼为仁。一日克己复礼，天下归仁焉。为仁由己，而由人乎哉?"（《颜渊》）仲弓问仁，孔子的回答是："出门如见大宾，使民如承大祭。己所不欲，勿施于人。在邦无怨，在家无怨。"（《颜渊》）司马牛问仁，孔子的回答是："仁者其言也讱。"樊迟问

---

① 《马克思恩格斯全集》第 26 卷第 1 分册，人民出版社 1972 年版，第 312 页。
② 《马克思恩格斯全集》第 46 卷下，人民出版社 1980 年版，第 227 页。

仁，孔子的回答是："爱人。"《子路》中，樊迟问仁，则说："居处恭，执事敬，与人忠。虽之夷狄，不可弃也。"

"仁"字甲骨文写作ㄥ。"仁"从其造字本义看，乃是强调人与人之间的关系，仁，即人与人之间的关联，一种亲善的关联："仁，亲也。从人，从二。"（《说文》）"仁"类似西方现代哲学中的"主体间性"。"仁"字还有一个古字体"忎"，籀文写作忎，即心中装着众人。

儒家的"仁"从最切近的血亲关系开始，进而推及他人：

> 有子曰："孝弟也者，其为仁之本与！"（《学而》）
> 子曰："弟子入则孝，出则弟，谨而信，泛爱众，而亲仁，行有余力，则以学文。"（《学而》）

孔子思想中的关键是仁、礼、乐，而"仁"尤为根本：

> 子曰："人而不仁，如礼何？人而不仁，如乐何？"（《八佾》）
> 子曰："礼云礼云，玉帛云乎哉？乐云乐云，钟鼓云乎哉？"（《阳货》）

"仁"是"礼"、"乐"的基础和核心内容，同时，"仁"是人安生立命之基：

> 子曰："里仁为美。择不处仁，焉得知？"（《里仁》）
> 子曰："君子去仁，恶乎成名？君子无终食之间违仁，造次必于是，颠沛必于是。"（《里仁》）
> 居是邦也，事其大夫之贤者，友其士之仁者。（《卫灵公》）

　　　子曰："志士仁人无求生以害仁，有杀身以成仁。"
（《卫灵公》）

2. 仁者无忧

　　"仁"不仅仅是人与人之间的关联，还包括人与天地万物的关联。正是在这种关联中，人才能获得稳靠和安宁，而稳靠和安宁是休闲的根基。

　　"仁"的功效体现在克服忧虑——"仁者无忧"。

　　　子曰："君子道者三，我无能焉：仁者不忧，知者不惑，勇者不惧。"子贡曰："夫子自道也。"（《宪问》）

　　"仁"之所以能让人无忧，在于仁突破了个体的局限，在人与人之间友善、亲密的关系中，人人克服了孤独感和不安全感。《论语·颜渊》中云：

　　　司马牛忧曰："人皆有兄弟，我独亡。"子夏曰："商闻之矣：死生有命，富贵在天。君子敬而无失，与人恭而有礼。四海之内皆兄弟也。君子何患乎无兄弟也？"

　　司马牛是孔子的弟子，复姓司马，名耕，字子牛，宋国人。司马牛感到忧虑，因为他没有兄弟。"孔门十哲"之一的卜商（姓卜，名商，字子夏）宽慰司马牛，对于仁者，"四海之内皆兄弟"，因而无须忧虑。

　　"忧，愁也。"（《说文》）"忧"指人因为某种匮乏、缺失而产生的担心、忧虑，甚至焦虑。这种匮乏感既可以是物质性的，也可以是精神性的。《诗经·召南·草虫》：

　　　　喓喓草虫，趯趯阜螽。未见君子，忧心忡忡。亦既见
止，亦既觏止，我心则降。

　　　　陟彼南山，言采其蕨。未见君子，忧心惙惙。亦既见
止，亦既觏止，我心则说。

　　　　陟彼南山，言采其薇。未见君子，我心伤悲。亦既见
止，亦既觏止，我心则夷。

　　诗人以喓喓鸣叫的草虫起兴，表达了"未见君子"时的忧
虑、焦急、悲伤，以及见到"君子"之后的安宁、喜悦、平和。

　　从心理学的角度上讲，"忧"是一种消极情绪，它与"和
乐"、"安逸"相对立。《诗经·秦风·晨风》："未见君子，忧
心靡乐。"《尚书·洪范》将"五福"与"六极"对举：五福：
一曰寿，二曰富，三曰康宁，四曰攸好德，五曰考终命。六极：
一曰凶短折，二曰疾，三曰忧，四曰贫，五曰恶，六曰弱。

　　"忧"与"忧患"有一定的联系，但"忧"主要指消极的
情绪，其产生十分古远；"忧患"则是随理性之光的照耀而产生
的，在中国忧患意识产生于战国时期。"忧患意识是以戒惧而沉
毅的心情对待社会和人生的一种理智的、富于远见的精神状
态。"①"前者是较感性的，后者则较理性；前者是消极的，后者
是积极的。"②古代有"杞人忧天"的故事，理性的"忧患"则
不会逗留在此处，"乐天知命，故不忧"。（《周易·系辞上》）

　　何以解忧？或者借酒消愁，然而借酒消愁愁更愁；或者强调
立善、立德，陶潜诗云："立善有遗爱，胡为不自竭？酒云能消

----

　　① 冯天瑜：《从元典的忧患意识到近代救亡思潮》，《历史研究》1994 年第
2 期。

　　② 蒋寅：《中国诗学的思路与实践》，广西师范大学出版社 2001 年版，第 92
页。

忧，方此诅不劣！"（《形影神》）在孔子看来，"仁"可以克服
"忧虑"并获致安定与持久的快乐。

"仁者无忧"，儒家圣贤在超越"忧虑"的过程中使得心胸
显豁，从而有可能获得真正的休闲。

子曰："君子坦荡荡，小人长戚戚。"（《述而》）

北宋陈祥道《论语全解》卷四将孔子的这句话与"心逸"、
"心安"结合起来理解：

> "作德，心逸日休"，故坦荡荡；"作伪，心劳日拙"，
> 故长戚戚。君子居易以俟命，大行不加，穷居不损，故有终
> 身之乐而无一日之忧；小人行险以徼幸，未得则患得，既得
> 则患失，故有终身之忧而无一旦之乐。此坦荡荡、长戚戚所
> 以不同也。

"作德，心逸日休；作伪，心劳日拙"语出《尚书·周官》。
宋代吕祖谦解释说："从事于诚，则心广体胖，日以休泰；从事
于伪，虽殚其智虑，左蔽右隐，人之视己，如见其肺肝，日彰其
拙矣。天下之至逸而无忧者，莫如德；天下之至劳而无益者，莫
如伪。"[①] 蔡沈（1167—1230 年）亦云："作德，则中外惟一，
故心逸，而日休休焉；作伪，则掩护不暇，故心劳，而日着其拙
矣。"[②]

3. 仁者安仁

> 子曰："不仁者不可以久处约，不可以长处乐。仁者安

---

① 吕祖谦、时澜增：《增修东莱书说》卷三十。
② 蔡沈：《书经集传》卷六。

仁，知者利仁。"（《里仁》）

不仁之人不可使其长久处于贫约，如果长久处于贫约就会为非作歹；不仁者也不可以长久处于逸乐，如果长久处于富贵逸乐便会滋生骄奢淫逸。仁者则不然，即便是面临贫困等外界环境，也能自觉约束自己而不为非，即便长期处于逸乐也不会骄佚放纵。

"仁者安仁"，最重要的是一个"安"字。"安仁者，其心纯一，不待勉强，而无不在是也。"（南宋·张栻《癸巳论语解》卷二）"安"仁不假思虑，无适不然，心怀怡怡。"利"仁，则是认识到"仁"的道德正义性，继而勉力为之者。"安"仁并不是靠道德意志把握仁，而是从本性出发，不待勉强。"仁者安仁者，谓天性仁者，自然安而行之也；知者利仁者，知能照识前事，知仁为美，故利而行之也。"（《论语注疏》卷四）因而，"安"仁者不仅符合德性的要求，也符合天性的本色，崇高并快乐着。这也是孔子的"仁"隐含休闲之意的地方。墨子也强调"仁"，主张"兼爱"，其道德正义性似乎比孔子更加彻底和普泛，但墨子的"仁"体现为"天志"，维持"仁"靠的是道德意志。

休闲问题与安全感是紧密联系在一起的。安全需求是人类最基本的需求之一。《尚书·洪范》将"康宁"列为"五福"之一。美国著名社会心理学家马斯洛（1908—1970 年）将人的需求划分为生理需求、安全需求、社交需求、尊重需求和自我实现需求五个层次。在马斯洛看来整个机体就是一个追求安全的机制，但马斯洛将安全需求看作是较低级的需求，而且在看似科学的分析中将安全需求与社交需求、自我实现需求分割开来。中国文化中的"安"既包含防范性的"安全"，也包含自适性、休闲性的"安宁"。而且，"安"并不是个体内心的一种状态，它是与社会交往等联系在一起的。"仁者安仁"就是将"安"放在主体间性中来理解。

如何获得安全感？我们以为大致有两种方式：一种是以个体为中心，向内巩固安全空间；另一种是以人与人之间，乃至人与万物之间的关系为纽带，向外扩展安全空间。西方文化偏重于个体性，故大多取前一种方式；中国文化，特别是儒家文化偏重于群体或主体间性，故大多取后一种方式。西方论及休闲往往重视个体的独立自由，中国休闲特别是以儒家文化为核心的古代休闲则重视在群体中的和谐关系，乃至人与万物的和谐关系。

卡夫卡的小说《地洞》描写了身处地洞中的一只动物为了获得安全，极力经营它的地下宫殿，小说开头以动物的口吻赞叹道："我造好了一个地洞，似乎还满不错。"[1] 然而，洞口的伪装很有可能被人识破或踩踏，那样整个地洞就暴露了。它住在地洞的顶层，但是敌人也可能钻穿洞壁，向它悄悄逼近。它评价它的地洞："我的地洞的最大优点是宁静"[2]，然而，它又时时觉得这种宁静之中潜伏着危机，时刻担心敌人偷袭的宁静不是安宁，而是死寂和恐怖，它感觉陷入一种巨大的危险的氛围之中。甚至几乎听不见的微弱蛐蛐声也将它从梦中惊醒。为了安全，它将自己幽闭在地洞当中，远离外面的世界，远离旷野，远离他人，它对任何人都不敢信任，它感觉不仅地洞外面有敌人时刻存在，而且地底下也有敌人，"他人即地狱"这种萨特式的感觉围绕着它。为了安全，它准备各种物质。然而，它仍然没有安全感。它伸开耳朵紧张地注意外面的动静，时刻担心别的动物暗处袭扰，"对占有物的快乐，即对财富的悠闲的玩赏，被一种忙乱状态，即无

---

① 叶廷芳选编译：《卡夫卡读本》，新世界出版社 2007 年版，第 68 页。
② 同上书，第 70 页。

休止的不安状态所替代了"①。地洞没能为它带来安宁和休闲，反而成了无名的恐惧和不停的劳碌的牢笼。

与个体占有物质资源而获得安全不同，儒家的圣人将"安"与"德"、"安"与"仁"联系在一起来加以考察，这就有了"仁者安仁"。

儒家的"仁"，它起源人与人的关系，是个伦理学的概念，但它并不停留于此，而是将人与人之间的友善关系投射天地万物，"仁"是一种"世界性"的关系。当"仁"不再局限于一种人与人之间的关系，同时也指向人与天地万物的一体化关系时，"仁"也是一个哲学范畴。

后世孟子从"恕"道而言"仁"，从功夫论的角度引导人领悟"仁"："万物皆备于我矣，反身而诚，乐莫大焉。强恕而行，求仁莫近焉。"（《孟子·尽心上》）

宋代学者则从形而上的角度探寻仁之体。张载《西铭》云："乾称父，坤称母，予兹藐焉，乃浑然中处。故天地之塞吾其体，天地之帅吾其性，民吾同胞，物吾与也。"② 天地为父母，"予"浑然处于天地之间，"予"与天地万物不是对象性的关系，而是同一的关系，天地之气充塞我之体，天地之性主宰我之性。天地所生的民众皆为我的同胞兄弟，天地所生的万物均是我的同伴，"吾"不同于西方的主体性的"我"，"民"也不是与我分离的"他者"，"物"也不是"对象"，而是有血脉贯通的亲近者。程颢亦云："仁者，浑然与物同体。"③ 对此仁之体，明代罗洪先的解释是："仁者浑然与物同体，同体也者，谓在我者亦即

---

① ［德］瓦尔特·比梅尔：《当代艺术的哲学分析》，商务印书馆1999年版，第100页。

② 《张载集》，中华书局1978年版，第28页。

③ 《二程集》，中华书局1981年版，第17页。

在物，合吾与物同为一体，则前所谓虚寂而能贯通，浑上下四方、往古来今、内外动静而一之者也。"(《与蒋道林》)

"至于与天同其大，自然心逸日休，绰绰而有余裕。"[1] 当个体浑然与天地万物同体之时，个体就放大到无限宽裕的世界，因而获得宽松感、闲适感。在"仁"的视域下的张载式"天地"比在"主体"视域下的卡夫卡式"地洞"更能让人的自然之性获得安闲。

4. 休闲之喜

人处于休闲状态时是祥和的，其内心是喜悦的，所以，"休"字古人也常训为"喜"。《诗经·小雅·菁菁者莪》：

> 菁菁者莪，在彼中阿。既见君子，乐且有仪。
> 菁菁者莪，在彼中沚。既见君子，我心则喜。
> 菁菁者莪，在彼中陵。既见君子，锡我百朋。
> 泛泛杨舟，载沉载浮。既见君子，我心则休。

此"休"为"喜"貌。《左传》中"以礼承天之休"，西晋杜预注"休，福禄也"。《康熙字典》："休，即美善、欢乐、吉庆、福禄。""休"的叠字亦为善、乐、宽裕。《诗经·唐风·蟋蟀》："好乐无荒，良士休休。"《传》："休休，乐道之心。"《尚书·秦誓》："其心休休焉，其如有容焉。"《郑注》："休休，宽容貌。"休、休休，均指人恬愉安泰的精神状态，而这种逸乐宽裕的状态常常是"仁"、"道德"观念的产物。

明代大儒王阳明在《为善最乐文·丁亥》一文中也谈到这种快乐：

---

[1]　吕祖谦、时澜增：《增修东莱书说》卷二十。

　　君子乐得其道，小人乐得其欲。然小人之得其欲也，吾亦但见其苦而已耳。"五色令人目盲，五声令人耳聋，五味令人口爽，驰骋田猎令人心发狂。"营营戚戚，忧患终身，心劳而日拙。欲纵恶积，以亡其生，乌在其为乐也乎！若夫君子之为善，则仰不愧，俯不怍；明无人非，幽无鬼责；优优荡荡，心逸日休；宗族称其孝，乡党称其弟；言而人莫不信，行而人莫不悦。所谓无入而不自得也，亦何乐如之！

　　妻弟诸用明，积德励善，有可用之才而不求仕。人曰："子独不乐仕乎？"用明曰："为善最乐也。"因以四字扁其退居之轩，率二子阶、阳，日与乡之俊彦读书讲学于其中。已而二子学日有成，登贤荐秀，乡人啧啧，皆曰："此亦为善最乐之效矣！"用明笑曰："为善之乐，大行不加，穷居不损，岂顾于得失荣辱之间而论之？"闻者心服。仆夫治圃，得一镜，以献于用明。刮土而视之，背亦适有"为善最乐"四字。坐客叹异，皆曰："此用明为善之符，诚若亦不偶然者也。"相与咏其事，而来请于予以书之，用以训其子孙，遂以勖夫乡之后进。①

　　普通的安闲与快乐是和利益得失相关联，稍有所失便心生抑郁，有得而心欲再得，但为善之乐独立于外部遭际，"大行不加，穷居不损"，超然得失荣辱之外。为善的确也能在人世间产生好的效应，但为善者本意并不在此。

5. 休闲之美

　　古代典籍中"休"有"美"的含义。《诗·商颂·长发》

---

①　《王文成全书》卷二十四。

中"何天之休"，东汉郑玄笺"休，美也"。《春秋公羊传·文公·十二》："其心休休。"《注》："休休，美大貌。"美大貌并非指高大壮美，而是指安闲的状态。《周易》否卦："九五，休否，大人吉。其亡其亡，系于苞桑。"俞琰《周易集说》注云：

> "休"与《诗》"菁菁者莪，我心则休"之"休"同。否，至五否将倾矣。大人处此，则安详和缓，不动声色，而措天下于泰山之安。故曰"休否，大人吉"。不然，则荒忙急迫，适以激其变，非吉之道也。大人指占者而言，其亡其亡，儆之至也。桑之方苞，柔弱而不可系物，以此为戒，而防其亡，则存者庶乎其可保也。桑，柔木。《诗》言"柔桑"是也。草木丛生曰苞，与《诗·四牡》"苞栩""苞杞"之"苞"同。[①]

"休"作为心态，有"安详"、"和缓"、"平静"的意思。在日常生活中，临事不乱，从容应变是吉利之道；仓惶急迫则非吉之道。

《尚书》中有"休美"，陶渊明有"闲美"（见《游斜川》序文）。"休美"或"闲美"我们可以将其合称为"休闲美"。休闲美从其呈现形态来讲是指"悠然见南山"、"白鸥没浩荡"之类的审美意象和闲适恬静的生活。从审美发生的角度来讲则是指美的本质，而不仅仅是美的一种特殊形态，也就是说，美是从"休闲"中产生的。中国古代美学强调，人处于平静休闲状态时，世界更容易感发。道家思想中，老子提出"虚静"说：

> 致虚，极；守静，笃。万物并作，吾以观复。夫物芸

---

① 俞琰：《周易集说》卷三。

芸，各复归其根。归根曰静，静曰复命。复命曰常，知常曰
明。（《老子》16 章）

庄子提出"游心于淡，合气于漠，顺物自然而无容私焉"
（《庄子·应帝王》）。"虚"、"淡"、"漠"均为不促迫的状
态——休闲的状态。《庄子·天道》云：

> 夫虚静恬淡寂漠无为者，天地之平而道德之至也。故帝
> 王圣人休焉。休则虚，虚则实，实则伦矣。虚则静，静则
> 动，动则得矣。静则无为，无为也，则任事者责矣。无为则
> 俞俞。俞俞者，忧患不能处，年寿长矣。夫虚静恬淡寂漠无
> 为者，万物之本也。……言以虚静推于天地，通于万物，此
> 之谓天乐。天乐者，圣人之心以畜天下也。

"道家的'虚静'，是借助'退'藏于密，消除'成心'和
私见，并'进'而开出一个丰盈的世界来。"[1] 夫物芸芸，但它
们根源在"虚静"。"从功夫论上看，'虚'引导人们克服私念、
杂念和成心，'虚无恬静'以实现与天地合其德。"[2]

儒家思想中，有"寂感"说。《周易·系辞上》云："寂然
不动，感而遂通天下之故。"马振彪认为："心无私即是无心，
情无私即是无情，洗心藏密，心体光大，不受私累，故能同民交
物，可谓明远者也！……人心至近，自有感通之应。感之者出于
无心，非无心也，无私心也。廓然大公，物来顺应。惟其虚也，

————————

　　① 姜金元：《大象无形——〈老子〉美学思想与中国文学本体论建构》，中国
社会科学出版社 2010 年版，第 137 页。

　　② 同上。

故能受人，君子以之。"①

"寂感"的条件是"无私"。《孔子闲居》中记载：子夏问孔子怎样才可以参天地，孔子回答曰："天无私覆，地无私载，日月无私照。"无私方能感应万物。"仁者，心之全德。人心须是无一毫私系时，斯能感而遂通，无不得其正。即此便是天理之发现流行，无乎不在，全体是仁。若一有私系，则所感者狭而失其正，触处滞碍，与天地万物皆成暌隔，而流为不仁矣。"②

正是在这种人与天地万物的融合中，人与万物相亲近，顿觉山水怡人，美产生了。同时，人突破了其有限性的存在而进入大宽敞、大境界，获得身心的彻底放松。这种仁的体验既是道德体验，也是审美体验，也是"百斤担子，顿尔落地"的休闲感。高尔基曾说"美学是未来的伦理学"，其实在两千多年前孔子的"仁"当中就包含了美学因素，这些美学因素与娱乐和休闲相联系，"仁者乐山，智者乐水"，仁者在与万物的亲近中生出愉悦和闲适。黄宗羲在其《明儒学案》中记录了大量这种体验。如记高攀龙语：

> 过汀州，陆行至一旅舍，舍有小楼，前对山，后临涧，登楼甚乐。偶见明道先生曰："百官万务，兵革百万之众，饮水曲肱，乐在其中。万变俱在人，其实无一事。"猛省曰："原来如此，实无一事也。"一念缠系，斩然遂绝，忽如百斤担子，顿尔落地。又如电光一闪，透体通明，遂与大化融合无际，更无天人内外之隔。至此见六合皆心，腔子是其区宇，方寸亦其本位，神而明之，总无方

---

① 马振彪：《周易学说》，花城出版社2002年，第315—317页。
② 《中国现代学术经典·马一浮卷》，河北教育出版社1996年版，第239页。

所可言也。①

古代大儒徜徉山水绝非仅仅寻求感官之娱，更多的时候是以仁者的心态观照万物，与天地万物融洽相处。

只有仁者才能真正领略大休闲。当代作家张炜认为，"缺少对于他人的美好心情，一个人就没有幸福。人的幸福从根本上讲，是建立在友爱他人的基础之上的。如果研究一下那些纯粹的人，会发现他们独特的生命轨迹；他们一生都在尊重和理解着他人，不遁地接近和触摸其他的心灵"。②

第二节　孔颜乐处

1. 仁与乐

在孔子思想观念的三大要素中，"礼"表现了孔子严肃、虔敬的一面，距离休闲问题比较远。《论语·八佾》云：

> 林放问礼之本。子曰："大哉问！礼，与其奢也，宁俭；丧，与其易也，宁戚。"

"俭"和"戚"可以说都是休闲的反面。

孔子思想中直接与休闲相关连的是"乐"（lè）。如果说孔子思想的核心是"仁"，那么与"仁"更切近的思想范畴应该是"乐"，而不是"礼"。孔子借助"仁"来为"乐"奠基：

> 子曰："人而不仁，如乐何？"（《八佾》）

---

① 黄宗羲：《明儒学案》，中华书局 2008 年版，第 1400 页。
② 张炜：《葡萄园畅想录》，作家出版社 1996 年版，第 143 页。

孔子借助"仁"来延续乐：

> 子曰："不仁者不可以久处约，不可以长处乐。"
> （《里仁》）

如果说"礼"的本质是秩序，"乐"的本质就是逸乐和休闲。
"仁者无忧"、"仁者不忧"是一种否定的表达，若从正面表达就是"仁者有乐"。

论及孔子人们会重视其对"礼"的论述，然而，孔子更重视"乐"。"乐"是人由外部世界走向自适、逸豫的最高阶段，是人格养成的最高境界：

> 子曰："知之者不如好之者，好之者不如乐之者。"
> （《雍也》）

在人们的心目中，孔子是一个马车上的哲人，四处奔波；孔子是一位严肃的长者，不苟言笑。汉代儒者对孔子的神化，改变了孔子原本的模样。

> 子曰："女奚不曰：其为人也，发愤忘食，乐以忘忧，不知老之将至云尔。"（《述而》）

这是孔子对自己的评价。

> 孔圣一生所做的事大概就是教弟子如何找到安详。①

---

① 郭文斌：《快乐的孔子》，《黄河文学》2007 年第 4—5 期。

这是今人对孔子的理解。

《论语》的开端就是讲快乐的,它可以说是《论语》的基调:

> 学而时习之,不亦说乎? 有朋自远方来,不亦乐乎? 人
> 不知而不愠,不亦君子乎?

"说",喜悦,借助"习",外在的知识渐渐内化,心中产生喜悦之情。孔子所说的"乐"似乎比"说"更加自得。朱熹《论语集注》引程子语:"乐由说而后得,非乐不足以语君子。"

2. 乐道与自宽

孔子的"乐"不同于感官之娱,他以"道"为乐。借助"道"恢宏的视界,孔子将乐的范围开拓得如此之广泛,即便是常人不堪忍受的境况,也充满"乐"。以道自守,而不为忧患得失搅扰其心,这是孔子之乐的性质。

"道"的价值追求,可克服现实中出现的困扰,从而获得心灵的安顿与闲适。《史记·孔子世家》记载,孔子师徒一行被困陈蔡,连野菜都没有吃的,弟子们愁眉不展,孔子则抚琴而歌,子路不解,孔子认为真正的贫困是与道的疏离,而非日常的贫困。君子对日常生活的要求不高,而是将注意力放在超远的道上,"食无求饱,居无求安,敏于事而慎于言,就有道而正焉"(《学而》),这样就可避免琐屑、频繁的纷扰,而获得真正的快乐。在"道"和"仁"开启的"闲心"中,面对现实的困境也能悠然自得。

孔子一方面对其理想坚持不懈,"知其不可为而为之"(《宪问》),表现出执着、坚韧。另一方面孔子也反对固执,提出

"毋意、毋必、毋固、毋我"（《子罕》），呈现出知足常乐。《列子·天瑞》载：

> 孔子游于太山，见荣启期行乎郕之野，鹿裘带索，鼓琴而歌。孔子问曰："先生所以乐，何也？"对曰："吾乐甚多。天生万物，唯人为贵。而吾得为人，是一乐也。男女之别，男尊女卑，故以男为贵，吾既得为男矣，是二乐也。人生有不见日月，不免襁褓者，吾既已行年九十矣，是三乐也。贫者士之常也，死者人之终也，处常得终，当何忧哉？"孔子曰："善乎？能自宽者也。"

据传，荣启期为春秋时期的隐者，生活在郕国（今山东汶上县北）郊外，穿着粗布衣服，以麻绳为衣带，但依然鼓琴而歌（见图4—1）。

孔子十分欣赏这种"自宽"的生活态度。"宽"有宽裕、松散、闲适、优裕之意，"自宽"即自得其乐。孔子自己也是以这种态度来生活。

> 子曰："饭疏食饮水，曲肱而枕之，乐亦在其中矣。不义而富且贵，于我如浮云。"（《论语·述而》）

孔子食无求饱，居无求安，但乐在其中，道义是孔子快乐的根源，在他的价值世界中，道义最具价值。不过，孔子并不否定"富""贵"，可以说孔子一生在积极追求富贵。

> 子曰："富而可求也，虽执鞭之士，吾亦为之。"（《述而》）

图4—1　竹林七贤和荣启期砖印模画（局部），1960年4月出
土于江苏省南京市西善桥南朝墓葬，描绘容启期（左）和竹
林七贤之一的阮咸（右）。

　　富贵是人人向往的，但富贵并非人人可得，古人以为富贵贫
贱皆禀之于天命。孔子认为若可以求得（以义的方式求得），即
使是担任执鞭之士这样卑贱的职务，他也愿意。但是，富贵
"如不可求，从吾所好"。（《述而》）皇侃疏曰："如不可求者，
从吾所好者，既不可求，则当随我性所好，我性所好者，古人之
道也。"（《论语集解义疏》卷四）"从吾所好"，这是孔子快乐
的根源。孔子身处乱世，惶惶如丧家之犬，但孔子一生对快乐赞
赏有加，而且他能从其生活处境中寻找到快乐。

　　3. 乐与乐
　　"乐"（lè）是人的一种积极的精神状态，它反映在形式上
就有"乐"（yuè）。"乐（yuè）者乐（lè）也"。古代以乐来调
节人的心情和各种社会关系，与"礼"迭相为用，即所谓"乐

合同，礼别异"。（《荀子·乐论》）

孔子十分喜爱"乐"（yuè），重视乐（yuè），特别是重视《韶》之类的典雅音乐。

> 子在齐闻《韶》，三月不知肉味，曰："不图为乐之至于斯也！"（《述而》）
>
> 子曰："兴于《诗》，立于礼，成于乐。"（《泰伯篇》）

《史记·孔子世家》载：

> 孔子学鼓琴师襄子，十日不进。师襄子曰："可以益矣。"孔子曰："丘已习其曲矣，未得其数也。"有间，曰："已习其数，可以益矣。"孔子曰："丘未得其志也。"有间，曰："已习其志，可以益矣。"孔子曰："丘未得其为人也。"有间，有所穆然深思焉，有所怡然高望而远志焉。

孔子学鼓琴由"曲"、"数"等技术层面深入到"志"等精神层面，音乐将孔子带入穆然、怡然的状态。孔子被困于陈蔡之野，仍"弦歌不衰"，"在危难之际，以音乐为精神安息之地，则其平时的音乐生活，可想而知"。[1]

徐复观先生说，"孔子对于音乐的重视，可以说远出于后世尊崇他的人们的想象之上；这一方面来自他对古代乐教的传承，一方面是来自他对于乐的艺术精神的新发现"。[2] 而音乐精神的源头是快乐精神。这两者在汉语中可以借同一个字符来表示。

---

[1]　徐复观：《中国艺术精神》，华东师范大学出版社 2001 年版，第 4 页。

[2]　同上书，第 3 页。

孔子的"乐"是古典的乐，保持节制，所谓"乐而不淫，哀而不伤"。他最欣赏的音乐是《韶乐》，因为它"尽美"又"尽善"。孔子提倡"放郑声"，因为"郑声淫"。

孔子论及"乐"（lè）的地方有两处最为后人称道，一处是颜回之乐，一处是曾点之乐。

4. 颜回乐处

在孔子的众多弟子中，颜回最受孔子称许，尤其是颜回对待生活乐观的态度：

> 子曰："贤哉回也！一箪食，一瓢饮，在陋巷，人不堪其忧，回也不改其乐。贤哉，回也！"（《论语·雍也》）

在这段文字中，孔子反复赞叹："贤哉，回也！"因为颜回能在常人不堪其忧的境况下获致快乐。颜回不获年，箪瓢屡空而乐在其中；颜回不得寿，"年二十九，发尽白，蚤死"。（《史记·仲尼弟子列传》）

从常人的思路来看，颜回一生实在堪忧。北宋思想家周敦颐提出了一个问题："仲尼颜子乐处，所乐何事？"

颜回之乐应该从"仁"的角度来理解。孔子很少以"仁"赞许人，在其弟子门人中，唯有颜回被认为能"成仁"。《孔子家语》载："孔子曰：'自吾有回，门人日益亲。'回之德行著名，孔子称其仁焉。"《论语》亦云：

> 子曰："回也，其心三月不违仁，其余则日月至焉而已矣。"（《论语·雍也》）

人之为仁并不是一件容易的事，一般的人只是暂时达到仁的境界，唯有颜回移时而不变，长久践行仁。古时三月为一时，天气一变，人心行善亦多随时移变，颜回则虽经一时又一时而始终不变，始终不背离仁道。

正如前面所言，仁者无忧，仁者借助"仁"超越有限和困顿的生活处境而获得大休闲。《庄子》中的一段话也许能帮助我们理解颜回所乐何事：

> 孔子谓颜回曰："回，来！家贫居卑，胡不仕乎？"颜回对曰："不愿仕。回有郭外之田五十亩，足以给𫗰粥；郭内之田四十亩，足以为丝麻；鼓琴足以自娱，所学夫子之道者足以自乐也。回不愿仕。"孔子愀然变容，曰："善哉，回之意！丘闻之：'知足者不以利自累也；审自得者，失之而不惧；行修于内者，无位而不怍。'丘诵之久矣，今于回而后见之，是丘之得也。"（《庄子·让王》）

这种处世之道也反映了孔子的人生信条：不论外界处境如何，内心应保持欢乐。古代休闲更看重的是心的安逸，颜回不假外物而"自娱"、"自乐"、"自得"。钱穆认为颜回之乐："乐从好来。寻其所好，斯得其所乐。"而颜回"所好"何事？答曰："所好惟道。"①

5. 曾点之乐

如果说颜回乐处体现了儒家作为"仁"者的乐，曾点之乐则是圣人之乐。

《论语》中有一篇很特殊的文字，即《先进篇》中"侍坐"章：

---

① 钱穆：《论语新解》，巴蜀书社1985年，第164页。

子路、曾皙、冉有、公西华侍坐。

子曰："以吾一日长乎尔，毋吾以也。居则曰：'不吾知也！'如或知尔，则何以哉？"

子路率尔而对曰："千乘之国，摄乎大国之间，加之以师旅，因之以饥馑；由也为之，比及三年，可使有勇，且知方也。"

夫子哂之。

"求！尔何如？"

对曰："方六七十，如五六十，求也为之，比及三年，可使足民。如其礼乐，以俟君子。"

"赤！尔何如？"

对曰："非曰能之，愿学焉。宗庙之事，如会同，端章甫，愿为小相焉。"

"点，尔何如？"

鼓瑟希，铿尔，舍瑟而作。对曰："异乎三子者之撰。"

子曰："何伤乎？亦各言其志也。"

曰："暮春者，春服既成。冠者五六人，童子六七人，浴乎沂，风乎舞雩，咏而归。"

夫子喟然叹曰："吾与点也！"

三子者出，曾皙后。

曾皙曰："夫三子者之言何如？"

子曰："亦各言其志也已矣。"

曰："夫子何哂由也？"

曰："为国以礼，其言不让，是故哂之。"

"唯求则非邦也与？"

"安见方六七十，如五六十而非邦也者？"

"唯赤则非邦也与？"

"宗庙会同，非诸侯而何？赤也为之小，孰能为之大？"

从这则文字看，孔子是十分欣赏曾点的。故喟然而叹，其折服之态可见。金人瑞激赏"圣"人的这一"叹"，把自己的字改为"圣叹"。但历来大多数正统派对这一赞叹颇为疑惑。积极入世，热衷为政的孔子为何偏偏欣赏曾点的志向呢？曾点的志向在"玩物丧志"的文化背景中能称得上"志"吗？而孔子又是何等贤圣之人？

围绕此章历来聚讼不断，有春游说、祈雨说、退隐说、内圣说、知时说等等。清人崔述干脆将"侍坐"章视为学老庄者之伪托，为战国时人所杜撰，故而在其《洙泗考信录》中不载此章。疑惑者和否定者的基本预设是：孔子不当有如此闲暇之情。

《先进篇》叙写孔子与其弟子朋友谈论人生的志向和理想。前三人或从国家安全、军事实力，或从经济建设、发展生产、关注民生，或进行教化、施行教化。应该说，这三子是颇有社会抱负和谦逊之德的，然而孔子对他们的表现似乎不甚满意。曾点所言与子路、冉有、公西华颇不相同，而孔子单单对曾点大加赞赏。这与孔子在人们心目中的经典形象有很大的不协调。故人们怀疑此章的真实性。有学者认为"《侍坐》写孔子独钟曾皙，不符合孔子的思想形象。孔子对今人最富有教育意义的是他有很强的社会责任心与历史使命感。他怀有一颗强烈的救世雄心，他有干不完的事业，有一双闲不住的手，只要一息尚存，总要诲人不倦，笔耕不辍。他到生命最后一刻，还为自己求道未成而耿耿于怀，始终未能淡定释然。他在生命的每一阶段，都不可能像曾皙那样，放弃社会责任，只求个人游乐。休闲娱乐是人性需求，忙碌一生的孔子也不例外，他一生醉心于音乐，即其一例。但休闲娱乐决不是孔子奋斗追求的人生目标与社会理想，只是他践志求道途中的小息"①。

　　之所以对此章感到费解，是因为对孔子人们已经习惯于作抽象的、道德化的理解。我们并不否认孔子万世景仰的德行，但历史上真实的孔子绝不是抽象的道德偶像，而是鲜活的生命。真实的孔子的生活也绝非不知止息。人们习惯于认为身心的怡乐与道德修养是矛盾的，而道德化的社会舆论将孔子神化为道德超人，因而不相信孔子会认同曾点的潇洒与闲适。实际上，休闲与道德并非天然对立，而是相互联系。而且真正的道德、真实的道德倒是建立在怡乐的基础上的。

　　在文化进程中有一种现象，即将实现目的的手段渐渐转化为目的本身。人的活动是具有目的性的，为了目的的达成，人们会采用一定的方法和手段，围绕方法又会产生新的方法，进而形成方法的长链，而作为这条长链终端的目的却渐渐退出人们的视野，甚至被人遗忘。

　　休闲原本是人类生活的目的，为了达到此目的人类拥有一系列的手段。西方休闲之父亚里士多德指出："全部生活也可分为劳作的与闲暇的，或分为战争的与和平的，各种行为则可分为必需又实用的与高尚的两类……战争是为了和平，劳作是为了闲暇。"②

　　休闲是人类最本真的生存状态，也是人类最理想的生存状态。休闲作为劳作的目的，其自身是自足的，并无更高的目的。"在活动中有一类是为着必需的，为着他物而被选择的，另一类则是以其自身而被选择。幸福显然应该算做以其自身而被选择的东西，

---

①　董楚平：《＜论语・侍坐＞真实性献疑》，《浙江社会科学》2009 年第 3 期。
②　亚里士多德：《政治学》，颜一等译，中国人民大学出版社 2003 年版，第256—257 页。

而不是为了他物而被选择。因为幸福就是自足，无所短缺。"①
"幸福存在于闲暇之中"，"人的本性谋求的不仅是能够胜任劳作，
而且是能够安然享有闲暇。这里我们需要再次强调，闲暇是全部
人生的唯一本原。假如两者都是必需的，那么闲暇也比劳作更可
取，并是后者的目的"。② 著名的休闲学专家伊萨瓦·莫迪也说过：
"假如没有休闲，世界上也就没有幸福之处了。"

孔子的"进"是基于"仁"的原则对时代、民众所作的担
当，为此，他不辞劳苦。但这绝非孔子生活的目的和理想。孔子
基于"仁"的"乐"才是孔子生活的目标。

"曾点之乐"是孔子生活的目标或理想，是生活的本真状
态，为了这个目标，孔子在马车上奔波忙碌，"忙碌是为了休
闲"（古希腊谚语）。后世将孔子生活的手段视为孔子生活的目
的，对"咏而归"的孔子大惑不解。人们始终认为儒家以积极
入世进取为人生价值取向，这种入世的情怀不应当有休闲，似乎
不应该把休闲和儒家联系起来。胡伟希教授指出，"迄今为止，
休闲的历史是一部被误读的历史"，③ 这在对孔子人生志向的理
解，对《论语》侍坐章的理解上尤为明显。

不过，历史上也有一些大儒肯定曾点之乐的意义。如宋代朱
熹认为：

> 曾点之学，盖有以见夫人欲尽处，天理流行，随处充
> 满，无少欠阙。故其动静之际，从容如此。而其言志，则又

① 亚里士多德：《尼各马科伦理学》，苗力田译，中国人民大学出版社 2003 年
版，第 222 页。

② 亚里士多德：《政治学》，颜一等译，中国人民大学出版社 2003 年版，第 269
页。

③ 胡伟希：《追求生命的超越与融通—儒道禅与休闲·总序二》，云南人民出
版社 2004 年版，第 11 页。

不过即其所居之位，乐其日用之常，初无舍己为人之意。而其胸次悠然，直与天地万物上下同流，各得其所之妙，隐然自见于言外。[①]

　　曾点之乐从社会功利的角度看的确算不上高明，但超越人的工具性和功利性，我们会发现曾点之乐包含万物的自性充足。暮春之日，天朗气清，生物畅茂，天地万物各得其所，春服既成，人体和适，此可谓外在的休闲。冠者五六人、童子六七人浴乎沂，风乎舞雩，咏而归，毫不作意、拘束，怡然自得，此可谓内心的闲适。与子路等三人相比，曾点之乐"初无舍己为人之意"，克服了人的工具性，而回到自身的充盈、悠然。

　　元代刘鹗筑深感孔子身上的休闲气韵：风雩之咏归、箪瓢陋巷之无忧、疏水曲肱乐在其中等等，并取孔子"富贵于我如浮云"之意筑浮云道院，饮酒赋诗，投壶雅歌以终日。其《惟实集》中有《疏水曲肱乐在其中论》、《回也不改其乐论》、《浴沂风雩咏而归论》等，阐发孔子的休闲精神。

　　明代以王阳明为代表的心学更是突破汉代儒生对孔子的看法，将心性与世功结合。王阳明本人就世功而言官至南京兵部尚书、都察院左都御史，封新建伯，但他十分推赏曾点之乐。"圣人之学，不是这等捆缚苦楚的，不是妆做道学的模样。……以此章观之，圣人何等宽洪包含气象！且为师者问志于群弟子，三子皆整顿以对。至于曾点，飘飘然不看那三字在眼，自去鼓其瑟来，何等狂态。"[②] 周宗建《论语商》感叹世人很少领悟曾点之乐，"把个现成万物弄得不安不闲"：

---

　　①　朱熹：《四书集注·论语》，岳麓书社1985年版，第163页。
　　②　《王阳明全集》，上海古籍出版社1992年版，第104页。

从来心性、功名不作两截，世有大经济者，须从心性上讨得生活，方能用世出世无所不超。昔贤以唐虞揖让，齐之杯酒；汤武征诛，等之奕棋，这是何等意况？须要知得此理，处处周圆，……贯彻圆通，何待安排，何烦假借？今日不消借之明日，此事不消移之彼事，元无成见可以预备，亦无死局可以先定。曾点此时，实实见得到此，故其动静之际，从容如此。其所言志，则止举现在，只说眼前，任他才名抢攘、制作纷纭，总来只各做一件；却不如三三两两、弄水乘风这般意趣领会得远，包括得全。古来豪杰人多，只为知此意者绝少，所以把个浑沦世界弄得多少不清不静，把个现成万物弄得多少不安不闲。总有经略于唐虞三代，恁地悬绝。今只勘曾点数言，直恁自在，略无意必，这便是千古圣贤实实受用风光，便是千古圣贤实实经纶手段。此正是心性功名打做一团妙用。夫子正为及门诸子猛思用世，却未了得此趣，亦竟有怀莫语，而点之言志，忽尔触之，故不觉为之兴叹耳。凡人搔着痒处，不觉手舞足跳不能自已，喟然之与亦搔着夫子痒处也。[1]

刘宗周对孔子喟然之叹表示理解：

圣人之志，以老安少怀为极致事，即宇宙事；宇宙内事皆吾分内事，此洙泗学术之宗也。群居讲求，莫非用世之道，如有用我，执此以往矣；如不用我，守此以藏矣。故由之有勇知方，求之足民，赤之礼乐，其施为气象不凡矣。曾点狂者也，胸次洒脱，志趣超远。舍瑟一对，悠然独见性分之全。素位而行，浮云富贵。莫春即景，若曰：吾何以人之

---

① 周宗建：《论语商》卷下。

知不知为哉？吾有吾时，吾有吾地，吾有吾群，吾有吾乐而已。盖忧则违之之志也。故夫子喟然叹曰："吾与点也！"子不云乎："用之则行，舍之则藏。"点也见及此，进于道矣，能无与乎！①

钱穆先生在《论语新解》中对孔子的感叹也颇为重视："盖三人皆以仕进为心，而道消世乱，所志未必能遂。曾晳乃狂门之士，无意用世，孔子骤闻其言，有契于其平日饮水曲肱之乐，重有感于浮海居夷之思，故不觉慨然兴叹也。然孔子固抱行道救世之志者，岂以忘世自乐，真欲与巢许伍哉？然则孔子之叹，所感深矣，诚学者所当细玩。"孔子对子路等三人汲汲于仕进不以为然，但他又不同于接舆、沮溺等古代隐者，虽然他说过"天下有道则见，无道则隐"，"道不行，乘桴浮于海"之类的话。钱穆认为孔子对曾点的赞叹，显示了孔子"从容自得，乐趣于日常之间"的生活转向。②

因此，从休闲学的角度理解《侍坐》章也许可以理解孔子对人生的态度。在这里，人生的丰富性呈现出来，汉初的《韩诗外传》有一则对《侍坐》的仿写：

> 孔子与子贡、子路、颜渊游于戎山之上。
>
> 孔子喟然叹曰："二三子各言尔志，予将览焉。由，尔何如？"
>
> 对曰："得白羽如月，赤羽如朱，击钟鼓者，上闻于天，下槊于地，使将而攻之，惟由为能。"
>
> 孔子曰："勇士哉！赐，尔何如？"

---

① 刘宗周：《论语学案》卷六，文渊阁四库全书本。
② 钱穆：《孔子传》，生活·读书·新知三联书店 2005 年版，第 21 页。

对曰："得素衣缟冠，使于两国之间，不持尺寸之兵，升斗之粮，使两国相亲如弟兄。"

孔子曰："辩士哉！回，尔何如？"

对曰："鲍鱼不与兰茝同笥而藏，桀纣不与尧舜同时而治。二子已言，回何言哉！"

孔子曰："回有鄙之心。"

颜渊曰："愿得明王圣主为之相，使城郭不治，沟池不凿，阴阳和调，家给人足，铸库兵以为农器。"

孔子曰："大士哉！由来区区汝何攻？赐来便便汝何使？愿得衣冠为子宰焉。"

　　将这一段文字与《论语·先进篇》相比较，我们会得出完全不同的印象。这两段文字所呈现的是完全不同的境界，一则为人间境界，一则乃天地境界。《侍坐》章的曾皙之志乃文章的高潮和点睛之笔。"若曾皙者，非无可为之才也。舍是而不言，而乃优游于圣门之中，寓志趣于高远之地。其气象盖帝王之世，泰和中人物也。"① 在这里，人的"世界性"已经敞开：人与神性的风、清澈的沂水、欢快的歌咏以及自己身心的的愉悦相融合、流转，生命的丰盈性呈露出来，而不是锚定在单一的、工具性的社会生存之内。而《韩诗外传》中的这段文字，二三子各言其志，均为"积极"进取，服务社会。似乎这与儒家积极进取的人生理想更协调一致，然而，我们会觉得在汲汲于功名之中，少了大儒的恢弘眼界和典雅的举止。这里缺乏的也许就是朱熹所说的"乐其日用之常，初无舍已为人之意"（《四书集注》）。或者说将丰富的"为己"的人简化为功能性的、"为人"的人，将人生的手段当成了人生的目的。

---

① 　郑汝谐：《论语意原》卷三，清武英殿聚珍版丛书本。

在人们心目中孔子往往是在马车上奔波的政治家，此印象是如此突出，而忘记了孔子奔波的内在目的。到底哪一个更接近历史上真实的孔子呢？在春秋之际，老子、孔子等哲人都面临着为学、为政与为道的平衡问题。老子否定为学、为政，力主为道。孔子重视为"学"、为"政"，但是孔子决不否定为"道"，孔子的"进"绝非当下成功学之类的进取，孔子的"止"也绝非"成功"不得后的避世。孔子的一声长叹之所以能感染后世无数的人，是其因天人之际的人生远眺。杜维明先生认为，"儒家在人伦日用之间体现终极关怀的价值取向正显示'尽心知性'可以'知天'乃至'赞天地之化育'的信念"。①

最后，人们质疑侍坐章，可能是因为只从抽象的思想标签出发而忽视了一个日常生活的常识：人生在不同的阶段会呈现不同的状态。《先进》篇所述事件的时间，当在孔子晚年，大约七十岁左右。《论语·为政》："子曰：吾十有五而志于学，三十而立，四十而不惑，五十而知天命，六十而耳顺，七十而从心所欲，不踰矩。'"《论语集注》卷一："从，随也。矩，法度之器，所以为方者也。随其心之所欲，而自不过于法度，安而行之，不勉而中也。""安而行之，不勉而中"这正是休闲与防闲结合在一起的一种最佳的休闲状态。

人到了晚年其身体状况和心态与青壮年时期会不一样，一般说来老年渐趋平淡，不以势权为乐，而以闲适为安。如宋代欧阳修少壮时期积极入世，斥责佛老，但其晚岁罢政事居亳，遂有超然物外之志。在郡不复事事，每以闲适饮酒为乐。孔子在马车上奔波，然后整理典籍，人生的历程和责任已基本完成，到了大休歇的时候，故他对曾点所说的闲适清旷生活予以认同，这也是自然的事情。

---

① 杜维明：《儒家人文精神的宗教涵义》，《哲学动态》2000 年第 5 期。

6. "闲"与"止"

休闲在汉字中有止息、停顿之意，进而有退藏之意。中国古代讲究进退之道，儒家也概莫能外。一般认为中国哲学中道家重视退隐，儒家积极进取。然而，儒家最重要的哲学典籍《周易》在设计世界的存在模式的时候，既有刚健进取的"干"，也有柔性、退隐的"坤"。《周易》认为事物发展不能单线条地进发，单线进发只能导致"亢"。所谓"亢"就是知进而不知退。知进而不知退，则凶险生焉。驰逐不已必有奔蹶之患，李斯等人不知退，故陷入凶险。

孔子最得意的弟子是颜回。《论语·先进》："有颜回者好学，不幸短命死矣，今也则亡。"孔子盛赞其好学，惋惜其短命。

颜回短命的原因是什么呢？《论语·子罕》云：

> 子谓颜渊曰："惜乎！吾见其进也，未见其止也！"

"止"有休止、栖息、休闲义。人们习惯将孔子视为一个积极进取的政治家，殊不知孔子在言"进"的同时，十分看重"止"。"止"字的重要性正如宋代王十朋所言："学者求道，如客在途；不有所止，将安归乎？……孔门弟子，回也独贤，'未见其止'，夫子惜焉。"[1]"止"可以让人放慢脚步，让人明确生活的目的。

孔子叹惜颜渊"未见其止"的具体含义，明代王肯堂解释道：

---

[1]　王十朋：《梅溪文集·止庵铭》。

李廊庵公问余:"子谓颜渊云云,如何看?"予曰:"惜他尚涉程途,未得到家耳。"公欣然曰:"今人以'止'字为上章功亏一篑之止,但知圣贤终身从事于学,而不知自有大休歇之地,则止字不明故也。"①

一般人们认为"止"是惋惜颜渊离成功仅差一步就戛然而止,是对成功唾手可得而未得的"惋惜",是汲汲于事功的意外中断。李廊庵则认为,孔子这里的"惜"是感叹、叹息,是孔子对颜渊不知休闲而导致生命损伤的感叹,孔子叹息的不是"功亏一篑",而是不知止息。《论语·子罕》篇:"子曰:'譬如为山,未成一篑,止,吾止也;譬如平地,虽覆一篑,进,吾往也。'"朱熹对此章作了如下解释:"书曰:'为山九仞,功亏一篑。'夫子之言,盖出于此。言山成而但少一篑,其止者,吾自止耳;平地而方覆一篑,其进者,吾自往耳。盖学者自强不息,则积少成多;中道而止,则前功尽弃。其止其往,皆在我而不在人也。"②朱熹的解释颇为矛盾,一方面着眼于"功",另一方面注意到了"我"。实际上,孔子的重心在"我",当止即止,哪怕离功成仅差一步。这正是孔子"毋意,毋必,毋固,毋我"(《子罕》)的体现。

从功用性、策略性的方面来讲,"知止"是能保全性命做更多的事功。人们不能持续不断地工作,所以需要休息;从积极的方面讲,"知止"是生命的丰盈状态,即止于事功,游于悠闲,或者说,劳作、事功不过是实现生命丰盈的过程、手段,"大休歇"才是人生的本相,这样的人生不仅以执着、坚毅令人敬佩,更以其艺术精神而令人神往。不过,总的说来,儒家的"止"

---

① 王肯堂:《郁冈斋笔尘》。
② 朱熹:《论语集注》卷五。

是在"进"遇阻的停顿，是在"不可"、"不能"的状况下的一种选择。

孔子周游列国，以求事功；驱车天下，辛勤问津。"知其不可而为之"，因而饱受劳苦，这是"进"。但是，在孔子的精神世界中，也有另外一面。孔子有繁忙的时候，也有"闲居"的时候。《礼记·孔子闲居》："孔子闲居，子夏侍。"陆德明《释文》："退燕避人曰闲居。"与闲居相似的还有"闲坐"。

闲居的内核是悠闲的生活状态与心境，故"闲居"亦即"燕居"，"子之燕居，申申如也，夭夭如也"。（《论语·述而》）朱熹《论语集注》："燕居，闲暇无事之时。"申申，安闲、舒适的样子；夭夭：颜色和悦的样子。孔子燕居既非板起面孔一脸严肃，但又不是放逸，而是发自内在的安闲。朱子《论语集注》卷四引程子语曰："此弟子善形容圣人处也，为申申字说不尽，故更着夭夭字。今人燕居之时，不怠惰放肆，必太严厉。严厉时着此四字不得，怠惰放肆时亦着此四字不得，惟圣人便自有中和之气。"

中国古代的"闲居"首先是指一种有别于职业性生活的一种闲散状态，它不同于居官，不同于致力于事功、经世，不同于汲汲于功名利禄。就空间而言，闲居往往是居宽闲之野，特别是富有野趣的乡野。就时间或人生时期而言，闲居往往在人成熟、稳健，甚至渐趋老景之时。

孔子知"止"不仅止于事功，也止于纵欲逸乐，即借助"礼"来调节"乐"，强调"乐"的文化品格，慎独——道德修养。中国文明崇尚"礼""乐"，被称为"礼乐文明"。身安逸乐是人之所欲，但中国古代强调节欲，儒家以礼义来调节欲望，闲之以礼，闲之以义。圣人制乐（yue）来调节"乐"（le）。

在复杂的社会环境中，士人们要实现自己的社会责任和人生抱负，又要保全性命，保养身体，进退之道成为他们的几种精微的平衡术。

第三节　谈话性

《论语》是我国最早以"论"为名的散文著作。"直言曰言，论难曰语。"（《说文》）"语"作为名词是语言、语录，作为动词即"谈话"。《汉书·艺文志》云："《论语》者，孔子应答弟子，时人及弟子相与言而接闻于夫子之语也。当时弟子各有所记，夫子既卒，门人相与辑而论纂，故谓之《论语》。"孔子教育子弟的方式主要是"谈话"。李零概括孔子谈话的形式是，"孔子谈话，一般都是'二三子'，顶多四个人，加一个弹琴的。上课就是陪老师聊天"。①

1. 对话性

"谈话"首先表现在参与者是平等的。中国是一个礼教社会，"礼"强调的是等差有序，君臣之间、长幼之间、贵贱之间、师徒之间有着分明的界限和差别。与子路、曾皙、冉有、公西华四子相较，孔子为长、为师，考虑到弟子们会拘于礼而不能进入平等的对话状态，孔子一开始就试图打破这种拘谨的状况，他引导弟子们说：不要因为我比你们稍微年长一点就不敢放开讲话。孔子"少也贱"，"多能鄙事"，先天就不具有盛气凌人的感觉，故容易与人平等交流。

在谈话中，交谈者往往既是引导者，也是被引导者，孔子自己也常常以一个普通言说者的姿态参与其间：

颜渊、季路侍。

---

① 李零：《丧家狗——我读〈论语〉》，山西人民出版社 2007 年版，第 17 页。

子曰："盍各言尔志?"

子路曰："愿车马、衣轻裘与朋友共，敝之而无憾。"

颜渊曰："愿无伐善，无施劳。"

子路曰："愿闻子之志。"

子曰："老者安之，朋友信之，少者怀之。"（《公冶长》）

"侍"即卑者在尊者之侧，但在这里，作为尊者的老师问弟子之志，而作为卑者的弟子亦反问师之志，尊者与卑者共同进入会话场景。

"谈话"不是按照既定预案而展开的表演，而是在谈话过程中产生意义的活动，德国哲学家伽达默尔认为，"真正的谈话决不可能是那种我们意想进行的谈话"。"意义是在'说'话的过程中崭露出来的。"① 真正的谈话往往是不受谈话者事先安排和控制的，"谁都不可能事先知道在谈话中会'产生出'什么结果"②。孔子的许多思想正是在这种被逼的境况下呈现出来的。如：

子曰："予欲无言。"子贡曰："子如不言，则小子何述焉?"子曰："天何言哉? 四时行焉，百物生焉，天何言哉?"（《阳货》）

真正的"谈话性"，是一种不受主体性控制的散淡、从容的语流在不同的言说者中渐次出现。这也使得《论语》与后世的

① 何卫平：《现象学与辩证法的融合—— 析加达默尔语言哲学的特征》，载《现象学与哲学评论》，上海译文出版社 2001 年版，第 127 页。

② 同上书，第 129 页。

论辩区别开来。"论辩书疏，源出于语"（刘师培《论文杂记》），但《论语》之"语"是"谈话性"的，而非论辩性的。

《孟子》及后来的论难文章往往也有对话出现，但是缺乏这种"谈话性"。如《孟子·滕文公上》：

> 陈相见孟子，道许行之言曰："滕君，则诚贤君也；虽然，未闻道也。贤者与民并耕而食，饔飧而治。今也滕有仓廪府库，则是厉民而自养也，恶得贤！"
>
> 孟子曰："许子必种粟而后食乎？"
>
> 曰："然。"
>
> "许子必织布然后衣乎？"
>
> 曰："否。许子衣褐。"
>
> "许子冠乎？"
>
> 曰："冠。"
>
> 曰："奚冠？"
>
> 曰："冠素。"
>
> 曰："自织之与？"
>
> 曰："否。以粟易之。"
>
> 曰："许子奚为不自织？"
>
> 曰："害于耕。"
>
> 曰："许子以釜甑爨，以铁耕乎？"
>
> 曰："然。"
>
> "自力之与？"
>
> 曰："否，以粟易之。"
>
> "以粟易械器者，不为厉陶冶；陶冶亦以其械器易粟者，岂为厉农夫哉？且许子何不为陶冶，舍皆取诸其宫中而用之？何为纷纷然与百工交易？何许子之不惮烦？"
>
> 曰："百工之事，固不可耕且为也。"

"然则治天下独可耕且为与？有大人之事，有小人之事。且一人之身，而百工之所为备，如必自为而后用之，是率天下而路也。故曰：或劳心，或劳力；劳心者治人，劳力者治于人；治于人者食人，治人者食于人：天下之通义也。"

郭预衡先生指出，"像这样的一问一答，形式上仍然是对话体，但是，这样的对话却和《论语》不同，不再是坐而论道，而是针锋相对的论辩，声色俱厉，咄咄逼人"。[①]《孟子》等散文中的这种对话是对双方对立立场的设定，论者为了显示是非正误，从不同的角度展开论辩，具有十分明显的主体控制色彩。

《庄子》在论述思想时也常常虚设人物问答以展开思路。虚设的人物有时是历史人物，如"孔子"、"颜回"等等，《庄子》常常借儒家的圣贤来表达道家的思想；虚设的"人物"有时是虚构的、观念化的符号，如"知"、"无为谓"等等；《庄子》还虚设小鸟、骷髅等来构成对话的主体。但这些对话显然是《庄子》表达其思想哲理的一种手段，而非实际的对话过程本身。东汉古文大家王充在论及这类文章时说："两刃相割，利害乃知；两论相订，是非乃见。是故韩非之四《难》，桓宽之《盐铁》，君山《新论》之类也。"（《论衡·案书篇》）

中国的赋体散文往往也设置主客问答的形式。清人章学诚《校雠通义·汉志诗赋略》中指出："古之赋家者流，原本诗骚，出入战国诸子。假设问对，《庄》、《列》寓言之遗也；恢廓声势，苏、张纵横之体也；排比谐隐，韩非《储说》之属也；征材聚事，《吕览》类辑之义也。"枚乘在《七发》中假设楚太子有疾，而吴客前去探望，主客展开问答。该赋所确立

---

① 郭预衡：《中国散文史》上册，上海古籍出版社 2011 年版，145 页。

的"主客问答"形式后来被历代辞赋家们竞相蹈袭，成为赋体散文的基本模式。与《论语》中的纯粹的谈话不相同。赋体散文中的这种主客问答是一种设计，而非真实的对话场景展现。司马相如的《子虚》、《上林》二赋中的子虚、乌有先生皆为虚拟人物。司马迁《史记·司马相如列传》："相如以'子虚'，虚言也，为楚称。'乌有先生'者，乌有此事也，为齐难。'无是公'者，无是人也，明天子之义。故空籍此三人为辞，以推天子诸侯之苑囿。""这批虚幻的人物（'子虚'、'乌有先生'及'亡是公'）创造了一种没有情感而极端理智的境界，因为他们没有血肉与个性，其本身不具备任何个人的特质，甚至可用甲乙丙丁来代替它们，而不会产生太大的差别。这种人物的组合，其目的不是为了塑造抒情的气氛，而是在于建造一个纯粹理性的辩论舞台。"① 而且，在这种设计中，有"主""客"之分，或抑客申主，或抑主申客；或"主"控制着"客"，或"客"控制着"主"，作者借助主或客来说明某种既定的观念。苏轼《前赤壁赋》也采用了主客问答的形式，金圣叹在《金圣叹批才子古文》中对"客"的存在形式和作用做了精辟说明："拟客发议，以抒下文。"

　　魏晋时期，士人们精于讲论，成为说服他人、征服他人的方式。如嵇康写了大量的论难文章，在《声无哀乐论》中，作者设定了两个不同的人物：秦客和东野主人，他们分别代表两种不同的音乐观念，反复送难，作者假借东野主人对以秦客为代表的儒家实用性音乐理论进行了反驳和论述，文章被一条严谨的思路控制着，虽然辩说精微，但缺少一种从容、淡然的语态。而这正是休闲散文的本质特征之一。

---

　　①　苏瑞隆：《魏晋六朝赋中戏剧型式对话的转变》，《文史哲》1995 年第 3 期。

2. 语录体

《论语》是语录体散文的创始之作，正是对话性带来了其语录体散文的休闲特色。

孔子十五岁，志于学，终成博雅君子，但不傲人。即便是像《季氏篇》中对冉有的批评，依然语态平缓、温文尔雅：

> 季氏将伐颛臾。冉有、季路见于孔子曰："季氏将有事于颛臾。"孔子曰："求！无乃尔是过与？夫颛臾，昔者先王以为东蒙主，且在邦域之中矣，是社稷之臣也。何以伐为？"
>
> 冉有曰："夫子欲之，吾二臣者皆不欲也。"孔子曰："求！周任有言曰：'陈力就列，不能者止。'危而不持，颠而不扶，则将焉用彼相矣？且尔言过矣，虎兕出于柙，龟玉毁于椟中，是谁之过与？"
>
> 冉有曰："今夫颛臾固而近于费。今不取，后世必为子孙忧。"孔子曰："求！君子疾夫舍曰欲之而必为之辞。丘也闻有国有家者，不患寡而患不均，不患贫而患不安。盖均无贫，和无寡，安无倾。夫如是，故远人不服，则修文德以来之。既来之，则安之。今由与求也，相夫子，远人不服而不能来也，邦分崩离析而不能守也；而谋动干戈于邦内。吾恐季孙之忧不在颛臾，而在萧墙之内也。"

《论语》记录了大量的隽语，充满智慧和哲理，实开哲理散文之先河。同是哲理文章，《论语》与《老子》有所不同，《老子》专注于对形而上之道的阐发，《论语》更关注人生，从中我们可以聆听到孔子自己的心音：

　　　　子在川上曰："逝者如斯夫！不舍昼夜。"（《子罕》）

　　与《庄子》长篇大论不同，《论语》在片言只语中凝聚其思想的精华：

　　　　子曰："岁寒，然后知松柏之后凋也。"（《子罕》）
　　　　子曰："三军可夺帅也，匹夫不可夺志也。"（《子罕》）
　　　　子曰："知之为知之，不知为不知，是知也。"（《为政》）
　　　　子曰："工欲善其事，必先利其器。"（《卫灵公》）

　　《论语》谈论哲理语气平和、态度谦逊，不像《孟子》那样充满凌厉之气，不像后世特别是宋代的语录体以导师、权威自居，而是近乎一种商讨的语气：

　　　　子曰：学而时习之，不亦说乎？有朋自远方来，不亦乐乎？人不知而不愠，不亦君子乎？

　　《论语》在语言安排和结构安排上也呈现出"散"文的特点。其句子不像《墨子》那样严密，完整，各部分之间的关系也相对松散，论说性、逻辑性均不甚强。与《韩非子》、《荀子》等文章相比，《论语》缺乏议论的核心和完整的结构，在形式上具有闲适散文的特征。

第五章 "逍遥游"

　　道家思想对我国休闲观念的铸造之功甚伟。春秋战国时期是中国历史上社会变化最显著的时期，各国之间的竞争，君臣之间的失礼，士人的奔走，知识生产的发达，相应地，生活也驶入快车道。面对这种时代潮流，儒、法等思想学派主张正面应战，道家则主张退让、返回。

　　道家创始人老子生活的年代是中国历史上一个文化发达的年代，各种各样的知识、技术竞相流播；各种不同的学说、观念争相呈现。对此，有人正面回应，积极主动地接受各种知识、学问，如儒家的创始人孔子提倡"博学于文"（《颜渊》），孔子道艺赅博，驾驭马车、射箭无所不能，不成一艺之名，故达巷党人叹曰："大哉孔子！博学而无所成名。"

　　老子面对纷至沓来的种种知识、观念、学问和巧智，保持谨慎、怀疑，甚至否定的态度。"大道废，有仁义；智慧出，有大伪。"（《老子》18章）与孔子对"博学"的追求形成对照，老子认为"知者不博，博者不知"。（《老子》81章）将人们从对外在知识的盲目而机械的追逐中劝退，这就是"知止"（32章、44章），"知止不殆，可以长久"。知识是有其界限的，庄子亦云："吾生也有涯，而知也无涯。以有涯随无涯，殆已！"（《养生主》）

　　知"止"于何处？止于"道"。老子提出："夫物芸芸，各复归其根。归根曰静，静曰复命。复命曰常，知常曰明。"（《老子》16 章）老子认为，纷纷扰扰的现象世界是不真的，只有各复归根本，返回到原初，才是真正的圣明。老子说："天下有始，以为天下母。既得其母，以知其子，复守其母，没身不殆。"（《老子》52 章）天地之母即"道"，人若能守住道这个根本，就能没身不殆。

老子的基本命题是"道法自然"，老子的"自然"并不是实体化、对象化了的外部自然物及其组合——自然界。王弼训"自然"为"无称之言，穷极之辞"。"自然"以"无"为其基本属性。"自然"即事物自身的样子。"自然"并不是预先设置一种规范、模式，以供人取法，而是遵从事物本身的自性。"道法自然"对后世影响最显著者就在于，它提请人们对文化和文明保持一种警觉，尊重万物包括人的天性。

老子的"道"有一个重要品格，即"寂兮寥兮，独立而不改"。（《老子·二十五章》）守道者具有超然的精神品格，不为世俗和时尚所左右。这一点对后世的逸民心态产生重大影响。得道者有自己的生活目标和坚守，不汲汲于世务，能坚持内心的逸乐。

老子还倡导"虚静"、"不争"，深深影响我国士人超然、恬淡的人生观。"道家休闲哲学的中心观念可以归结为一个字——'道'。……道乃'无为'。"[①]

庄子可以称为中国古代闲适哲学的第一人。庄子首次从哲学本体论上为休闲确立了基础。《庄子·天道》：

> 休则虚，虚则实，实则伦矣。虚则静，静则动，动则得矣。夫虚静恬淡寂漠无为者，万物之本也。

① 胡伟希、陈盈盈：《追求生命的超越与融通——儒道禅与休闲》，云南人民出版社 2004 年版，第 107 页。

后世学者大多仅仅从功夫论的角度理解"休"字，如成玄英释"休"为"休虑息心"。(《庄子疏》)实际上，"休"不仅仅是帝王圣人恬淡无为的功夫，更是天地万物的本体。中国古代在思考休闲问题时往往从天人之际着眼，如《周易》等典籍从"天"、自然万物讨论休闲。庄子言"休"也是从"天道"出发，人作为万物之一也依从这一根本，人的休闲是从"休则虚"、"虚则静"的本体中衍生出来的。

第一节　缮性

1. 庄子其人

庄子，名周，战国中期宋国蒙人。周初武王封商纣之子武庚于宋（今河南商丘）。作为殷商旧国，宋人有许多特点：如崇尚鬼神，带有浓重的宗教气息，重理想胜过人生实际。

历史记载中的宋人往往是迂腐、不切实际的代名词，如"泓水之战"，周襄王十四年（公元前638年）十一月，楚军进抵泓水南岸（今河南柘城县西北）时，宋军已在泓水北岸列阵待敌。当楚军开始渡河时，右司马公孙固建议："彼众我寡，可半渡而击"，宋襄公不同意，说仁义之师"不推人于险，不迫人于阨"。楚军渡河后开始列阵，公孙固又请宋襄公，乘楚军列阵混乱、立足未稳之际发起进攻，宋襄公说："不鼓不成列。"直待楚军列阵完毕后方下令进攻。由于楚军实力强大，宋襄公亲军全部被歼，宋襄公也受了重伤。战后国人皆怨襄公指挥不当，宋襄公说："古之为军，临大事不忘大礼"、"君子不重伤（不再次伤害受伤的敌人）、不擒二毛（不捉拿头发花白的敌军老兵）、不以阻隘（不阻敌人于险隘中取胜）、不鼓不成列（不主动攻击尚未列好阵的敌人）"。司马迁在《史记》中对宋襄公作如下评论："襄公之时，修行仁义，欲为盟主。"从功利和战争的角度上讲，宋襄公的仁义也许是"蠢猪式的仁义"，但从另一个层面也反映宋人的超越事功的性格。闻一多说："他那婴儿哭着要捉月亮似的天真，那神秘的惆怅，圣睿的憧憬，无边无际的企慕，无崖际的艳羡，便使他成为最真实的诗人。"① 庄子既是真实的诗人，也是真实的哲人。在原始道家中，老子偏重于对天地万物作形而上的玄思，庄子继承和发挥了老子的"道"论，并将本体的"道"向生活的各个方面推进。

庄子当过漆园吏，但庄子本意并非当官任职。《庄子·秋水》载：

　　庄子钓于濮水。楚王使大夫二人往先焉，曰："愿以境内累矣！"庄子持竿不顾，曰："吾闻楚有神龟，死已三千岁矣。王巾笥而藏之庙堂之上。此龟者，宁其死为留骨而贵乎？宁其生而曳尾于涂中乎？"二大夫曰："宁生而曳尾涂中。"庄子曰："往矣！吾将曳尾于涂中。"

　　惠子相梁，庄子往见之。或谓惠子曰："庄子来，欲代子相。"于是惠子恐，搜于国中三日三夜。庄子往见之，曰："南方有鸟，其名为鹓鶵，子知之乎？夫鹓鶵发于南海而飞于北海，非梧桐不止，非练实不食，非醴泉不饮。于是鸱得腐鼠，鹓鶵过之，仰而视之曰：'吓！'今子欲以子之梁国而吓我邪？"

庄子借"鹓鶵"表明自己鄙夷功名志存高远的心迹，他希望像儵鱼一样出游从容，像活着的、自由自在的乌龟"曳尾于涂中"，而不愿像被供奉在庙堂之上的僵死的、失去自由的乌

---

① 《闻一多全集》第2卷，生活·读书·新知三联书店1982年版，第281页。

龟。在这种选择的背后隐含着庄子对人生目的的叩问。《庄子》以逍遥闲适为人生的要义，视出仕等事务为鄙俗：

> 天根游于殷阳，至蓼水之上，适遭无名人而问焉，曰："请问为天下。"
> 无名人曰："去！汝鄙人也，何问之不豫也！予方将与造物者为人，厌则又乘夫莽眇之鸟，以出六极之外，而游无何有之乡，以处圹埌之野。汝又何帛以治天下感予之心为？"
> 又复问，无名人曰："汝游心于淡，合气于漠，顺物自然而无容私焉，而天下治矣。"（《应帝王》）

老子"是为天地根"，"天根"、"无名人"均意味得道者。老子云"玄牝之门，是谓天地根"，"无名，天地之始"。庄子虚设此二子之名，取其无为无名之意。故对于"为天下"、"治天下"这类问题颇为鄙视和反感，以为这类问题干扰了"娱豫"之心。"无名人"的生活意义在于出六极之外，处闲圹之野，游心于淡，合气于漠，顺物自然。

《庄子》在《让王》中介绍了历史上一系列辞让天下而不受的故事。对此，历史上或者称赞让位者的公允无私，或者称赞辞谢者的高洁。《庄子》则从闲适自在的角度加以描述：

> 尧以天下让许由，许由不受。又让于子州支父，子州之父曰："以我为天子，犹之可也。虽然，我适有幽忧之病，方且治之，未暇治天下也。"夫天下至重也，而不以害其生，又况他物乎！唯无以天下为者可以托天下也。舜让天下于子州之伯，子州之伯曰："予适有幽忧之病，方且治之，未暇治天下也。"故天下大器也，而不以易生。此有道者之

所以异乎俗者也。舜以天下让善卷，善卷曰："余立于宇宙之中，冬日衣皮毛，夏日衣葛绨。春耕种，形足以劳动；秋收敛，身足以休食。日出而作，日入而息，逍遥于天地之间，而心意自得。吾何以天下为哉！悲夫，子之不知余也。"遂不受。于是去而入深山，莫知其处。舜以天下让其友石户之农。石户之农曰："捲捲乎，后之为人，葆力之士也。"以舜之德为未至也。于是夫负妻戴，携子以入于海，终身不反也。

"尧、舜为帝而雍，非仁天下也，不以美害生；善卷、许由得帝而不受，非虚辞让也，不以事害己。"（《盗跖》）子州支父、子州支伯在治自己的"幽忧之病"和"治天下"之间，选择了前者，不以天下易其生，不以他物惑其生，表达了生命至上的观念。而善卷更是表达了对素朴和"大休闲"生活的推崇。人傲立宇宙之中，顺物自然，春耕种，形足以劳动；秋收敛，身足以休食；夏衣葛绨；冬衣皮毛。日出而作，日入而息，逍遥自得。石户之农也是力耕养生，"卷卷"（quán），自劳之貌，"葆力"，勤苦用力也。依靠自己的劳作来保养性命，没有名利之累，过着休闲的生活。

2. 追问人生的目的

战国时期是价值多元的时代，有的追求立德、立功、立言而达到不朽，有的"目欲视色，耳欲听声，口欲察味，志气欲盈"。（《庄子·盗跖》）或者兴名，或者就利，或者全身。

庄子关注生存，"夫生者，岂特隋侯之重哉？"（《让王》）对生命的尊重包含不因身外之物——名和利而伤生，"重生则轻利"，"能尊生者，虽富贵不以养伤身，虽贫贱不以利累形"。（《让王》）

　　一般说来，古人对"利"较为警惕，儒家将"利"置于"道义"的约束之下，那些唯利是图者，被视为"小人"。对于"名"，古人大多持肯定的态度，往往以君子名之。

　　古代君子的代表有伯夷、叔齐，伯夷、叔齐以道义、节士而闻名。

　　　　昔周之兴，有士二人处于孤竹，曰伯夷、叔齐。二人相谓曰："吾闻西方有人，似有道者，试往观焉。"至于岐阳，武王闻之，使叔旦往见之。与盟曰："加富二等，就官一列。"血牲而埋之。二人相视而笑，曰："嘻，异哉！此非吾所谓道也。昔者神农之有天下也，时祀尽敬而不祈喜；其于人也，忠信尽治而无求焉。乐与政为政，乐与治为治。不以人之坏自成也，不以人之卑自高也，不以遭时自利也。今周见殷之乱而遽为政，上谋而下行货，阻兵而保威，割牲而盟以为信，扬行以说众，杀伐以要利。是推乱以易暴也。吾闻古之士，遭治世不避其任，遇乱世不为苟存。今天下闇，周德衰，其并乎周以涂吾身也，不如避之，以洁吾行。"二子北至于首阳之山，遂饿而死焉。若伯夷、叔齐者，其于富贵也，苟可得已，则必不赖高节戾行，独乐其志，不事于世。此二士之节也。（《让王》）

　　古代小人的代表有盗跖。《庄子·盗跖》生动地描绘了盗跖的形象，这是中国古代最鲜活的一个山大王的形象：

　　　　且跖之为人也，心如涌泉，意如飘风，强足以距敌，辩足以饰非。顺其心则喜，逆其心则怒，易辱人以言。……盗跖从卒九千人，横行天下，侵暴诸侯。穴室枢户，驱人牛马，取人妇女。贪得忘亲，不顾父母兄弟，不祭先祖。所过之邑，大国守城，小国入保，万民苦之。……

孔子趋而进，避席反走，再拜盗跖。盗跖大怒，两展其足，案剑瞋目，声如乳虎，曰："丘来前！若所言顺吾意则生，逆吾心则死。"

孔子不听从朋友柳下季的劝阻，执意前往说服盗跖，结果反被盗跖教训了一通。庄子借盗跖之口揭露了"名"的虚伪与迂腐。

《盗跖》列举了历史上的所谓"圣王"，认为不过徒有虚"名"：

黄帝不能致德，与蚩尤战于涿鹿之野，流血百里。尧、舜作，立群臣，汤放其主，武王杀纣。自是之后，以强陵弱，以众暴寡。汤、武以来，皆乱人之徒也。……尧不慈，舜不孝，禹偏枯，汤放其主，武王伐纣，文王拘羑里。此六子者，世之所高也。孰论之，皆以利惑其真而强反其情性，其行乃甚可羞也。

接着列举了历史上的"节士"、"贤士"，指出为了"名"放弃生命的迂腐：

世之所谓贤士：伯夷、叔齐。伯夷、叔齐辞孤竹之君，而饿死于首阳之山，骨肉不葬。鲍焦饰行非世，抱木而死。申徒狄谏而不听，负石自投于河，为鱼鳖所食。介子推至忠也，自割其股以食文公。文公后背之，子推怒而去，抱木而燔死。尾生与女子期于梁下，女子不来，水至不去，抱梁柱而死。此六子者，无异于磔犬流豕、操瓢而乞者，皆离名轻死，不念本养寿命者也。

盗跖对"忠臣"也予以了否定:

> 世之所谓忠臣者,莫若王子比干、伍子胥。子胥沉江,比干剖心。此二子者,世谓忠臣也,然卒为天下笑。自上观之,至于子胥、比干,皆不足贵也。

盗跖还对前来劝导他放弃占山为王的孔子加以讥讽和批判:

> 盗跖闻之大怒,目如明星,发上指冠,曰:"此夫鲁国之巧伪人孔丘非邪?为我告之:尔作言造语,妄称文、武,冠枝木之冠,带死牛之胁,多辞缪说,不耕而食,不织而衣,摇唇鼓舌,擅生是非,以迷天下之主,使天下学士不反其本,妄作孝弟,而侥幸于封侯富贵者也。子之罪大极重。……今子修文、武之道,掌天下之辩,以教后世。缝衣浅带,矫言伪行,以迷惑天下之主,而欲求富贵焉。盗莫大于子,天下何故不谓子为盗丘,而乃谓我为盗跖?

自认博学善辩的孔子反被盗跖说的哑口无言,仓皇逃窜:

> 孔子再拜趋走,出门上车,执辔三失,目芒然无见,色若死灰,据轼低头,不能出气。

在庄子看来,伯夷、叔齐等君子、道义之士与盗跖等小人本质上并无区别。"君子"所重视的"名"和"小人"重视的"利"在庄子看来都不是人生的最终目的。庄子在《天运》中指出:

> 名，公器也，不可多取。仁义，先王之蘧庐也，止可以一宿而不可久处。觐而多责。

正如马克斯·韦伯所说，人是处于自己编制的"意义之网"中的动物。人对"意义世界"的追求决定了人与动物的区别；然而，人对意义世界的过度追求，往往又会丧失生命自身。在人类的文明进程中，我们习惯于崇拜那些顶天立地的"英雄"，崇拜那些英明卓著的人物，然而，盛名之下，往往难符其实；而且，虚名往往能换得实利，追逐名声的动机颇值得怀疑。即便是名符其实，对"名"的执着也会扭曲生命活力和人性的本源。与在泥沼中摆动着尾巴的乌龟相比，置于高高的庙堂之上的乌龟所缺乏的正是其活力和自适其性。

3. 缮性

在《盗跖》中，盗跖对圣主、忠臣、贤士各种美"名"予以否定，也不愿意听从孔子的规劝，去掉"盗"之恶名。孔子为了"招安"盗跖，曾提出诱人的条件：

> 将军有意听臣，臣请南使吴越，北使齐鲁，东使宋卫，西使晋楚，使为将军造大城数百里，立数十万户之邑。

但盗跖似乎对孔子开出的"利益"账单也不感兴趣，并认为"夫可规以利而可谏以言者，皆愚陋恒民之谓耳"。作为一个聪明的盗，盗跖提出了他自己的人生观和价值观，一种重生、养生的观念：

> 今吾告子以人之情：目欲视色，耳欲听声，口欲察味，志气欲盈。人上寿百岁，中寿八十，下寿六十，除病瘦死丧

忧患，其中开口而笑者，一月之中不过四五日而已矣。天与地无穷，人死者有时，操有时之具，而托于无穷之间，忽然无异骐骥之驰过隙也。不能说其志意，养其寿命者，皆非通道者也。丘之所言，皆吾之所弃也。亟去走归，无复言之！子之道狂狂汲汲，诈巧虚伪事也，非可以全真也，奚足论哉！

庄子借盗跖之口提出了一个问题：人们或被"名"或被"利"奴役，以致丧失了"天性"。为了修复人的天性，庄子不惜借一个自利、享乐色彩的盗匪的观念来对抗"名"和"利"。与历史上的"君子"相比，盗跖倒显得真实得多；与那些被"利"所控制的人相比，盗跖又显得洒脱许多，因为，盗跖关注到了人的"情"、"性"，关注到了"说（悦）其志意"、"养其寿命"。

当然，盗跖所说的"情"、"性"与庄子认可的情性有本质的区别，盗跖是纵欲的情性，"目欲视色，耳欲听声，口欲察味，志气欲盈"。庄子是自然的情性。盗跖的情性是与打家劫舍，非法占有别人的财物为基础的，因而，仍属于被"利"所奴役的一类。盗跖并非真正反对孔子开出的利益清单，而是希望以他自己的方式占有财物。

庄子认为，伯夷、叔齐等道义之士与小人有相同的本质：变其情，易其性。不同的只是用以变其情，易其性的方法，一个是殉名，一个是殉财。"君子"与"小人"有一个共同的行为特征：这类行为《庄子》称之为"殉"。

小人殉财，君子殉名，其所以变其情、易其性则异矣；乃至于弃其所为而殉其所不为则一也。（《盗跖》）

在《骈拇》中庄子对这两种"易其性"的方式予以揭示：

> 夫小惑易方，大惑易性。何以知其然邪？自虞氏招仁义以挠天下也，天下莫不奔命于仁义。是非以仁义易其性与？

> 故尝试论之，自三代以下者，天下莫不以物易其性矣！小人则以身殉利；士则以身殉名；大夫则以身殉家；圣人则以身殉天下。故此数子者，事业不同，名声异号，其于伤性以身为殉，一也。

> 臧与谷，二人相与牧羊而俱亡其羊。问臧奚事，则挟策读书；问谷奚事，则博塞以游。二人者，事业不同，其于亡羊均也。

> 伯夷死名于首阳之下，盗跖死利于东陵之上。二人者，所死不同，其于残生伤性均也。奚必伯夷之是而盗跖之非乎？

> 天下尽殉也：彼其所殉仁义也，则俗谓之君子；其所殉货财也，则俗谓之小人。其殉一也，则有君子焉，有小人焉。若其残生损性，则盗跖亦伯夷已，又恶取君子小人于其间哉！

> 且夫属其性乎仁义者，虽通如曾、史，非吾所谓臧也；属其性于五味，虽通如俞儿，非吾所谓臧也；属其性乎五声，虽通如师旷，非吾所谓聪也；属其性乎五色，虽通如离朱，非吾所谓明也。吾所谓臧者，非所谓仁义之谓也，臧于其德而已矣；吾所谓臧者，非所谓仁义之谓也，任其性命之情而已矣；吾所谓聪者，非谓其闻彼也，自闻而已矣；吾所谓明者，非谓其见彼也，自见而已矣。夫不自见而见彼，不自得而得彼者，是得人之得而不自得其得者也，适人之适而不自适其适者也。夫适人之适而不自适其适，虽盗跖与伯夷，是同为淫僻也。余愧乎道德，是以上不敢为仁义之操，

而下不敢为淫僻之行也。(《骈拇》)

庄子有其独特的判断标准，追求自得、自适，任其性命之情，不被"彼方"、外部世界所左右，不以自适"殉"名利。

"殉"者，"从也，营也，求也，逐也。谓身所以从之也"。(成玄英《庄子疏》)殉指以身从死，为着某种外在的目的牺牲天性。庄子认为，他所生活的时代"天下尽殉"(《骈拇》)，"小人则以身殉利；士则以身殉名；大夫则以身殉家；圣人则以身殉天下"。(《骈拇》)无论是小人，还是君子，他们都是"殉"，所殉者是什么呢？曰："性"、自然之性。

"性"是中国哲学的核心内容，也是庄子休闲哲学的核心范畴。"人性论是以命（道）、性（德）、心、情、才（材）等名词所代表的观念、思想，为其内容。人性论居于中国哲学思想史的主干地位；而且也是中华民族精神形成的原理、动力。"①徐复观指出，中国古代整个文化的开创、人性论的开创，是以孔、孟、老、庄为中心的；而且孟子、庄子的时代，达到了顶点。

单从文字、名言上看，最接近庄子思想的《庄子》内篇并无直接论"性"的地方。徐复观先生反对以文字训诂的方法解释"性"，而是从思想史的立场来解释性，"内篇的德字，实际便是性字"②。"像《论语》、《庄子》之类叙事性很强的文本，教科书中对之反复辨析、推究的概念，如仁、礼、心、道等等，在原文中并非精心界定的范畴，而是镶嵌在许多不同的叙事片断中的字眼。同时，许多意味深长的故事或情节，则很可能由于没有关键词的出现，而没有进入哲学史家的法眼。这是近代西方哲

---

① 徐复观：《中国人性论史》，上海三联书店 2001 年版，第 2 页。
② 同上书，第 329 页。

学的视野造成的局限。"①"分析庄子对人性的看法，不能停留于庄子文中'（人）性'概念的界说，同时要问，庄子对现实的人怎样看，这种看法是否包含人性的判断，如果包含，是怎样的判断。对现实人性的观察和判断是庄子人性思想极重要的内容，岂可因为这部分内容未涉'性'字，就将其排除在庄子人性思想之外。"② 因此，在理解《庄子》关于的"性"思想时，不能拘于表面的文字表述，而应从思想肌理出发。

何谓"德"？道家所谓的"德"是最基本的存在"道"转向万物之间的中介，是由"道"分化而内在于万物（包括人）的品性或特质。"物得以生谓之德。"（《天地》）"性"（德）意味着比"人为"更本源的存在，是让人尊重和敬畏的状态。"性"在《庄子》指"天性"。

《庄子》外篇、杂篇比较多地直接论述"性"。

> 性者，生之质也。（《庚桑楚》）
>
> 泰初有无，无有无名。一之所起，有一而未形。物得以生谓之德，未形者有分，且然无间谓之命，留动而生物，物成生理谓之形；形体保神，各有仪则谓之性；性修反德，德至同于初。同乃虚，虚乃大。合喙鸣。喙鸣合，与天地为合。其合缗缗，若愚若昏，是谓玄德，同乎大顺。（《天地》）

庄子从宇宙论的角度描述了"性"之于人的基础性地位。宇宙间原本是虚无，从虚无中产生了"道"，道是尚未分化的混沌，再由"道"产生"德"，"性"似乎比"德"又多了一些有

---

① 陈少明：《经典世界中的人、事、物》，上海三联书店 2008 年版，第 26 页。
② 颜世安：《庄子性恶思想探讨》，《中国哲学史》2009 年第 4 期。

限的规定性（"仪则"），"性"介乎"万物"与"德"之间，各种存在状态形成一个阶梯："无"——"一"（"道"）——"德"——"性"——"物"——"形"。

　　《庄子》论及"性"的时候避开了同时代思想家论"性"的问题领域。孟子等人从伦理道德的立场对"性"作性"善"、性"恶"的争辩，庄子从"真"与"伪"（人为）、"古之人"与"今之人"的角度分辨"性"。《庄子》称道的"性"也称为"性命之情"，我们可以简称为"性情"或"情性"：

> 彼正正者，不失其性命之情。故合者不为骈，而枝者不为跂；长者不为有余，短者不为不足。是故凫胫虽短，续之则忧；鹤胫虽长，断之则悲。故性长非所断，性短非所续，无所去忧也。（《骈拇》）

　　万物各自按照其自身的规定性而存在就是"正正"，郭象曰："物各任性乃正正也。"（郭象《庄子注》卷四）凫胫虽短，但是短乃自性，人为续之则反成累赘；鹤胫虽长，长乃其自性，人为断之则残损，任何人为干涉的行为都会破坏其自性，《庄子》倡导"任其性命之情"（《骈拇》）。然而，自三代以下，人们各用其智谋、方术、手段，素朴之性已然丧失。《在宥》云：

> 闻在宥天下，不闻治天下也。在之也者，恐天下之淫其性也；宥之也者，恐天下之迁其德也。天下不淫其性，不迁其德，有治天下者哉？昔尧之治天下也，使天下欣欣焉人乐其性，是不恬也；桀之治天下也，使天下瘁瘁焉人苦其性，是不愉也。夫不恬不愉，非德也；非德也而可长久者，天下无之。
>
> 人大喜邪，毗于阳；大怒邪，毗于阴。阴阳并毗，四时

不至，寒暑之和不成，其反伤人之形乎！使人喜怒失位，居处无常，思虑不自得，中道不成章。于是乎天下始乔诘卓鸷，而后有盗跖、曾、史之行。故举天下以赏其善者不足，举天下以罚其恶者不给。故天下之大不足以赏罚。自三代以下者，匈匈焉终以赏罚为事，彼何暇安其性命之情哉！

"'在'者，优游自在之意；'宥'者，宽容自得之意。"（林希逸：《南华真经口义》）天地万物原本安然自在，但自从三代以后，喧嚣着以奖赏惩罚为能事，没有闲暇安顿性命之情，人的作为扰乱了万物的自性，也破坏了人的自性。

"性命之情"不同于世俗之情，不同于"人之情"。《盗跖》中借盗跖之口介绍了"人之情"："今吾告子以人之情：目欲视色，耳欲听声，口欲察味，志气欲盈。""人之情"是被嗜欲、好恶所左右的鄙俗之情。被这种"人之情"所控制，则奔波于生活的得失，辛劳于世间的名位，或殉名，或殉利，以好恶伤其性、伤其身，"盈耆欲，长好恶，则性命之情病矣"（《徐无鬼》），失去了天性的和谐圆满，因而也失掉了真正的休闲。要恢复"性命之情"，就须革除人的所作所为："无为也，而后安其性命之情。"（《在宥》）

在天下尽殉，天性尽失的社会背景之下，庄子提出"缮性"。

关于庄子人们关注的首先是他的"逍遥游"。《逍遥游》为《庄子》内篇的首章，历来被学人重视。然而，在当时"性"被移易和污染的时代背景之下，何以能"逍遥游"呢？庄子提出"缮性"的思想，"缮性"是"逍遥游"的准备阶段。《缮性》在庄子的思想中占有重要的地位，从休闲学的角度上讲，"缮性"是休闲的前提条件，是将人从"蔽蒙"、"倒置"、"戮民"中解救出来的根本，也是休闲的根本。

4. 特立独行

《庄子》既然认定普通大众"失性于俗"，为了避免"失性"，便展开了对"俗"的疏离与批判。在对"俗"的反叛中，庄子推崇"独"。

首先，《庄子》的"独"是与"道"、"天"相联系的一种自性圆满的状态。

> 有人之形，无人之情。有人之形，故群于人；无人之情，故是非不得于身。眇乎小哉，所以属于人也；謷乎大哉，独成其天。（《德充符》）

《德充符》中介绍了五个肢体奇异的人，他们没有常人之形，不"群"于人，但他们却因此而保有内在的完美，正是借助对"群"的超越和疏离中，他们才保持其天性。

> 无为小人，反殉而天；无为君子，从天之理。若枉若直，相而天极。面观四方，与时消息。若是若非，执而圆机。独成而意，与道徘徊。无转而行，无成而义，将失而所为。无赴而富，无殉而成，将弃而天。比干剖心，子胥抉眼，忠之祸也；直躬证父，尾生溺死，信之患也；鲍子立干，申子不自理，廉之害也；孔子不见母，匡子不见父，义之失也。（《盗跖》）

庄子既反对小人的殉财，也反对君子的殉名，提倡遵从天性，顺应自然，是非曲直一任于天。庄子对世俗社会的价值标准予以一一否定，包含行（品行）、义（道义）、富（财富）、成（功成）、忠（忠君）、信（诚信）、廉（廉洁）等等。从表面上看，庄子有道德虚无主义之嫌，但是，庄子所反对的是道德主义对天性的遮蔽，"仁义，先王之蘧庐也，止可以一宿而不可久处。……古之至人，假道于仁，托宿于义，以游逍遥之虚"。（《天运》）在庄子心目中，"仁"、"义"只不过是人生旅途中暂时栖身的旅社，只能作为手段来"假道"、"托宿"，而不能作为人生的目的本身，人生的目的在人生的自适与快乐，"与道徘徊"，"游逍遥之虚"。

其次，庄子的"独"是一种超越世人的傲然态度。道家思想具有某种精神贵族的色彩，《老子》曾描绘过这种"独"：

众人熙熙，如享太牢，如春登台。

我独泊兮，其未兆；沌沌兮，如婴儿之未孩；儡儡兮，若无所归。

众人皆有余，而我独若遗。我愚人之心也哉，吨吨兮！

俗人昭昭，我独昏昏。

俗人察察，我独闷闷。……

众人皆有以，而我独顽且鄙。

我独异于人，而贵食母。（《老子》20 章）

庄子认可这种傲然独存者。《在宥》中黄帝向广成子问至道的精神，并准备借助至道之精神来治理天下。广成子认为黄帝提问的方式根本不对。黄帝退隐，放弃天下，筑特室，席白茅，闲居三月，再问广成子如何长久养生。广成子欣然回答：至道是极其精微的，无形无声。养生的方法是无视无听，保持心灵的虚静，不要劳顿身体，不要干扰精神。然而，世俗之人或者为了财物劳顿身体，或者为了名誉干扰精神，故难以长生，只有离开世俗的困扰，方可长生独存。

故余将去女，入无穷之门，以游无极之野。吾与日月参光，吾与天地为常。当我缗乎，远我昏乎！人其尽死，而我独存乎！（《在宥》）

出入六合，遊乎九州岛，独往独来，是谓独有，独有之人，是之谓至贵。（《在宥》）

"独有"，"意指拥有自己的内在人格世界，在精神上能特立独行"。① 庄子认为"独有之人"是最宝贵的。

庄子的"独"是"澹然独与神明居"，"与道徘徊"，得"独成而（尔）意"，就得"绝俗过世"，而不能"与俗化世"（《盗跖》）。世俗之人"兴名"，庄子就极言"名"之累；世俗之人就利贪财，庄子就力陈"利"之害：

今富人，耳营钟鼓管籥之声，口惬于刍豢醪醴之味，以感其意，遗忘其业，可谓乱矣；侅溺于冯气，若负重行而上阪，可谓苦矣；贪财而取慰，贪权而取竭，静居则溺，体泽则冯，可谓疾矣；为欲富就利，故满若堵耳而不知避，且冯而不舍，可谓辱矣；财积而无用，服膺而不舍，满心戚醮，求益而不止，可谓忧矣；内则疑劫请之贼，外则畏寇盗之害，内周楼疏，外不敢独行，可谓畏矣。此六者，天下之至害也。（《盗跖》）

其三，《庄子》的"独"是建立自性和谐的基础上的怡然自得。儒家也强调"独"——"慎独"，那是君子道德的庄重，《庄子》的"独"则是畅快适意。

---

① 陈鼓应：《庄子今注今译》，中华书局1983年版，第289页。

5. 至乐

庄子有着与世人不一样的快乐观、幸福观，其"乐"为"至乐"。庄子的至乐是遗物离人的"独乐"。

> 孔子见老聃，老聃新沐，方将被发而干，蛰然似非人。孔子便而待之。少焉见，曰："丘也眩与？其信然与？向者先生形体掘若槁木，似遗物离人而立于独也。"
>
> 老聃曰："吾游心于物之初。"
>
> 孔子曰："何谓邪？"
>
> 曰："心困焉而不能知，口辟焉而不能言。尝为汝议乎其将：至阴肃肃，至阳赫赫。肃肃出乎天，赫赫发乎地。两者交通成和而物生焉，或为之纪而莫见其形。消息满虚，一晦一明，日改月化，日有所为而莫见其功。生有所乎萌，死有所乎归，始终相反乎无端，而莫知乎其所穷。非是也，且孰为之宗！"
>
> 孔子曰："请问游是。"
>
> 老聃曰："夫得是至美至乐也。得至美而游乎至乐，谓之至人。"（《田子方》）

有至人而后有至乐，《庄子》中的老子就是一位"至人"，他让孔子肃然起敬，新沐后的老子更是遗物离人而独立。出离世俗的老子，超越了"耳营钟鼓管钥之声，口嗛于刍豢醪醴之味"等俗世之乐，而游于道境，那里有着不可言说的至美至乐。

庄子提出"至乐无乐，至誉无誉"。他否认"人之情"，包括人世间生的哀乐和死之伤悲。《至乐》云：

> 夫天下之所尊者，富、贵、寿、善也；所乐者，身安、

厚味、美服、好色、音声也；所下者，贫、贱、夭、恶也；所苦者，身不得安逸，口不得厚味，形不得美服，目不得好色，耳不得音声。若不得者，则大忧以惧，其为形也亦愚哉！

夫富者，苦身疾作，多积财而不得尽用，其为形也亦外矣！夫贵者，夜以继日，思虑善否，其为形也亦疏矣！人之生也，与忧俱生。寿者惛惛，久忧不死，何之苦也！其为形也亦远矣！烈士为天下见善矣，未足以活身。吾未知善之诚善邪？诚不善邪？若以为善矣，不足活身；以为不善矣，足以活人。故曰："忠谏不听，蹲循勿争。"故夫子胥争之，以残其形；不争，名亦不成。诚有善无有哉？

今俗之所为与其所乐，吾又未知乐之果乐邪？果不乐邪？吾观夫俗之所乐，举群趣者，硁硁然如将不得已，而皆曰乐者，吾未之乐也，亦未之不乐也。果有乐无有哉？吾以无为诚乐矣，又俗之所大苦也。故曰："至乐无乐，至誉无誉。"

庄子从"至乐"、"活身"出发，对世俗社会的欢乐，如富、贵、寿、善、身安、厚味、美服、美色、音声等等重新加以审视和批判，庄子认为清静无为才是真正的快乐。庄子所认可的快乐是道境中的快乐，这种快乐与世俗至乐往往是相反的，故云"至乐无乐"。

最能说明庄子之"至乐"的应该是庄子对死亡的态度。面对死亡，世俗"人之情"悲怆不已。但庄子则超越世俗之情，以"乐"的态度对待死亡。庄子的妻子死了，老友惠子前来吊唁，可是庄子正盘腿坐地，鼓盆而歌。惠子责问道："你与妻子生活这么久，她为你生儿育女。如今去世了，你不哭也就罢了，为何还鼓盆而歌？这岂不太过分了？"庄子说："不是你说的样子。她刚死时，我怎会独独不感悲伤呢？但仔细想想，悲伤是没有道理的。想当初她原本就是没有生命的，甚至没有形体，没有气息。她存在于万物浑然一体的状态中，后来才慢慢变成了气，继而变成了形体，变成了生命。如今，她又变成了死，这种由无到有，由有到无的变化就如同四季的轮回，有什么可悲伤的呢？她如今已经安安静静地睡在天地之间，我干嘛还要哭哭啼啼呢？"

庄子十分欣赏古之真人对待生死的看法："不知说（悦）生，不知恶死"（《大宗师》），"死生，命也；其有夜旦之常，天也"。（《大宗师》）人的生命是受天地的委托而形成的，死生都是一气所化，死与生就像昼与夜，交替不已，故生不足喜，死亦不足悲。人的生，乃是时机中绽放，人的死乃是顺应自然的变化，如同花开花谢，智者"安时而处顺，哀乐不能入也"。（《大宗师》）《大宗师》记载，子来病了，气喘急促快不行了，他的妻子围着啼哭。子犁前去看望，对子来的妻子说，"走，快滚开，不要干扰了转化"！子犁靠着门对子来讲："造化者是多么伟大啊！它将把你变成什么呢？将把你送到哪里去呢？它会把你变成老鼠的肝吗？它会把你变成小虫的翅膀吗？"面对朋友子来的濒临死亡，子犁赞叹造化的伟大、神奇以及对变化之时机的关注。《庄子》借子来之口说出了对人生的看法："夫大块载我以形，劳我以生，佚我以老，息我以死。"（《大宗师》）

人生而劳作，这是自然的；人年老之后应该放松、休闲；而死亡不过是彻底的休息。为了化解人们对死亡的恐惧与忧虑，庄子甚至将死亡视为挣脱生人之累的"南面王乐"：

庄子之楚，见空髑髅，髐然有形。撽以马捶，因而问之，曰："夫子贪生失理而为此乎？将子有亡国之事、斧钺之诛而为此乎？将子有不善之行，愧遗父母妻子之丑而为此乎？将子有冻馁之患而为此乎？将子之春秋故及此乎？"

于是语卒，援髑髅，枕而卧。夜半，髑髅见梦曰："子之谈者似辩士，视子所言，皆生人之累也，死则无此矣。子欲闻死之说乎？"

庄子曰："然。"

髑髅曰："死，无君于上，无臣于下，亦无四时之事，从然以天地为春秋，虽南面王乐，不能过也。"

庄子不信，曰："吾使司命复生子形，为子骨肉肌肤，反子父母、妻子、闾里、知识，子欲之乎？"

髑髅深矉蹙额曰："吾安能弃南面王乐而复为人间之劳乎！"（《至乐》）

文中的庄子问髑髅死亡的原因：贪生失理、亡国之事、斧钺之诛、不善之行、冻馁之患、岁月流迁，这些有的是战国时代的社会问题，有的则是人性的问题，这些都是困扰人生的问题，是"生人之累"，人们的忧虑由此而生。而髑髅自述其乐——至乐：上无君王之事，下无臣民之职，也无四季寒暑的侵袭，从容自得与天地共存，即便是国王的快乐，也比不上我的快乐。

当然，庄子并非"乐死恶生"，他只不过是借助寓言来阐发"生时安生，死时安死"（晋郭象《庄子注》卷六）的道理。后世有不少散文家以髑髅之乐来说明知天安命的道理。东汉辞赋大家张衡著有《髑髅赋》和《冢赋》，三国魏李康、吕安也作有《髑髅赋》，曹植作有《髑髅说》。张衡《髑髅赋》中髑髅畅言："死为休息，生为役劳。冬水之凝，何如春冰之消？荣位在身，不亦轻于尘毛？"这既是激愤之语，也是超越名利、"与道逍遥"，平静面对死亡的达人感怀。"上与造物者游，而下与外死生、无终始者为友。"（《天下》）"死生亦大矣"，当人们能够从容面对死生之时，"而况荣丧祸福之所介乎"！（《田子方》）所以能做到喜怒哀乐不入于胸次。

6. 天人、真人、至人、神人

庄子的世界中有两类人。一类是"蔽蒙之民"、"倒置之民"和"天之戮民"。"缮性于俗学,以求复其初;滑欲于俗思,以求致其明:谓之蔽蒙之民。"(《缮性》)"丧己于物,失性于俗者,谓之倒置之民。"(《缮性》)"以富为是者,不能让禄;以显为是者,不能让名。亲权者,不能与人柄,操之则栗,舍之则悲,而一无所鉴,以窥其所不休者,是天之戮民也。"(《天运》)这一类人被名、利、欲所束缚,丧失了其天性,如"天之戮民","知进而不知止则性命丧矣,所以为戮"。(郭象《庄子注》卷五)

在庄子看来,休闲不是盗跖式的"说(悦)其志意,养其寿命",不是人的嗜欲的满足、好恶的发挥。如果说殉名者是禁欲、否定休闲,那么殉利者则是放纵嗜欲,同样也是休闲的敌人。因为两者都是对天性、性命之情的戕害。

另一类人是与"蔽蒙之民"、"倒置之民"、"天之戮民"相对立的正面形象,他们是天人、真人、至人、神人。

"天人"、"真人"、"至人"、"神人"这四者可以互训。

"天人"是本乎人的天性的人,他是尚未染杂俗世的积习的人,或者是遗忘了人世间的观念的人。

"无以人灭天,无以故灭命,无以得殉名。谨守而勿失,是谓反其真。"(《秋水》)"天与人不相胜也,是之谓真人。"(《大宗师》)"真人"是能守住自己本性的人,是回归天性的人,是纯朴的人,"故素也者,谓其无所与杂也;纯也者,谓其不亏其神也。能体纯素,谓之真人"。(《刻意》)"以天待之,不以人入天,古之真人!"(《徐无鬼》)

"至人"是最高妙的人,"至人神矣!大泽焚而不能热,河汉沍而不能寒,疾雷破山、飘风振海而不能惊。若然者,乘云

气，骑日月，而游乎四海之外，死生无变于己，而况利害之端乎"！（《齐物论》）

"神人"是超越世人接近于神的人，或者说是"半神"。《天地》篇是这样解释"神人"的："上神乘光，与形灭亡，是谓照旷。致命尽情，天地乐而万事销亡，万物复情，此之谓混溟。"《逍遥游》是这样描述"神人"的："藐姑射之山，有神人居焉。肌肤若冰雪，淖约若处子；不食五谷，吸风饮露；乘云气，御飞龙，而游乎四海之外；其神凝，使物不疵疠而年谷熟。"

庄子将"天人"、"真人"、"至人"和"神人"构成一个相互解释的环："不离于宗，谓之天人；不离于精，谓之神人；不离于真，谓之至人。"（《天下》）

"天人"、"真人"、"至人"、"神人"是最能保守天性、天命或性命之情的人。与儒家的人格结构不同，庄子心目中的理想人格不是德性化的生命，而是与道为一，天性充盈的生命，也是最能享受快乐和休闲的人：

> 何谓真人？古之真人，不逆寡，不雄成，不谟士。若然者，过而弗悔，当而不自得也。若然者，登高不栗，入水不濡，入火不热，是知之能登假于道者也若此。
>
> 古之真人，其寝不梦，其觉无忧，其食不甘，其息深深。真人之息以踵，众人之息以喉。屈服者，其嗌言若哇。其者欲深者，其天机浅。
>
> 古之真人，不知说生，不知恶死。其出不欣，其入不距。翛然而往，翛然而来而已矣。不忘其所始，不求其所终。受而喜之，忘而复之。是之谓不以心损道，不以人助天，是之谓真人。若然者，其心志，其容寂，其颡頯。凄然似秋，暖然似春，喜怒通四时，与物有宜而莫知其极。（《大宗师》）

这里没有世俗之人水深火热的困扰，没有人世间的种种忧虑，没有生死离别的情感逼迫，有的只是无拘无束，闲适自由，"翛然而往，翛然而来而已矣"。

庄子以批判的精神对待为人称道的"知识"、"仁义"、"礼乐"等文明形态，以质疑的眼光看待历史上的"圣人"。

> 三皇之知，上悖日月之明，下睽山川之精，中堕四时之施。其知憯于蛎虿之尾，鲜规之兽，莫得安其性命之情者，而犹自以为圣人，不可耻乎？其无耻也！（《天运》）

庄子以"安其性命之情"作为判断真假"圣人"的标准。庄子心目中的"圣人"是能够"安其性命之情"的人，"以天为宗，以德为本，以道为门，兆于变化，谓之圣人"。（《天下》）而那些拘泥于仁义而移易人之天性，不能"安"性命之情的人，庄子斥之"无耻"，比之毒蝎子。

庄子所说的圣人不同于儒家的"圣人"，儒家的"圣人"是道德化的生命，庄子的"圣人"实际上就是"真人"，也是最能享受休闲的人。在《刻意》中对真人作了如下描述：

> 刻意尚行，离世异俗，高论怨诽，为亢而已矣。此山谷之士，非世之人，枯槁赴渊者之所好也。语仁义忠信，恭俭推让，为修而已矣。此平世之士，教诲之人，游居学者之所好也。语大功，立大名，礼君臣，正上下，为治而已矣。此朝廷之士，尊主强国之人，致功并兼者之所好也。就薮泽，处闲旷，钓鱼闲处，无为而已矣。此江海之士，避世之人，闲暇者之所好也。吹呴呼吸，吐故纳新，熊经鸟申，为寿而已矣。此道引之士，养形之人，彭祖寿考者之所好也。

若夫不刻意而高，无仁义而修，无功名而治，无江海而闲，不道引而寿，无不忘也，无不有也。淡然无极而众美从之。此天地之道，圣人之德也。

故曰：夫恬惔寂漠，虚无无为，此天地之平而道德之质也。故曰：圣人休休焉，则平易矣，平易则恬淡矣。平易恬淡，则忧患不能入，邪气不能袭，故其德全而神不亏。

故曰：圣人之生也天行，其死也物化。静而与阴同德，动而与阳同波。不为福先，不为祸始。感而后应，迫而后动，不得已而后起。去知与故，遁天之理。故无天灾，无物累，无人非，无鬼责。其生若浮，其死若休。不思虑，不豫谋。光矣而不耀，信矣而不期。其寝不梦，其觉无忧。其神纯粹，其魂不罢。虚无恬淡，乃合天德。故曰：悲乐者，德之邪也；喜怒者，道之过也；好恶者，德之失也。故心不忧乐，德之至也；一而不变，静之至也；无所于忤，虚之至也；不与物交，淡之至也；无所于逆，粹之至也。故曰：形劳而不休则弊，精用而不已则劳，劳则竭。水之性，不杂则清，莫动则平；郁闭而不流，亦不能清；天德之象也。故曰：纯粹而不杂，静一而不变，淡而无为，动而以天行，此养神之道也。

夫有干越之剑者，柙而藏之，不敢用也，宝之至也。精神四达并流，无所不极，上际于天，下蟠于地，化育万物，不可为象，其名为同帝。纯素之道，唯神是守。守而勿失，与神为一。一之精通，合于天伦。野语有之曰："众人重利，廉士重名，贤士尚志，圣人贵精。"故素也者，谓其无所与杂也；纯也者，谓其不亏其神也。能体纯素，谓之真人。

圣人具有独特的个性，但是圣人的个性发乎本性，不标新领异，不刻意尚行。圣人是休闲的，但圣人的休闲是休于天地之本，恬淡寂寞，虚无无为。这也是庄子不同于后世道教养生休闲的地方，道教的养生休闲借助于导引之术和服食药物仙丹以求身体的长久，庄子的休闲则是顺物则，自然无为而养神。圣人的休闲不是仰仗江海，也不仅仅是外在的行为。圣人休歇，因为他循天理，平易恬淡，顺物则，虚静纯粹，无天灾，无物累，无人非。

庄子有十分强烈的尚古情节，因为古之人最符合庄子心目中的理想人生。在庄子历史观中，上古之世是最圆满的时代。远古时期的人，一派天真，不用人为的智巧："古之人，天而不人。"（《列御寇》）古代的人以天道对待人事，而不以人的智巧干扰天道："古之真人！以天待之，不以人入天，古之真人！"（《徐无鬼》）古之人有人之形，但无人之情，故没有世俗的烦恼。"古之人其备乎！配神明，醇天地，育万物，和天下，泽及百姓，明于本数，系于末度，六通四辟，小大精粗，其运无乎不在。"（《天下》）在庄子的世界中，古之人享有大休闲：

　　　　古之人，在混芒之中，与一世而得淡漠焉。当是时也，阴阳和静，鬼神不扰，四时得节，万物不伤，群生不夭，人虽有知，无所用之，此之谓至一。当是时也，莫之为而常自然。（《缮性》）

"古之人"处于尚未完全分化的世界之中，少智巧，多素朴，与道徘徊，这是真正的"人"。在《庄子》中，"人"是自足自得和完满的，庄子心目中理想的"人"是"天人"、"真人"、"神人"、"至人"。"人"与"民"在庄子看来是有分别的，"人"是圆满的，"民"是偏颇的，"人"是高尚的，"民"是鄙俗的。在庄子看来，与古之人相反，"今之人"实际上已经丧失了"人"的本原，沦落为"倒置之民"、"蔽蒙之民"和"天之戮民"。

为了使被蒙蔽的天性重新呈现，首先必须"以恬养智"（《缮性》），"恬，安也。"（《说文》）"恬，静也。"（《广雅》）恬所描述的是人生闲适、松弛、安宁的状态。"以恬养智"中的"恬"是基础性的安宁，是一种值得肯定的闲适，而此处的"智"是有待调养的"智"，此"智"中有不纯的因素。"以恬养智"就是让心灵恢复安宁、恬静、恬淡，排除俗学、俗思的干扰，建立一套新的智慧；同时，需要"以智养恬"，这里的"智"是一种纯化的"智"，是基础性的智；而此处的"恬"则是有待修复或养成的"恬"，主要是习俗中的"恬"。"以智养恬"就是借助超然的智性培育"恬"。在"恬"与"智"的互养中修复已丧失的"性"。当"性"得以恢复之后，也就进入至乐之境、逍遥之境。

第二节　逍遥游

1. 游

"游"在庄子思想中占有重要地位，《庄子》以"游"名篇的就有两篇：《逍遥游》和《知北游》。

《庄子》首篇为《逍遥游》，其地位十分重要。什么是"逍遥"？

> 各适性以为逍遥。（郭象：《庄子注》）
> 逍遥，无为也。（《天运》）

"游"是人的生活方式之一，人乃至动物离不开游、居、寝、卧。古代的"游"有时指空间的迁徙，如"宦游"、"远游"，此类"游"往往充满漂泊感；有时指游乐，如"游猎"，此类"游"大抵以感官的刺激和外向的运动为目的，乐则乐矣，但娱身不娱心，或娱心不畅神；有时指人与人之间的交往或人与物之间的接触；有时指君子的一种修养，如孔子的"游于艺"。庄子的"游"是建立在"道"（天）的基础上，以顺应人的天性为目的的自在和畅达，是超越名利、智巧、道德和习俗的心灵的远游。《庄子》全方位地描述了"游"的世界。

第一，《庄子》的"游"是纯粹的"游"，即它不是为了某种外的目的的游。古代的"游"往往有某种实际的目的，如"游学"、"宦游"。《庄子》的"游"具有鲜明的自身目的性或者说艺术性。

云将东游，过扶摇之枝而适遭鸿蒙。鸿蒙方将拊脾雀跃而游。云将见之，倘然止，贽然立，曰："叟何人邪？叟何为此？"

鸿蒙拊脾雀跃不辍，对云将曰："游！"

云将曰："朕愿有问也。"

鸿蒙仰而视云将曰："吁！"

云将曰："天气不和，地气郁结，六气不调，四时不节。今我愿合六气之精以育群生，为之奈何？"

鸿蒙拊脾雀跃掉头曰："吾弗知！吾弗知！"云将不得问。

又三年，东游，过有宋之野，而适遭鸿蒙。云将大喜，行趋而进曰："天忘朕邪？天忘朕邪？"再拜稽首，愿闻于鸿蒙。

鸿蒙曰："浮游不知所求，猖狂不知所往；游者鞅掌，以观无妄。朕又何知！"

云将曰："朕也自以为猖狂，而民随予所往；朕也不得已于民，今则民之放也！愿闻一言。"

鸿蒙曰："乱天之经，逆物之情，玄天弗成，解兽之群而鸟皆夜鸣；灾及草木，祸及止虫。噫！治人之过也。"

云将曰："然则吾奈何？"

鸿蒙曰："噫！毒哉！僊僊乎归矣！"

云将曰："吾遇天难，愿闻一言。"

鸿蒙曰："噫！心养。汝徒处无为，而物自化。堕尔形体，吐尔聪明，伦与物忘，大同乎涬溟。解心释神，莫然无魂。万物云云，各复其根，各复其根而不知。浑浑沌沌，终身不离。若彼知之，乃是离之。无问其名，无窥其情，物固自生。"

云将曰："天降朕以德，示朕以默。躬身求之，乃今得也。"再拜稽首，起辞而行。(《在宥》)

在这则哲学寓言中，庄子借"鸿蒙"对"游"的解说论述了"游"的本质。"云将"即云气，庄子的"游"往往是乘云气的高远之游。鸿蒙是天地开辟之前混沌元气，它比云气更加原始、高远。云将见鸿蒙拍着腿跳跃着游行，便问"何为此"？也就是说，在云将看来，游是"有所为"的。但鸿蒙用其动作演示，"拊脾雀跃不辍"，接下用一个字回答云将的问题："游。"在鸿蒙看来，"游"没有"何为"，"游"就是"游"，或者说"游"以自身为目的。如果"游"还有一个"何为"，那它就不是"游"，而是一种伪装和做作，就像成人"陪"儿童做游戏。对于云将而言，鸿蒙同语反复式的回答等于没有回答，于是进一步追问。对于执着于外部目的探寻的这个问题，鸿蒙只好仰天而吁。这里揭示了两种关于"游"的态度。鸿蒙认为，游就是无所依傍的浮游，游就是目的，并无其外的目的，"浮游，不知所求；猖狂，不知所往"，"游"不是按照事先的计划所作的位移，

"游"是自由自在的活动，是自得其志。而且，"游者"不拘礼法，不可约束，猖狂放纵。"輇掌"，《诗经·小雅·北山》"或不知叫号，或惨惨劬劳；或栖迟偃仰，或王事輇掌。"毛传："輇掌，失容也。"郭象以"自得"释之："輇掌，失容也。今此言自得而正也。"① 钟泰先生释"輇掌"："忽遽而不暇为礼容也。《庚桑楚》'拥肿之与居，輇掌之为使'。以輇掌与拥肿并称，则輇掌自亦犷野无礼之义，正与毛传义合。以犷野无礼形其不可规范，犹上以猖狂形其不可羁约也。旧解以自得释之，非也。"②

成玄英《南华真经疏》云："鸿蒙游心之处宽大，涉见之物众多，能观之智，知所观之境无妄也。"③ "游"是在超越主客对待关系，于世界的一体化中实现的。而这种"游"方能"以观无妄"。"无妄"即世界的本来面目，无妄，真也，"真理"。不过，这种"真理"不是主客对待关系中主体与客体相"符合"的"真理"，而是在"悠游"中存在的绽放和呈现，是德国哲学家海德格尔所说的"存在论"的真理。海德格尔通过考察"真理"一词原意，指出真理是开放自身的活动，是存在者的敞开状态，真理的本质乃是自由。与"真"相应和的"游"庄子称之为"采真之游"：

> 古之至人，假道于仁，托宿于义，以游逍遥之墟，食于苟简之田，立于不贷之圃。逍遥，无为也；苟简，易养也；不贷，无出也。古者谓是采真之游。（《天运》）

"游"不仅与"真"相关，而且与"美"相关联。"在这样

① 郭象：《庄子注》卷四。
② 钟泰：《庄子发微》，上海古籍出版社1988年版，第234页。
③ 郭庆藩：《庄子集释》卷四，中华书局1961年版，388页。

一种随心所欲、自由奔放的适意游历中，却能明了宇宙的真相。这种没有任何外在目的的人生态度，正是一种审美的人生态度所达到的人生至境，也正是一种审美的极境。而这种无任何目的却能明了宇宙真相从而合目的的特征，也正是康德美学所揭示的审美的自由本质特征。鸿蒙之游的最本质处便是一种精神的自由感、解放感与愉悦感。"①

这种不带外在目的、无拘无束的"游"也就是"闲游"，它最能体现"游"的本质。许慎《说文解字》云："游，旌旗之流也。"段玉裁注："旗之游如水之流，故得称流也。……引申为凡垂流之称。……又引申为出游、嬉游，俗作遊。""游"原本之旌旗的"旒"（旌旗下边缘悬垂的装饰品），它随风飞舞，自由摆动。

第二，"游"是一种"能力"，而不是一种外部行为。这里所说的"能力"不仅仅是普通意义上的技巧、知识、才能，更是基于人的本性、不带修饰色彩的生命本能。

人有能游，且得不游乎！人而不能游，且得游乎！夫流遁之志，决绝之行，噫，其非至知厚德之任与！覆坠而不反，火驰而不顾。虽相与为君臣，时也。易世而无以相贱。故曰：至人不留行焉。

夫尊古而卑今，学者之流也。且以狶韦氏之流观今之世，夫孰能不波！唯至人乃能游于世而不僻，顺人而不失己。彼教不学，承意不彼。

目彻为明，耳彻为聪，鼻彻为颤，口彻为甘，心彻为知，知彻为德。凡道不欲壅，壅则哽，哽而不止则跈，跈则

---

① 皮朝纲、刘方：《"游"——人生的诗性领悟》，《成都大学学报》（社会科学版）1998年第2期。

众害生。物之有知者恃息。其不殷，非天之罪。天之穿之，日夜无降，人则顾塞其窦。胞有重阆，心有天游。室无空虚，则妇姑勃谿；心无天游，则六凿相攘。大林丘山之善于人也，亦神者不胜。

德溢乎名，名溢乎暴，谋稽乎誸，知出乎争，柴生乎守，官事果乎众宜。春雨日时，草木怒生，铫鎒于是乎始修，草木之倒植者过半而不知其然。

静默可以补病，眦搣可以休老，宁可以止遽。虽然，若是劳者之务也，非佚者之所未尝过而问焉；圣人之所以骇天下，神人未尝过而问焉；贤人所以骇世，圣人未尝过而问焉；君子所以骇国，贤人未尝过而问焉；小人所以合时，君子未尝过而问焉。（《外物》）

"游"并不是一件随随便便的事情，人有能游，但并非所有的人都有"游"的能力，流荡往返的心志，固执孤异的行为，这是不能进入"游"的境界的。只有至人、达者"能游"。当然，这并非排斥众人皆有"游"的可能性。实际上，人先天地就具有"游"的能力，只是后天的滞涩、阻碍削弱了人的"游"的能力，是人自己将能游变成了不能游。名利的促迫，智谋的干扰，最终遮蔽了明净的心灵，堵塞了空虚的精神。要想恢复能游的本性，简单的方法是不要过多的人为活动，安于万物之自然。《达生》中庄子写道：

孔子观于吕梁，县水三十仞，流沫四十里，鼋鼍鱼鳖之所不能游也。见一丈夫游之，以为有苦而欲死也，使弟子并流而拯之。数百步而出，被发行歌而游于塘下。孔子从而问焉，曰："吾以子为鬼，察子则人也。请问：蹈水有道乎？"曰："亡，吾无道。吾始乎故，长乎性，成乎命。与齐俱入，与汩偕出，从水之道而不为私焉。此吾所以蹈之也 。"孔子曰："何谓始乎故，长乎性，成乎命?"曰："吾生于陵而安于陵，故也；长于水而安于水，性也；不知吾所以然而然，命也。"（《达生》）

文中的丈夫"能"游乎激流之中，他顺因水流，长乎性，成乎命，安于水。他和旋涡一起没入水下，和涌流一起浮出水面，不以自己的意志与激流对抗，而是顺应其变。

第三，"游"与一般的"远游"相比，《庄子》的"游"更加高远、超然，这种"远游"已突破空间的限定，进入无穷无尽；它超越人间的领域，进入虚无。《庄子》中的游者有一种神话般的气息，其游历之所有一种天国的风姿。

若夫乘天地之正，而御六气之辨，以游无穷者，彼且恶乎待哉！故曰：至人无己，神人无功，圣人无名。（《逍遥游》）

《在逍遥游》中，鲲鹏与蜩与学鸠相比的确高远许多，然而，它毕竟还是有所凭借，它须借助六月的大风。与普通的行人相比，列子能御风而行，飘然高举，他相对于那些寻求幸福的普通人而言，的确轻松、从容许多，然而他仍然"有所待"，算不得真正的逍遥，真正的逍遥游就是顺着万物的自然本性，把握六气的变化，畅游无穷的、自由的领域，无所凭借，也就没有现实的拘束。所以说，最高尚的人没有一己之私我，神奇的人不求建立世俗的功绩，最聪明的不求虚名。因其无意于世间功名，所以能游乎尘垢之外：

"至人神矣！大泽焚而不能热，河汉沍而不能寒，疾雷破山、飘风振海而不能惊。若然者，乘云气，骑日月，而游乎四海之外，死生无变于己，而况利害之端乎！"

瞿鹊子问乎长梧子曰："吾闻诸夫子：圣人不从事于务，不就利，不违害，不喜求，不缘道，无谓有谓，有谓无谓，而游乎尘垢之外。夫子以为孟浪之言，而我以为妙道之行也。吾子以为奚若？"（《齐物论》）

"四海之外"、"尘垢之外"、"无朕"等等都不过是"道"的近似说法。

第四，《庄子》的"游"是无拘无束，没有任何羁绊的绝对自由。《庄子》"游"于万物尚未分化、沉积的"物之初"，因而毫无窒碍，故这种"游"是最畅快、最自由的游。

庄子行于山中，见大木，枝叶盛茂。伐木者止其旁而不取也。问其故，曰："无所可用。"庄子曰："此木以不材得终其天年。"

夫子出于山，舍于故人之家。故人喜，命竖子杀雁而烹之。竖子请曰："其一能鸣，其一不能鸣，请奚杀？"主人曰："杀不能鸣者。"

明日，弟子问于庄子曰："昨日山中之木，以不材得终其天年；今主人之雁，以不材死。先生将何处？"

庄子笑曰："周将处乎材与不材之间。材与不材之间，似之而非也，故未免乎累。若夫乘道德而浮游则不然，无誉无訾，一龙一蛇，与时俱化，而无肯专为。一上一下，以和为量，浮游乎万物之祖。物物而不物于物，则胡可得而累邪！"（《山木》）

世间之所以不得逍遥，是因为有"累"，而"累"产生于是非、得失等等分别，若返回到万物尚未定形的"物之初"，则可以卸掉种种"累"，进而畅游。

第五，《庄子》的"游"一方面超然独处，但同时并不是与世界隔绝的孤立、封闭状态。《庄子》中的许多得道者，往往也是生活中的工匠，只是他们将自己的工作、技艺达到化境，"技进乎道"。解牛的庖丁"游刃有余"，承蜩的佝偻者"乃凝于神"。因此我们在庄子的"游"中看到一种"游乎……之间"的居间性。

> 唯至人乃能游于世而不僻，顺人而不失己。（《外物》）
> 寂漠无形，变化无常，死与？生与？天地并与？神明往与？芒乎何之？忽乎何适？万物毕罗，莫足以归。古之道术有在于是者，庄周闻其风而悦之。以谬悠之说，荒唐之言，无端崖之辞，时恣纵而不傥，不奇见之也。以天下为沈浊，不可与庄语。以卮言为曼衍，以重言为真，以寓言为广。独与天地精神往来，而不敖倪于万物。不谴是非，以与世俗处。其书虽环玮，而连犿无伤也。其辞虽参差，而諔诡可观。彼其充实，不可以已。上与造物者游，而下与外死生、无终始者为友。其于本也，弘大而辟，深闳而肆；其于宗也，可谓稠适而上遂矣。虽然，其应于化而解于物也，其理不竭，其来不蜕，芒乎昧乎，未之尽者。（《天下》）

第六，《庄子》的"游"还为我们描绘了一幅人与动物和谐相处的美景，这是一种大休闲：

> 吾意善治天下者不然。彼民有常性，织而衣，耕而食，是谓同德。一而不党，命曰天放。故至德之世，其行填填，其视颠颠。当是时也，山无蹊隧，泽无舟梁；万物群生，连

属其乡；禽兽成群，草木遂长。是故禽兽可系羁而游，鸟鹊
之巢可攀援而窥。夫至德之世，同与禽兽居，族与万物并。
恶乎知君子小人哉！同乎无知，其德不离；同乎无欲，是谓
素朴。素朴而民性得矣。及至圣人，蹩躠为仁，踶跂为义，
而天下始疑矣。澶漫为乐，摘僻为礼，而天下始分矣。故纯
朴不残，孰为牺樽！白玉不毁，孰为珪璋！道德不废，安取
仁义！性情不离，安用礼乐！五色不乱，孰为文采！五声不
乱，孰应六律！夫残朴以为器，工匠之罪也；毁道德以为仁
义，圣人之过也。（《马蹄》）

儒家将美好的时代上推至"天下大同"之世，道家则进一
步上推，推至人与自然万物和谐相处的时代。那里人们保持纯朴
的本性，物各自足，织而衣，耕而食，人们浑然一体没有偏私，
放任放达。人们很好地保持本性，没有智巧，没有仁义礼乐。人
与动物亲密无间，草木茂盛，动物众多，人们可以牵着禽兽漫
步，可以攀上树枝窥视鸟巢中的鸟儿。

2. 休乎天均

（1）天

庄子哲学的"性"由庄子哲学的核心范畴"天"而引发。

首先，《庄子》一书中的"天"字基本可以与"道"字互
训。"道与之貌，天与之形"（《德充符》），天是造物者，是万
物之母，是世界的本根。在一切存在中，天是最为神圣和基
础的：

> 贱而不可不任者，物也；卑而不可不因者，民也；匿而
> 不可不为者，事也；粗而不可不陈者，法也；远而不可不居
> 者，义也；亲而不可不广者，仁也；节而不可不积者，礼

也；中而不可不高者，德也；一而不可不易者，道也；神而不可不为者，天也。（《在宥》）

其次，"天"是万物的自性，"天"也就是"天然"、"自然"。"牛马四足，是谓天；络马首，穿牛鼻，是谓人。"（《秋水》）郭象注《齐物论》说："我既不能生物，物亦不能生我，则我自然矣，自己而然，则谓之天然。天然耳，非为也，故以天言之所以明其自然也。"

另外，"天"是事物自身的圆满与和谐而不假外求，是一种至美至乐的境界。"夫至乐者，先应之以人事，顺之以天理，行之以五德，应之以自然。然后调理四时，太和万物。"（《天运》）《田子方》载：

> 孔子曰："夫子德配天地，而犹假至言以修心。古之君子，孰能脱焉！"
> 老聃曰："不然。夫水之于汋也，无为而才自然矣；至人之于德也，不修而物不能离焉。若天之自高，地之自厚，日月之自明，夫何修焉！"
> 孔子出，以告颜回曰："丘之于道也，其犹醯鸡与！微夫子之发吾覆也，吾不知天地之大全也。"

老子提倡"道法自然"，庄子的"天"类似于老子的"道"。"天"既然是万物本身的样子，且是圆满自足的，故庄子反对以"人"干预"天"。"不以心损道，不以人助天。"（《大宗师》）"忘己之人，是谓入于天。"（《天地》）《在宥》云："有天道，有人道。无为而尊者，天道也；有为而累者，人道也。……天道之与人道也相去远矣，不可不察也。"庄子常常将"天"与"人"对举，如《养生主》说："公文轩见右师而惊曰：'是何人也？恶乎介也？天歟与，其人与？'曰：'天也，非人也。天之生是使独也，人之貌有与也。以是知其天也，非人也。"公文轩见到只有一只脚（"介"）的右师而惊问是天生还是人为的，若是自然天生的，那就是独特的个性而不是缺陷；若是后天的，那就是伤性残身的人为造成的。两者貌相似，实际上相去甚远。"天道"是自性的充盈，"人道"则是自性的戕害和泯灭。就像樊笼中鸟，虽然有世俗眼中的优裕条件，然而失去了逍遥的天性。而野外的鸟虽不免于生活的艰辛，但自性充足。"泽雉十步一啄，百步一饮，不蕲畜乎樊中。神虽王，不善也。"（《养生主》）在《大宗师》中，借"畸人"论及天与人的对峙：

> 子贡曰："敢问畸人？"曰："畸人者，畸于人而侔于天。故曰：天之小人，人之君子；人之君子，天之小人也。"

《庄子》中的得道者往往都是形体怪异者，异于人者却有可能与天更接近，更能显示人的天性。

出于对天、天然、天性的尊崇，庄子继承了老子的虚静无为思想，只不过向人生领域作了拓展。"尽其所受乎天而无见得，亦虚而已。"（《应帝王》）"无为为之之谓天，无为言之之谓德。"（《天地》）

（2）天钧

在《齐物论》中庄子提出了"休乎天均"的命题：

> 是以圣人和之以是非而休乎天钧，是之谓两行。

"钧，陶钧也"（《经典释文》卷26），钧指制作陶器所用的转轮。陆德明《庄子音义·天钧》条："崔云，钧，陶钧也。"

"天钧"即天道，天道循环不已，犹如制陶的转轮，故曰"天钧"。"天钧"也被释为"造化"。《庄子口义》卷七："天钧即造化也。"杜甫《瞿唐怀古》诗云："疏凿功虽美，陶钧力大哉！"仇兆鳌注："《邹阳传》：独化于陶钧之上。师氏曰：陶人转钧，盖取周回调钧耳，此借以喻造化。"

又因陶人转钧周遍均匀，故"天钧"又有均平之意。"天钧"亦作"天均"。"万物皆种也，以不同形相禅，始卒若环，莫得其伦，是谓天均。天均者，天倪也。"（《寓言》）万物均为道的幼苗，万物以各种具体的形状相衔接，始与终相衔接如同一个硕大的环，没有破绽，没有缺失，这就是天钧。郭象《庄子注》卷一云："德莫之偏任，故付之自钧而止也。"成玄英《庄子疏》："天钧者，自然钧平之理也。"王先谦《庄子集解》："言圣人和通是非，共休息于自然钧平之地。"

"天钧"是万物相混，尚未形成具体分别的状态，是一种玄冥之境。在这里没有是与非的对立和争执，因而一切皆无可无不可，这就是"两行"。

"两行"，《庄子注》云："任天下之是非。""两行"是与偏狭的运行相对立的周遍的运行，如同陶钧。《南华真经新传》卷二："圣人忘是非，任自然，万法一视而无高下，此所以能齐物也。故曰：圣人和之以是非，休乎天钧，是之谓两行。"

世俗的人们在是与非、得与失、荣与辱等等分别、对待之间选择、彷徨，因而是不闲适的、无生机的：

　　大知闲闲，小知间间；大言炎炎，小言詹詹。其寐也魂交，其觉也形开。与接为构，日以心斗。缦者、窖者、密者。小恐惴惴，大恐缦缦。其发若机栝，其司是非之谓也；其留如诅盟，其守胜之谓也；其杀若秋冬，以言其日消也；

其溺之所为之，不可使复之也；其厌也如缄，以言其老洫也；近死之心，莫使复阳也。(《齐物论》)

这里所说的"大知"、"小知"均为基于私心和成见的智巧，"大言"、"小言"是基于智巧的表达技术。人们站在各自的立场互相争论，没有止息，即便是睡梦中精神还在交战，醒来时身体不宁。人与外界一切发生矛盾，每天钩心斗角。庄子列举了世人不得休闲的几种代表："缦者"、"窖者"、"密者"，"此皆言世之应物用心者，然皆不得自在，皆有忧苦畏惧之心，所谓小人长戚戚是也"。(林希逸:《南华真经口义》)他们生活在大大小小的忧虑和恐惧之中，互相争夺，相互戒备，耗费了全部精力心血，迅速衰败，像秋冬一样了无生气。他们沉溺于各种是非之争、得失计较，心灵固执、封闭，趋于枯寂，没有办法再回复活力。这就是世人的生活状况。

在庄子看来，世人之所以不得休闲，"其寐也魂交，其觉也形开"，就是因为站在各自的立场，各是其所是非其所非。郭象《庄子注》云："夫自是而非彼，天下之常情也。"人们以自己的是非得失为判定天下的依据，自我肯定而否定他人，"故以我指喻彼指，则彼指于我指为非指矣"；同理，他人"若覆以彼指还喻我指，则我指于彼指复为非指矣"。偏狭之见遮蔽了大道和公理，于是世界纷争不断，是非日炽。人一来到世间便被各自的形体所限，在与"物"纠缠中，在与他人的相互争斗中相互摩擦、耗损，这样的人终生驰骋追逐，而不能止步，忙忙碌碌而看不到解脱的一天。庄子对这种人生发出感叹：

一受其成形，不亡以待尽。与物相刃相靡，其行尽如驰，而莫之能止，不亦悲乎! 终身役役而不见其成功，茶然疲役而不知其所归，可不哀邪! (《齐物论》)

世人一旦离开本源成为分化的形体就置身于与万物的相互纠缠之中，终生忙忙碌碌而不见其成功，疲惫困乏而不知生活的真正目的是什么。这样的人生不是很可悲吗？

与此自见而不见彼的蒙昧的人相比，达人不凝滞于某一偏狭的立场，能超越"我"的有限性，"忽然自忘，而寄当于自用。自用者，莫不条畅而自得也。"（郭象《庄子注》）达人不在分歧频出的领域逗留，而是返回浑然为"一"的"道"境，"达者之于一，岂劳神哉！若劳神明于为一，不足赖也。……是以圣人莫之偏任，故付之自均而止。两行者，任天下之是非也"。（《庄子注》）

对于至人而言，天地虽大，但无异于一指，天地与我并生；对于至人而言万物虽众，但无异于一马，万物与我为一。"至人知天地一指也，万物一马也，故浩然大宁，各当其分，同于自得而无是无非也。"（《庄子注》）万物虽然形体各异，然而以道观之万物等齐，莫不立于天性的和谐圆满，达者、至人能够通达道境，则偏执的"我"被克服，而使万物之自性忽然呈现，万物无不尽其自性，不必劳神费思。此即"休乎天钧"。在"天钧"之中，"是不是，然不然"，万物等齐，一切的分际泯没了。"休乎天钧"实际上就是前面我们所说的"大休闲"。当此之际，"宇泰定者，发乎天光。发乎天光者，人见其人，物见其物"。（《庚桑楚》）"休乎天钧"比世俗的逸乐纯粹，也比"就薮泽，处闲旷"的"江海之士"、"避代之人"高明，是最完满的休闲。

3. 庄子的闲适功夫

庄子的"休乎天钧"是"心"闲。"无思无为，畅天钧之休者，心也。"（朱升《欲修其身者》）此"心"不是意识之心、知识之心，而是纯朴之真心。《天地》篇借汉阴丈人的故事说明真正的劳苦不是身体的劳累，而是神气的束缚。

> 子贡南游于楚，反于晋，过汉阴，见一丈人方将为圃畦，凿隧而入井，抱瓮而出灌，搰然用力甚多而见功寡。子贡曰："有械于此，一日浸百畦，用力甚寡而见功多，夫子不欲乎？"为圃者仰而视之曰："奈何？"曰："凿木为机，后重前轻，挈水若抽，数如泆汤，其名为槔。"为圃者忿然作色而笑曰："吾闻之吾师，有机械者必有机事，有机事者必有机心。机心存于胸中则纯白不备。纯白不备则神生不定，神生不定者，道之所不载也。吾非不知，羞而不为也。"子贡瞒然惭，俯而不对。

汉阴丈人宁可用最原始的灌溉方式，也不用节省人力的机械。这样固然难免体力的辛劳，但可以保持心灵的纯朴和神气的安定。而一旦使用了机械就会产生机巧之心，就会心神冲荡不宁，也就丧失了真正的休闲。

如何获得休闲？这涉及休闲的方法问题，由于庄子的休闲、闲适主要是以天性的真朴、本心的无思无虑为基础的，因而在方法上主要是采取"返"、"减"和"忘"。去内心对知识外向性追逐、名利物欲的追求，获得心的逍遥自适。以"坐忘"、"心斋"和"独有"为实现途径，实现心灵与道的合一，身心合一和物我合一，恢复人的本性。

（1）心斋

《人间世》借孔子与颜回的对话谈到进道之方——心斋：

> 回曰："敢问心斋。"仲尼曰："若一志，无听之以耳而听之以心；无听之以心而听之以气。听止于耳，心止于符。

气也者，虚而待物者也。唯道集虚。虚者，心斋也。"

"心斋"就是保持心灵的虚静，但心斋的虚静并非死寂，而是祛除"我"的偏狭回归大道，感应万物，"虚而待物"。

（2）坐忘

> 颜回曰："回益矣。"仲尼曰："何谓也？"曰："回忘仁义矣。"曰："可矣，犹未也。"他日复见，曰："回益矣。"曰："何谓也？"曰："回忘礼乐矣！"曰："可矣，犹未也。"他日复见，曰："回益矣！"曰："何谓也？"曰："回坐忘矣。"仲尼蹴然曰："何谓坐忘？"颜回曰："堕肢体，黜聪明，离形去知，同于大通，此谓坐忘。"仲尼曰："同则无好也，化则无常也。而果其贤乎！丘也请从而后也。"

"坐忘"就是忘掉自己的形体，忘掉在世俗中习得种种知识、机巧，与浑然大道融为一体。《庄子》中的"忘"是一个重要的哲学范畴。"忘"不仅仅是指一种消极地、被动的心理现象——遗忘，它同时也是超越世俗的种种是非观念和生活习性，进入超然自适境界的途径。在尘世中经历习染的世人要想达到畅然豁达的大道之境，借助"我"对知识的掘进、对礼义的修行都是无效的。"泉涸，鱼相与处于陆，相呴以湿，相濡以沫，不若相忘于江湖。"（《天运》）在《齐物论》中，提出了"吾丧我"的命题：

> 南郭子綦隐机而坐，仰天而嘘，苔焉似丧其耦。颜成子游立侍乎前，曰："何居乎？形固可使如槁木，而心固可使如死灰乎？今之隐机者，非昔之隐机者也？"子綦曰："偃，

不亦善乎而问之也！今者吾丧我，汝知之乎？女闻人籁而未闻地籁，女闻地籁而不闻天籁夫！”

“丧我”就是祛除“与物相刃相靡”，“苶然疲役”的私我，进入与天相合，与万物相协的大我——“吾”。当此之际，形如槁木，心如死灰，克服了与世界的对象性关系（“丧其耦”）和紧张性关系，而达到与万物冥合，从而实现心神的完全解放和释然。“意！心养！汝徒处无为，而物自化。堕尔形体，吐尔聪明，伦与物忘，大同乎涬溟。解心释神，莫然无魂。”（《在宥》）“道家借助于‘忘’，对现成的一切进行松绑、清障，让人以新奇的目光打量茸茸的世界。‘忘’超然于具体的生活事项，超然于具体时空，使人沉浸在令人感动的单纯、素朴之中，徜徉在无知无识的充盈、丰富之中，这样，便由已散之‘器’重新返回到‘朴’。”[①] 至人借遗忘现实的束缚而逍遥自在，“子独不闻夫至人之自行邪？忘其肝胆，遗其耳目，芒然彷徨乎尘垢之外，逍遥乎无事之业”。（《达生》）

“忘”在《庄子》中，往往指一种化境：

工倕旋而盖规矩，指与物化而不以心稽，故其灵台一而不桎。忘足，履之适也；忘要，带之适也；忘是非，心之适也；不内变，不外从，事会之适也；始乎适而未尝不适者，忘适之适也。（《达生》）

当工具不再以其自身矗立在人们的眼前，它才真正实现了其工具性，当鞋子对于脚趾十分适合的时候，我们就会忘了脚趾，

① 姜金元：《大象无形——〈老子〉美学思想与中国文学本体论建构》，中国社会科学出版社 2010 年版，第 29 页。

只有当鞋子不适合我们的脚趾头时，我们才会关注到脚部。同理，我们忘了腰，是因为腰带适合我们的腰部。而忘掉偏执的是非分歧，心灵才会宽松舒适。"是故功夫之大者，唯在能忘，忘则无事矣。忘者，浑化也。"①

庄子追求一种大闲适的人生，这种人生与审美情怀和艺术精神相一致。历史上许多美学家都谈到审美所具备的令人解放的性质。审美具有把人从非本真的的生存状态中解放出来的意义，这种"解放"是精神范畴的，其中既有对异化世界的抗拒和否定，也有以乌托邦理想救赎心灵的功能。以人的生存、生命为大用，以心灵的无限开放与自由遨游为审美生存方式，这是庄子"游"的特点。陈鼓应在《老庄新论》中认为："'游心'即心灵自由活动———即精神从物物相逐、名利相争的现实桎梏中提升出来，使心灵在自由自适的情状下以美感距离来观照外事，故而'游心'之说，乃庄子以一种艺术精神而入世的心态。"②

4. 庄子闲适思想的意义

《庄子》的闲适思想是在"大道"和"天"的背景和基础上展开的，为中国的休闲哲学奠定了基础，特别是对中国古代士人的生活产生了重大影响。"大道"和"天"以其博大、高远、永恒，为生活设定了旷远的参照物。正如一位具有古典情怀的当代作家所言，"你追求的是永恒的、大的东西。这样就可以使你经常跳出生活着的这个小圈子，经常看远的、长的、大的，使你生活中的参照物发生一些变化。一个人的境界高下、打算长远，主要是因为参照物的不同而不同"③。

---

① 牟宗三：《才性与玄理》，广西师范大学出版社 2006 年版，第 295 页。
② 陈鼓应：《老庄新论》，上海古籍出版社 1992 年版，第 229 页。
③ 张炜：《葡萄园畅谈录》，作家出版社 1996 年版，第 280—281 页。

　　庄子的休闲以"游心"为主，追求精神、心灵的安宁，而非感官的刺激和舒适。心灵的安宁需要对社会化的名利保持警觉，与习俗保持一定的疏离，"不累于俗，不饰于物，不苟于人，不忮于众"（《天下》），追求心的素朴洁净。挣脱众多的"累"，获得宽裕的适意。"寻求安静与平和，要害不再是寻找某一个绝尘场所，而是首先保持一个平和明静的胸襟。……如果人能够放眼历史和自然，在更为宽阔的参照中确立自己的人生理念，一切就会从容安定许多。……有了大的方面的参照，才能确信，所谓的艰辛其实只是不足道的短促。"①"从'无为'到'逍遥'的逻辑对中国人的休闲观念产生深远影响：'无为'，就是无欲，或寡欲，亦即限制人的欲望。这是休闲的内在心理基础及内在心理状态。而'逍遥'则是弃欲无为后的潇洒生存状态，它主要是人们内心的精神自由、狂逸和超拔，其理想境界就是'三无'：'至人无己，神人无功，圣人无名'。"②

　　《庄子》有十分明显的文体特征。《庄子》一书"寓言十九"，借助寓言故事来阐述抽象的哲理，"寓真于诞，寓实于玄"。《庄子》运用大量的对话展开思想，包括借用儒家代表人物孔子和颜回，任意撷取。司马迁称评价庄子的散文"其言洸洋，自恣以适己"。（《史记·老子韩非列传》）"自恣以适己"道出了庄子散文的休闲特征。休闲散文强调自己的价值和畅意，无意于立德、立功、立言。南朝宋谢灵运《游赤石进帆海》云："矜名道不足，适己物可忽。"

　　《庄子》散文对中国文学，特别是纯文学影响深远。钱穆先生《读〈文选〉》一文中指出，古代纯文学观念经过了一个漫长

---

　　①　张炜：《葡萄园畅谈录》，作家出版社1996年版，第305页。
　　②　刘晨晔：《休闲：解读马克思思想的一项尝试》中国社会科学出版社2006年版，第95页。

的发展过程。古之为文，大抵产生于实际社会功用的需要，此时有"文"而无文人。至西汉邹阳、枚乘、司马相如等人已有文人之格，而无文人之称。东汉始专为文苑立传，出现了"文人"。有"文人"，便有了"文人之文"，"文人之文之特征，在其无意于施用。其至者，则仅以个人自我作中心，以常生活为题材，抒写性灵，歌唱情感，不复以世用撄怀。是惟庄周氏所谓无用之用，荀子讥之，谓知有天而不知有人者，庶几近之。循此乃有所谓纯文学，故纯文学作品之产生，论其渊源，实当导始于道家"。①

庄子的休闲思想中对"放心"、无思无虑的强调，对文学艺术家创作心态的调整也有重要的作用。

庄子开创了中国古代休闲哲学，庄子散文构成中国古代闲适散文的正源，特别是文人雅士的休闲生活。中国古代文人休闲由庄子，经魏晋时期的竹林七贤、陶渊明，历唐宋时期的王维、白居易、苏轼，再到晚明时期的陈继儒、袁宏道、张岱等，形成了中国古代文人闲适的主线。庄子"游心"的休闲思想为中国古代休闲奠定了基调，它对于当代的休闲提供了一种参照，特别是时尚的某些休闲将休闲变成了一种繁忙。皮珀（Josef Piper）认为，休闲是"一种精神现象，一种灵魂的状态"，"强调内在的无所忧虑，一种平静，一种沉默，一种顺其自然的无为状态"。②庄子的休闲思想也为中国式的审美人生提供了理论支持。"中国传统思想中人生哲学的最高境界便是一种超然宁静的审美态度。"③

---

① 钱穆：《读〈文选〉》，《新亚学报》1958 年第 3 卷第 2 期，第 3 页。
② ［德］约瑟夫·皮珀：《闲暇：文化的基础》，刘森尧译，新星出版社 2005年版，第 40 页。
③ 皮朝纲：《中国美学沉思录》，四川民族出版社 1997 年版，第 17 页。

第六章 汉赋与休闲

第一节 汉代散文概况

经历春秋战国长时期的并立分裂，秦王嬴政建立了中国历史上第一个中央集权的封建帝国——秦朝。秦朝信赖严刑峻法，泯灭文化，故有"秦世不文"之说。秦朝鼓励农战，崇尚军功，因而休闲文化在秦国和秦朝几成空白。秦始皇本人日理万机，据《史记·秦始皇本纪》载："天下之事，无大小皆决于上，上至以衡石量书，日夜有呈，不中呈不得休息。"每天定下阅览120斤文书的定额，不完成定额，不能休息。

1. 乐文化

然而，如此崇尚事功的秦王朝只存续了二世，汉高祖刘邦在农民起义的浪潮中直逼咸阳，建立了汉王朝。"汉承秦制"，但这只是就中央行政体制的借鉴而言，在意识形态精神领域，汉人其实是隔代遗传，继承的是周人的血脉。班固《汉书·律历志》云："汉高祖皇帝，著《纪》，伐秦继周。木生火，故为火德。天下号曰'汉'。"《汉书·礼乐志》载："今大汉继周，久旷大仪，未有立礼成乐，此贾谊、仲舒、王吉、刘向之徒所为发愤而增叹也。"

周代文化从文化心态和文化心理上讲，可以说是"忧"。周初统治阶级"殷忧以启明"，正是深沉的忧虑才使得小邦周战胜了大邦殷，文王"自朝至于日中昃，不遑暇食"（《尚书·无逸》）；武王打败纣王之后，担忧天命不永，"自夜不寐"（《史记·周本纪》），三年而卒；周人的殷忧体现在文章中，有了《周易》，"作《易》者，其有忧患乎"！（《易传·系辞下》）周人的殷忧体现在诗歌中，《诗·小雅·小旻》："战战兢兢，如临深渊，如履薄冰。"周初统治者从殷商灭亡的教训中得出：不能淫乐。

但是，周代文化从目标上讲，可以说就是"乐"或"和"。孔子将其概括为"兴于诗，立于礼，成于乐"。（《论语·泰伯》）诗和礼固然重要，不学诗无以言，不知礼无以立，然而，"乐"则更加接近人生的理想或接近人生的目的，"成于乐"是比兴于诗，立于礼更高级的阶段。"成于乐"是与"游于艺"相似的人生状态。而且，乐还是国家治理的重要手段，在礼、乐、刑、政等治国方法中，乐的宣导和教化功能是其他方式难以企及的。

"忧"与"乐"看上去是对立的、矛盾的，然而在生活中又往往是联系在一起的。汉代既继承了周人的"忧"的一面，更继了周人的"乐"的一面。因为，相对于小邦周，汉代立国就十分宏大，生产技术大大提高。经过汉初的休养生息，汉代经济得到迅速发展，社会财富猛增，国力强盛，特别是到了汉武帝时期，帝国国土版图辽阔、政治稳定、经济发达、思想文化统一，并形成了士人们的"大汉意识"，史家如司马迁立志"究天人之际，通古今之变，成一家之言"，赋家要"控引天地、错综古今"，"包括宇宙，总览人物"。因而汉人虽然也谈"忧"，但只是谈谈而已，并没有多少切己的忧虑，相反是"乐"的成分较多。这种忧乐交织、假忧真乐的文化心态在汉代文学尤其是在汉赋中得到了具体呈现。

汉代文学一改"秦世不文"的局面，开启了中国文学的新纪元。对于汉代文章,汉代当朝的班固就赞叹,"大汉之文章,炳焉与三代同风"。(《两都赋》)后世对汉代文章的推崇者绵延不绝,唐代柳宗元主张"兴西汉之文章",他非常赞赏其友人吴武陵的文章,称之曰:"才气壮健,可以兴西汉之文章。"① 明代古文家更是"文必秦汉"。明清易代之际的朱之瑜在言及文章体格时也说过:"作文以气骨格局为主,当以先秦两汉为宗。不然则气格不高、不贵、不古、不雅。"(《答安东守约问八条》)就文章体裁而言,汉代文体繁多,近代刘师培认为:"文章各体,至东汉而大备。"(《中国中古文学史》)

2. 司马迁的历史散文

汉代文章主要包括赋体之文和司马迁的《史记》,所谓"文章西汉两司马"。(左宗棠《题卧龙岗诸葛草庐》)"从西汉到东汉,经历了汉武帝'罢黜百家,独崇儒术'的意识形态的严重变革。以儒学为标志、以历史经验为内容的先秦理性精神也日渐濡染侵入文艺领域和人们观念中,逐渐溶成一种独特的南北文化的混同合作。楚地的神话幻想与北国的历史故事,儒学宣扬的道德节操与道家传播的荒忽之谈,交织陈列,并行不悖地浮动、混合和出现在人们观念和艺术世界中。"② 汉代文化作为在南北文化的融合体,其政治制度部分受北方文化影响较为明显,在文学领域,则楚骚传统的痕迹更突出。

司马迁的《史记》不同于中国历史上的其他历史著作。首先,作者著史有着鲜明的史识和过人的史胆,"究天人之际,通古今之变,成一家之言"。(司马迁《报任安书》)司马迁虽为汉

---

① 柳宗元:《与杨京兆冯书》,载吴文治编《柳宗元集》,中华书局1979年版,第789页。

② 李泽厚:《美的历程》,文物出版社1981年版,第58页。

王朝的史官，但他超越王者的视角，以布衣的眼光审视历史人物，记录历史事件，于是，隐者、平民、商人、游侠、甚至叛贼等形象鲜活地出现在文章之中。

写隐者有《伯夷列传》：

夫学者载籍极博。尤考信于六艺。《诗》、《书》虽缺，然虞、夏之文可知也。尧将逊位，让于虞舜，舜、禹之间，岳牧咸荐，乃试之于位，典职数十年，功用既兴，然后授政。示天下重器，王者大统，传天下若斯之难也。

而说者曰："尧让天下于许由，许由不受，耻之逃隐。及夏之时，有卞随、务光者。"此何以称焉？

太史公曰：余登箕山，其上盖有许由冢云。孔子序列古之仁圣贤人，如吴太伯、伯夷之伦详矣。余以所闻，由、光义至高，其文辞不少概见，何哉？

孔子曰："伯夷、叔齐，不念旧恶，怨是用希。""求仁得仁，又何怨乎？"余悲伯夷之意，睹轶诗可异焉。其传曰：伯夷、叔齐，孤竹君之二子也。父欲立叔齐。及父卒，叔齐让伯夷。伯夷曰："父命也。"遂逃去。叔齐亦不肯立而逃之。国人立其中子。

于是伯夷、叔齐闻西伯昌善养老，"盍往归焉！"及至，西伯卒，武王载木主，号为文王，东伐纣。伯夷、叔齐叩马而谏曰："父死不葬，爰及干戈，可谓孝乎？以臣弑君，可谓仁乎？"左右欲兵之。太公曰："此义人也。"扶而去之。

武王已平殷乱，天下宗周，而伯夷、叔齐耻之，义不食周粟，隐于首阳山，采薇而食之。及饿且死，作歌，其辞曰："登彼西山兮，采其薇矣。以暴易暴兮，不知其非矣。神农、虞、夏忽焉没兮，我安适归矣？于嗟徂兮，命之衰矣。"遂饿死于首阳山。由此观之，怨邪非邪？

或曰："天道无亲，常与善人。"若伯夷、叔齐，可谓善人者非邪？积仁洁行，如此而饿死。且七十子之徒，仲尼独荐颜渊为好学。然回也屡空，糟糠不厌，而卒蚤夭。天之报施善人，其何如哉？盗跖日杀不辜，肝人之肉，暴戾恣睢，聚党数千人，横行天下，竟以寿终，是遵何德哉？此其尤大彰明较著者也。

若至近世，操行不轨，专犯忌讳，而终身逸乐，富厚累世不绝。或择地而蹈之，时然后出言，行不由径，非公正不发愤，而遇祸灾者，不可胜数也。余甚惑焉，傥所谓天道，是邪非邪？

子曰："道不同，不相为谋。"亦各从其志也。故曰："富贵如可求，虽执鞭之士，吾亦为之。如不可求，从吾所好。""岁寒，然后知松柏之后凋。"举世混浊，清士乃见。岂以其重若彼，其轻若此哉？"君子疾没世而名不称焉。"贾子曰："贪夫徇财，烈士徇名，夸者死权，众庶冯生。"同明相照，同类相求。"云从龙，风从虎，圣人作而万物睹。"伯夷、叔齐虽贤，得夫子而名益彰；颜渊虽笃学，附骥尾而行益显。岩穴之士，趋舍有时，若此类名湮灭而不称，悲夫。闾巷之人，欲砥行立名者，非附青云之士，恶能施于后世哉！

与一般赞叹伯夷叔齐节士之志不同，司马迁感叹伯夷叔齐不公正的命运，质疑"天道无亲，常与善人"的报应观念，这既是对历史人物的大悲悯，也是对自己命运的抗议，以及对不平世事的批判。《周易·坤卦·文言曰》："积善之家，必有余庆；积不善之家，必有余殃。"然而，世道颠倒，仁义之士饿死首阳山，怨耶？非耶？唐代柳宗元对"贪愚皆贵，险狠皆老"的社会现实深表愤懑，揭露"天之杀恒在善人而佑不肖"（《哭张后余词》），在《祭吕衡州温文》，作者质问上苍："呜呼天乎！君子何厉，天实仇之？生人何罪，天实雠之？聪明正直，行为君子，天则必速其死；道德仁义，志存生人，天则必夭其身。吾固知苍苍之无信，莫莫之无神，今于化光之殁，怨逾深而毒逾甚，故复呼天以云云，天乎痛哉！"

司马迁还提出一种现象："操行不轨，专犯忌讳，而终身逸乐，富厚累世不绝。"这里实际上提出了休闲道德的问题。休闲作为一种文化现象绝不仅仅是身体的安逸，它还与社会经济、道德等问题紧密联系在一起。汉代娱乐之风盛行，但位高权重者往往不顾他人的利益，不考虑社会公正，将自己的逸乐建立在他人的痛苦的基础上。这种娱乐往往是社会的一种毒瘤，会侵袭社会健全的肌体。

我国封建社会的初期，儒家轻视"言利"，道家宣扬"寡欲"，商鞅、韩非等人则认为务农为本，经商为末，统治阶级亦不重视甚至反对发展商业，这些迂腐主张不利于社会发展。汉代商人的地位依然很低。武帝时，在政治上贬低商人，"发天下七科"谪，将商人视为如罪犯、亡命、赘婿等一类人。司马迁却为货殖证明，为商人树碑立传，有《货殖列传》。"富者，人之情性，所不学而俱欲者也。"司马迁以荀子的人性中天然存在着物欲的立论基础，以老子道法自然为依据，论证了人类追求财富的合理性，并指出，仁义道德及礼的真正施行，也必须建立在经济发达、人民富足的基础上。

司马迁在《货殖列传序》中提出"耳目欲极声色之好，口欲穷刍豢之味，身安逸乐，而心夸矜埶能之荣"，这是人之常情。可见，他肯定休闲的合法性，休闲是人性之自然。

从历史上看，经济发达、商业繁荣的时代，休闲生活往往比较丰富。特别是大众休闲生活是建立在商业发达的基础之上。商业为休闲提供了物质资源，而且商业活动的形式本身亦具有休闲性，商品的流通性往往选择发达的交易地点，古代集市上往往上演一些娱乐节目。

在《货殖列传》中，司马迁发掘优秀商人身上蕴含的品质和才华。如记战国时期人商人白圭，"能薄饮食，忍嗜欲，节衣服，与用事僮仆同苦乐，趋时若猛兽挚鸟之发"。司马迁笔下的商人往往是具有民间身份，而且他们经商并非单纯地满足物欲，而是仗义疏财；他们经商靠的是善于把握商机，而不是巧取豪夺。如记范蠡：

> 范蠡既雪会稽之耻，乃喟然而叹曰："计然之策七，越用其五而得意。既已施于国，吾欲用之家。"乃乘扁舟浮于江湖，变名易姓，适齐为鸱夷子皮，之陶为朱公。朱公以为陶天下之中，诸侯四通，货物所交易也。乃治产积居。与时逐而不责于人。故善治生者，能择人而任时。十九年之中三致千金，再分散与贫交疏昆弟。此所谓富好行其德者也。后年衰老而听子孙，子孙修业而息之，遂至巨万。故言富者皆称陶朱公。

范蠡辅助越王勾践兴越灭吴，一雪会稽之耻。功成名就之后激流勇退，准备用计然的谋略"用之家"，用于经商，便乘扁舟浮于江湖，变名易姓，到了齐国，更名为鸱夷子皮。他选择四通之地交易货物，善于抓住时机，善于用人。致富后好行其德，仗义疏财，被称为"商圣"。

司马迁写游侠有《游侠列传》。"侠以武犯禁"（《韩非子·五蠹》），故历来正统思想皆排斥游侠。东汉末史学家荀悦（148—209 年）在《三游论》中说：

> 世有三游，德之贼也。一曰游侠，二曰游说，三曰游

行。立气势，作威福，结私交以立强于世者，谓之游侠。饰辨辞，设诈谋，驰逐于天下以要时势者，谓之游说。色取仁以合时好，连党类，立虚誉以为权利者，谓之游行。此三游者，乱之所由生也。伤道害德，败法惑世，失先王之所慎也。

司马迁则为布衣之侠作传，并发掘侠客身上的美德。"今游侠，其行虽不轨于正义，然其言必信，其行必果，已诺必诚，不爱其驱，赴士之厄困，既已存亡死生矣，而不矜其能，羞伐其德，盖亦有足多者焉。"司马迁首开为游侠作传的记录，其后也只有班固《汉书》有专门的游侠传记。此后的正史再也没有游侠的位置。

3. 汉赋

就当时的影响和在文学史中的地位而言，赋体之文最能反映汉代文学的全貌。王国维在《宋元戏曲考》序言中说："凡一代有一代之文学，楚之骚，汉之赋，六朝之骈语，唐之诗，宋之词，元之曲，皆所谓一代之文学，而后世莫能继焉者。"赋是汉代的标志性文学样式。

汉赋的兴盛与汉代对楚文化倡导与喜爱有直接联系。汉初统治者好楚声、楚制。《史记·刘敬叔孙通列传》载："叔孙通儒服，汉王憎之；乃变其服，服短衣，楚制，汉王喜。"刘邦作《大风歌》深得楚辞神韵，淮南王刘安、梁王刘武等好辞赋，他们身边聚集着一大批辞赋家。例如，梁王身边的邹阳、严忌、枚乘、司马相如等"皆善辞赋"。文学大家几乎都有赋作，"朝夕论思"、"时时间作"，不少作者精心构思，倾力营造。张衡作《二京赋》构思十年乃成，所谓"研京以十年"。（刘勰《文心雕龙·神思》）当时作赋的人群也十分广泛，除了文人，还有行伍将领、地方官吏，以及公卿大臣乃至帝王。

　　赋在当时是文人们最喜爱的文体，其关注程度大大超过了诗歌，钟嵘在《诗品·总论》云："自王（褒）、扬（雄）、枚（乘）、马（司马相如）之徒，词赋竞爽，而吟咏（诗歌）靡闻。"《汉书·艺文志》于"六艺"、"诸子"之外，特设"诗赋"一门，而且收录的赋达 900 余篇，而收录的"歌诗"（含"乐府"）则少得多，只有 314 首。从这些迹象看来，当时的赋作数量是非常大的。班固《两都赋序》载：在西汉成帝时，"奏御者千有余篇"，至于未奏御的不包括在内。后来在历史的长河中大多数已散佚，《汉书·艺文志》所录的西汉赋作有九百余篇。班固以后东汉的赋作有多少？已无法查考。据清陈元龙编《历代赋汇》和严可均辑的《全上古三代秦汉三国六朝文》中有关两汉的辞赋，现存约一百七十篇，其中西汉五十余篇，东汉一百一十余篇。《文心雕龙·诠赋》篇称赋之于汉"蔚成大国"。

　　汉赋有不同的划分，按照文章的篇幅可分为大赋、小赋，按照句式可分为散体赋、骚体赋，按照功能可分为讽颂赋、抒情赋。我们认为可按照主题分为事功赋和休闲赋。

　　汉赋的盛衰与汉代社会的发展进程大致一致。汉赋的发展也与士人的心态演变相协调，汉代士人心态大致经历了由个体抒怀，到"京殿苑猎"的宏大场景的描写，再到个人内心的抒发三个阶段。于是形成汉初的抒情赋，西汉繁盛时期的大赋，汉中后期的抒情小赋三个阶段。刘师培在《论文杂记》中将赋分为三类："有写怀之赋，有骋词之赋，有阐理之赋。……写怀之赋，其源出于《诗经》；骋词之赋，其源出于纵横家；阐理之赋，其源出于儒道二家。"（《论文杂记》，人民文学出版社 1998年版，第 115 页）屈原、贾谊等属于"写怀之赋"。

　　（1）汉初抒情赋

　　汉初国家大定，士人不再像战国时期的游士那样在国际纷争中占领重要地位，从个人政治抱负上看，常有士不遇之叹。加之汉初士人们对楚辞的喜爱，故常常效法屈原发愤抒情。《汉书·艺文志》："学诗之士逸在布衣，而贤人失志之赋作矣。大儒孙卿及楚臣屈原离谗忧国，皆作赋以风，咸有恻隐古诗之义。"

贾谊的赋是"贤人失志之赋"的代表。文帝时，贾谊被贬为长沙太傅，渡湘水，过屈原放逐所经之地，深感屈原竭诚尽忠而披馋放逐的遭遇，遂作《吊屈原赋》。

谊为长沙王太傅，既以谪去，意不自得。及渡湘水，为赋以吊屈原。屈原，楚贤臣也。被谗放逐，作《离骚》赋。其终篇曰："已矣哉！国无人兮，莫我知也。"遂自投汨罗而死。谊追伤之，因自喻。其辞曰：

恭承嘉惠兮，俟罪长沙。侧闻屈原兮，自沉汨罗。造讬湘流兮，敬吊先生。遭世罔极兮，乃殒厥身。呜呼哀哉！逢时不祥。鸾凤伏窜兮，鸱枭翱翔。阘茸尊显兮，谗谀得志。贤圣逆曳兮，方正倒植。世谓随、夷为溷兮，谓跖、蹻为廉；莫邪为钝兮，铅刀为铦。吁嗟默默，生之亡故兮，斡弃周鼎，宝康瓠兮。腾驾罢牛，骖蹇驴兮。骥垂两耳，服盐车兮。章甫荐履，渐不可久兮。嗟苦先生，独离此咎兮。

讯曰：已矣！国其莫我知兮，独壹郁其谁语？凤漂漂其高逝兮，固自引而远去。袭九渊之神龙兮，沕深潜以自珍。偭蟂獭以隐处兮，夫岂从虾与蛭螾？所贵圣人之神德兮，远浊世而自藏。使骐骥可得系而羁兮，岂云异夫犬羊？般纷纷其离此尤兮，亦夫子之故也。历九州而相其君兮，何必怀此都也？凤凰翔于千仞兮，览德辉而下之。见细德之险征兮，遥增击而去之。彼寻常之污渎兮，岂容吞舟之巨鱼？横江湖之鱣鲸兮，固将制于蝼蚁。

　　作者感叹生不逢时："呜呼哀哉！逢时不祥。鸾凤伏窜兮，鸱枭翱翔。阘茸尊显兮，谗谀得志。贤圣逆曳兮，方正倒植。"这是汉赋的经典主题之一，董仲舒也有《士不遇赋》，司马迁有《悲士不遇赋》。

　　作者在赋的序文中作赋的动机是"自喻"。一般将"自喻"解作自比，即将自己比作屈原。然作者言自己贬为长沙王太傅，"意不自得"，且他认为屈原最终的不幸在于他未能"自引而远去"，"远浊世而自藏"，表明作者虽然敬佩屈原的忠君爱国，同情屈原的遭遇，但对屈原最终的人生选择并不认同。作者以凤鸟高翔来喻人生选择，阐发道家"因循为用"的观念。后来扬雄进一步表明了汉代士人对屈原的态度：敬佩、同情，但不认可屈原的执着之念，而应因顺时运，或者像龙，时可而升，时未可而潜，"潜升在己，用之以时"（扬雄：《法言·问明》）；或者像凤，"或问君子在治，曰：'若凤。'在乱，曰：'若凤。'或人不谕。曰：'未之思矣。'曰：'治则见，乱则隐。'"（《法言·问明》）贾谊作《吊屈原赋》是希望借屈原来自己宽慰，自我排遣，进而走出"意不自得"的心理苦闷，像庄子那样"自喻适志"（《庄子·齐物论》）。贾谊思想中具有道家旷达适志的人生旨趣，在《吊屈原赋》的结尾表达了远离浑浊的世俗而隐居独处的志愿，"凤漂漂其高逝兮，固自引而远去"。

　　贾谊谪居长沙期间的另一篇赋《鵩鸟赋》，同样是"为赋以自宽"（《史记·屈原贾生列传》）。

《鵩鸟赋》（并序）

　　谊为长沙王傅三年，有鵩飞入谊舍。鵩似鸮，不祥鸟也。谊即以谪居长沙，长沙卑湿，谊自伤悼，以为寿不得长，乃为赋以自广也。其辞曰：

　　单阏之岁兮，四月孟夏，庚子日斜兮，鵩集予舍。止于

坐隅兮，貌甚闲暇。异物来萃兮，私怪其故。发书占之兮，
谶言其度，曰："野鸟入室兮，主人将去。"请问于子鵩兮：
"予去何之？吉乎告我，凶言其灾。淹速之度兮，语予其
期。"鵩乃叹息，举首奋翼；口不能言，请对以臆：

"万物变化兮，固无休息。斡流而迁兮，或推而还。形
气转续兮，变化而嬗。沕穆无穷兮，胡可胜言！祸兮福所
依，福兮祸所伏；忧喜聚门兮，吉凶同域。彼吴强大兮，夫
差以败；越栖会稽兮，勾践霸世。斯游遂成兮，卒被五刑；
傅说胥靡兮，乃相武丁。夫祸之与福兮，何异纠纆；命不可
说兮，孰知其极！水激则旱兮，矢激则远；万物回薄兮，振
荡相转。云蒸雨降兮，纠错相纷；大钧播物兮，块圠无垠。
天不与虑兮，道不可与谋；迟速有命兮，焉识其时！

且夫天地为炉兮，造化为工；阴阳为炭兮，万物为铜。
合散消息兮，安有常则？千变万化兮，未始有极！忽然为人
兮，何足控揣；化为异物兮，又何足患！小智自私兮，贱彼
贵我；达人大观兮，物无不可。贪夫殉财兮，烈士殉名。夸
者死权兮，品庶每生。怵迫之徒兮，或趋西东；大人不曲
兮，意变齐同。愚士系俗兮，僷若囚拘；至人遗物兮，独与
道俱。众人惑惑兮，好恶积意；真人恬漠兮，独与道息。释
智遗形兮，超然自丧；寥廓忽荒兮，与道翱翔。乘流则逝
兮，得坎则止；纵躯委命兮，不私与己。其生兮若浮，其死
兮若休？澹乎若深渊之静，泛乎若不系之舟。不以生故自保
兮，养空而浮；德人无累兮，知命不忧。细故蒂芥兮，何足
以疑！

在《鵩鸟赋》序文中作者交代，在人生处于低谷的时候，
一只猫头鹰（鵩鸟）飞入馆舍，按楚地习俗，此乃不祥之兆，
作者受此消极暗示亦"私怪其故"，疑惑自己"寿不得长"。为

了从这种心理状况下解脱出来，"乃为赋以自广也"。作者当时面临强大的社会压迫，被贬边地；同时还面临自然的威胁，长沙卑湿的气候，身体的不适，精神高度紧张，杯弓蛇影，而恰在此时凶鸟入宅，可以想见其忧恐之状。于是，他忙打开卜筮之书断占，卜得的是模棱两可的"主人将去"。他希望鹏鸟能以实情相告。作者设定了替鹏鸟代言，来宽慰贾谊，这种形式是一种特殊的主客问答，实际上是自问自答。

为赋"自喻"、"自宽"既有宣泄"牢骚"之意，但又不同于一般的发牢骚或独自哀怨，它更侧重于将自己引向积极、开朗、豁达的境地。作为"自广"之辞，作者借"貌甚闲暇"的鹏鸟从容地看待人生遭际，以道家思想安慰自己，特别是庄子的齐万物，释形智。文章从宏通的宇宙来审视人生，突出天地对于人生的绝对控制，反复申说"迟速有命，焉识其时"，吉凶难以预测。在绝对者面前，人应该皈依和顺因，不必过于在意得失、生死。作者希望自己能像"达人"那样，"物无不可"，从而从得失的煎熬和纠结中解脱出来，从"财"和"名"的追逐中退却。习见中"不祥"的鹏鸟，变成了"闲暇"的鹏鸟，变成了"达人"，这似乎表明了贾谊"自广"的过程。作者最后提出"德人无累，知命不忧"，消除"怵迫"之感和疑虑。在困顿之中依然能超然翱翔，这就是我们前面提到的"大休闲"。

（2）大赋

随着汉代社会的发展，大赋逐渐成为主流，并决定了后世对汉赋的总体印象。汉赋的繁盛时期的情况在班固的《两都赋序》中有精确的概括：

　　　　至于武、宣之世，乃崇礼官，考文章。内设金马、石渠之署，外兴乐府、协律之事。以兴废继绝，润色鸿业。……故言语侍从之臣，若司马相如、虞丘寿王、东方朔、枚皋、王褒、刘向之属，朝夕论思，日月献纳。而公卿大臣御史大夫倪宽、太常孔臧、太中大夫董仲舒、宗正刘德、太子太傅萧望之等，时时间作。或以抒下情而通讽谕，或以宣上德而尽忠孝，雍容揄扬，著于后嗣，抑亦《雅》、《颂》之亚也。故孝成之世，论而录之。盖奏御者千有余篇，而后大汉之文章，炳焉与三代同风。

汉赋以大赋为典型，大赋最能体现汉人的精神面貌。《西京杂记》载，司马相如论及赋家之心："合綦组以成文，列锦绣而为质，一经一纬，一宫一商，此赋之迹也。赋家之心，包括宇宙，总览人物……"赋借助繁华的文采表现赋家之心，赋家之心呈现出恢弘的视野、宽阔的胸襟、盛大的场面、奇异的百物、灵怪的人神、穿越的时空。如司马相如的《大人赋》：

世有大人兮，在于中州。宅弥万里兮，曾不足以少留。悲世俗之迫隘兮，朅轻举而远游。乘绛幡之素蜺兮，载云气而上浮。建格泽之长竿兮，总光耀之采旄。垂旬始以为幓兮，抴彗星而为髾。掉指桥以偃蹇兮，又旖旎以招摇。揽欃枪以为旌兮，靡屈虹以为绸。红杳渺以眩湣兮，猋风涌而云浮。驾应龙象舆之蠖略逶丽兮，骖赤螭青虬之蟉蟉蜿蜒。低卬夭蟜据以骄骜兮，诎折隆穷蹙以连卷。沛艾赳螑仡以佁儗兮，放散畔岸骧以孱颜。蛭踱輵辖容以委丽兮，蜩蟉偃蹇怵葸以梁倚。纠蓼叫奡踏以艐路兮，蔑蒙踊跃腾而狂趡。莅飒卉翕熛至电过兮，焕然雾除，霍然云消。邪绝少阳而登太阴兮，与真人乎相求。互折窈窕以右转兮，横厉飞泉以正东。悉征灵圉而选之兮，部署众神于瑶光。使五帝先导兮，反太一而从陵阳。左玄冥而右含雷兮，前陆离而后潏湟。厮征北侨而役羡门兮，属岐伯使尚方。祝融惊而跸御兮，清雾气而后行。屯余车其万乘兮，綷云盖而树华旗。使勾芒其将行兮，吾欲往乎南嬉。历唐尧于崇山兮，过虞舜于九疑。纷湛湛其差错兮，杂沓胶葛以方驰。骚扰冲苁其相纷挐兮，滂濞泱轧洒以林离。攒罗列聚丛以茏茸兮，衍曼流烂坛以陆离。径入雷室之砰磷郁律兮，洞出鬼谷之崛礨嵬石衰。遍览八纮而观四荒兮，揭渡九江而越五河。经营炎火而浮弱水兮，杭绝浮渚而涉流沙。奄息葱极泛滥水嬉兮，使灵娲鼓瑟而舞冯夷。时若薆薆将混浊兮，召屏翳诛风伯而刑雨师。西望昆仑之轧沕洸忽兮，直径驰乎三危。排阊阖而入帝宫兮，载玉女而与之归。登阆风而遥集兮，亢乌腾而一止。低回阴山翔以纡曲兮，吾乃今目睹西王母？皬然白首，戴胜而穴处兮，亦幸有三足鸟为之使。必长生若此而不死兮，虽济万世不足以喜。回车揭来兮，绝道不周，会食幽都。呼吸沆瀣兮餐朝霞，噍咀芝英兮叽琼华。僸侵浔而高纵兮，纷鸿涌而上厉。贯列缺之倒景兮，涉丰隆之滂沛。驰游道而循降兮，骛遗雾而远逝。迫区中之隘陕兮，舒节出乎北垠。遗屯骑于玄阙兮，轶先驱于寒门。下峥嵘而无地兮，上寥廓而无天。视眩眠而无见兮，听惝恍而无闻。乘虚无而上遐兮，超无有而独存。

文中的"大人"住宅绵延万里，可竟不能稍稍容留他的脚步，他发愿逍遥远游。文中反复申说"迫区中之隘陕"，"悲世俗之迫隘"，于是乘着彩虹、云气而上举。驾着飞龙，恣意奔驰于天宇，与仙人们交游。驱使众神，纵情游戏。

班固所列辞赋家主要集中于武帝（刘彻，公元前156——前87年）、宣帝（刘询，公元前90——前49年）之世，这是汉赋最为兴盛的时期。关于大赋的情况我们将在下节展开论述，此处不赘。

（3）抒情小赋

西汉末期以后，汉代社会渐趋没落，朝纲不振，宏大的场面描写代之以玩赏之物的吟咏，外部世界的描绘代之以士人内心状况的抒写，于是，抒情小赋得到发展。抒情小赋的某些特质实际上在西汉初骚体赋中就已经存在，不过骚体赋议论的成分比较多，如贾谊的《鵩鸟赋》基本上以道家的思想为经纬。元代祝尧云："谊所称皆列御寇、庄周之常言。"（《古赋辩体》卷三）这种情况与西晋时期以议论为赋颇为相似。整个汉代都贯穿着抒情小赋的写作，包括以写大赋名家的作者，如扬雄的《逐贫赋》：

> 扬子遁居，离俗独处。左邻崇山，右接旷野，邻垣乞儿，终贫且窭。礼薄义弊，相与群聚，惆怅失志，呼贫与语：
>
> "汝在六极，投弃荒遐。好为庸卒，刑戮相加。匪惟幼稚，嬉戏土沙。居非近邻，接屋连家。恩轻毛羽，义薄轻罗。进不由德，退不受呵。久为滞客，其意谓何？人皆文绣，余褐不完；人皆稻粱，我独藜飧。贫无宝玩，何以接欢？宗室之燕，为乐不槃。徒行负笈，出处易衣。身服百役，手足胼胝。或耘或耔，沾体露肌。朋友道绝，进官凌迟。厥咎安在？职汝为之！舍汝远窜，昆仑之颠；尔复我随，翰飞戾天。舍尔登山，岩穴隐藏；尔复我随，陟彼高冈。舍尔入海，泛彼柏舟；尔复我随，载沉载浮。我行尔动，我静尔休。岂无他人，从我何求？今汝去矣，勿复久留！"
>
> 贫曰："唯唯。主人见逐，多言益嗤。心有所怀，愿得尽辞。昔我乃祖，宣其明德，克佐帝尧，誓为典则。土阶茅茨，匪雕匪饰。爰及季世，纵其昏惑。饕餮之群，贪富苟

得。鄙我先人，乃傲乃骄。瑶台琼榭，室屋崇高；流酒为池，积肉为崤。是用鹄逝，不践其朝。三省吾身，谓予无愆。处君之家，福禄如山。忘我大德，思我小怨。堪寒能暑，少而习焉；寒暑不忒，等寿神仙。桀跖不顾，贪类不干。人皆重蔽，予独露居；人皆怵惕，予独无虞！"

言辞既磬，色厉目张，摄齐而兴，降阶下堂。"誓将去汝，适彼首阳。孤竹二子，与我连行。"

余乃避席，辞谢不直："请不贰过，闻义则服。长与汝居，终无厌极。"

贫遂不去，与我游息。

一般正统观念因扬雄曾事王莽而鄙视其为人，以为扬雄急于富贵抱怨贫贱，《逐贫赋》文尾"长于汝居，终无厌极"只是无可奈何的选择。明·谢榛《四溟诗话》卷四曰："扬子云《逐贫赋》曰：'人皆文绣，余褐不完。人皆稻粱，我独藜餐。贫无宝玩，何以为欢。'此作辞虽古老，意则鄙俗，其心急于富贵，所以终仕新莽，见笑于穷鬼多矣。"

其实，扬雄对于富贵所招致的灾祸是颇为清醒的。《汉书·扬雄传》载：扬雄"默而好深湛之思，清静无为，少嗜欲，不汲汲于富贵，不戚戚于贫贱"。汉代著名学者、著名隐士严遵是扬雄的老师，严遵注《老子》，主张清静无为，这对扬雄也产生了较大影响。在扬雄的另一些赋中，他反复吟诵："奚贪婪于富贵兮，迄丧躬而危族。丰盈祸所栖兮，名誉怨所集。"（《太玄赋》）"且吾闻之，炎炎者灭，隆隆者绝；观雷观火，为盈为实；天收其声，地藏其热。高明之家，鬼瞰其室。攫拏者亡，默默者存；位极者高危，自守者身全。是故知玄知默，守道之极；爱清爱静，游神之庭；惟寂惟漠，守德之宅。世异事变，人道不殊，彼我易时，未知何如。"（《解嘲》）

贫穷是人们极力避免的。在中国，"贫"是"六极"之一，《尚书·洪范》云："六极：一曰凶短折，二曰疾，三曰忧，四曰贫，五曰恶，六曰弱。"贫穷对人而言是一种窘迫和挤压，世人都希望"逐贫"。儒家的圣贤对贫穷显示了一定的超然，但孔、颜主要是借助神圣的"道"、"义"来战胜对贫穷的忧虑，"君子忧道不忧贫"。（《论语·卫灵公》）扬雄对贫穷的看法是比较通脱的，他以一种超然的态度看待贫穷。借助"贫"的一番辩解，畅言贫穷的优点，诙谐幽默，最后主人幡然醒悟，对"贫"提出诚恳的挽留，视之为小友，"与我游息"。以超然的心态对待贫穷，从内部缓和了贫穷的压迫感。该赋名曰"逐贫"，而实为与贫相游。郭预衡先生认为《逐贫赋》"是牢骚之赋的一种新的形式"[①]。"这是变换方式以抒安贫乐道的思想。虽然像是游戏笔墨，却是'士不遇'赋的一种变体。"[②] 《逐贫赋》还开启了后世咏贫题材的诗文，如陶潜《咏贫士七首》、韩愈《送穷文》等。钱钟书对《逐贫赋》所呈现出来的诙谐和独创性深为称赞："按子云诸赋，吾必以斯为巨擘焉。创题造境，意不犹人。《解嘲》虽佳，谋篇尚步东方朔后尘，无此诙诡。"[③]

（4）隐逸题材小赋

汉代的抒情小赋题材很广，"纪一事，咏一物，风云草木之兴，鱼虫禽兽之流，推而广之，不可胜载矣"。（萧统《文选·序》）其中有一类题材十分突出，即隐逸。

隐逸是中国传统文化中的一派支流，它以非功利性、超越性为基本特征。隐逸的价值取向是远离世俗，崇尚自由自适。隐逸就是退出或疏离复杂的社会生活，追求超迈、闲散的生活。因

---

① 郭预衡：《中国散文史》上，上海古籍出版社 2011 年版，第 227 页。

② 同上书，第 228 页。

③ 钱钟书：《管锥编》，中华书局 1979 年版，第 981 页。

此，隐逸是中国士人休闲生活的一个典型样本，士人们即便
"结庐在人境"，身在官场，也会在内心留下一块隐逸的空地。

隐逸的主体是隐士，巢父、许由是最早的隐士。传说尧帝想
让位于巢父，巢父不受逃进深山筑巢而居，故称巢父。晋皇甫谧
《高士传》载：尧帝让天下于许由，许由亦不受，隐遁中岳，颖
水之阳，箕山之下。尧又召许由为九州岛长，许由不愿听，觉得
污染了耳朵，便洗耳于颖水之滨。时其友巢父牵犊欲饮之，见许
由水边洗耳，问其故。对曰："尧欲召我为九州岛长，恶闻其声，
是故洗耳。"巢父曰："子若处高岸深谷，谁能见之？子故浮游，
欲闻求其名声，污吾犊口！"牵犊上流饮之。

古代的隐士往往有政治上、道德上的贞洁感，商末孤竹国国
君的儿子伯夷、叔齐都不愿继承王位，先后逃到周。周武王伐
纣，二人叩马劝谏，未果。武王灭商后，他们耻食周粟，采薇而
食，饿死于首阳山。后世将他们视为抱节守志的典范。

"隐"在中国古代还是表达政治立场的一种方式。《周易》
《遯》卦即言"遯隐"、"退隐"之道。"遯"与"遁"通，"隐
退也，匿迹避时，奉身退隐之谓也"。（《释文》）《彖》曰："遯
亨，遯而亨也。刚当位而应，与时行也。小利贞，浸而长也。遯
之时义大矣哉！"在古人看来，顺应时势，退避隐迹是亨通吉利
的。司马光注曰："君子邦有道则见，邦无道则隐；可以进而
进，可以退而退，不失其时，以中正为心者也。故曰：嘉遯贞
吉"（司马光：《温公易说》卷三）君子可以"不事王侯，高尚
其事"。（《周易·蛊》）被视为积极入世的孔子也说过："天下
有道则见，无道则隐。邦有道，贫且贱焉，耻也；邦无道，富且
贵焉，耻也。"（《论语·泰伯篇》）"邦有道，则仕；邦无道，
则可卷而怀之。"（《论语·卫灵公》）"道不行，乘桴浮于海。"
（《论语·公冶长》）严格说来，这种选择性的"隐"并非隐逸，
它只是一种手段，与后来的"终南捷径"在本质上是一致的。

对于隐逸之士，文士大多称许有加：

> 伯夷、叔齐薄之，饿死于首阳，不食其禄，周犹称盛德焉。然孔子贤此二人，以为"不降其志，不辱其身"也。而《孟子》亦云："闻伯夷之风者，贪夫廉，懦夫有立志"；"奋乎百世之上，百世之下莫不兴起，非贤人而能若是乎"。（《汉书·王贡两龚鲍传》）

官方对待隐逸之士的态度颇为矛盾。一方面，隐士多忠诚守节之士，这是朝廷所需要的，因此对历史上的隐士，朝廷多持肯定态度，特别是我国封建王朝的早期，朝廷对隐士相对宽容。东汉光武帝对拒不出仕的隐士周党深表同情，并下诏书曰："自古名王圣主，必有不宾之士。伯夷、叔齐不食周粟，太原周党不受朕禄，亦各有志焉。"（《后汉书·逸民列传》）同时，隐逸之士的廉洁对于那些过分重视利禄、钻营仕途的官员，也是一种参照，可起到"息贪竞之风"的功用，朝廷甚至"招聘隐逸，与参政事"。（《后汉书·岑彭传》）但是，隐士对现在当权的政权采取不合作的态度，这又让朝廷大为光火，特别是新建王朝对前朝遗民。明太祖朱元璋首置不为官用之罚，"抱瑰才，蕴积学，槁形泉石，绝意当世者，靡得而称焉"。（《明史·隐逸传》）

隐逸现象在汉代十分普遍，出现了一批"著名"的隐士，如"商山四皓"和蜀郡严尊。秦末汉初东园公、甪（lù）里先生、绮里季和夏黄公四位学者，长期隐居在商山（今陕西省商洛市境内），汉高祖刘邦久闻英名，欲请他们出山为官，但被拒绝，并以诗《紫芝歌》表明志向："驷马高盖，其忧甚大。富贵之畏人兮，不如贫贱之肆志。"他们后来出山的时候都80多岁了，眉皓发白，故尊为"商山四皓"。隐士也称高士、处士、逸士、逸民、隐逸、高人、幽人等。

　　汉代隐逸文化发达的表现之一就是隐逸传的出现。班固《汉书·王贡两龚鲍传》叙述王吉、贡禹、龚胜、龚舍、鲍宣等人的事迹。这是一篇"清节之士"的类传，实际上是最早的隐逸传。范晔的《后汉书》首开《逸民传》，专为放弃为官的隐居者立传。其后，《晋书》有《高逸传》、《宋书》有《隐逸传》、《南齐书》有《高逸传》、《梁书》有《处士传》、《魏书》有《逸士传》、《北史》和《南史》也都有《隐逸传》，《隋书》、《旧唐书》、《新唐书》、《宋史》、《金史》、《元史》和《明史》也都有《隐逸传》。诚如《隋书·隐逸传》所言："自肇有书契，绵历百王，虽时有盛衰，未尝无隐逸之士。"

　　西汉前期贾谊的《鵩鸟赋》中就流露出隐逸思想，"愚士系俗兮，僒若囚拘；至人遗物兮，独与道俱"。推崇"真人恬漠"。严忌的《哀时命》也有退隐求仙的想法，"下垂钓于溪谷兮，上要求于仙者。与赤松而结友兮，比王乔而为偶"。淮南小山的《招隐士》较早以隐逸为题材的辞赋，文章极力铺写山中环境的幽深，并召唤王孙归来：

> 桂树丛生兮山之幽，偃蹇连蜷兮枝相缭。山气巃嵸兮石嵯峨，溪谷崭岩兮水曾波。猿狖群啸兮虎豹嗥，攀援桂枝兮聊淹留。王孙游兮不归，春草生兮萋萋。岁暮兮不自聊，蟪蛄鸣兮啾啾。
>
> 坱兮轧，山曲弟，心淹留兮恫慌忽。罔兮沕，憭兮栗，虎豹穴。丛薄深林兮，人上栗。嵚岑碕礒兮，碅磳魂硊；树轮相纠兮，林木茷骫。青莎杂树兮，薠草霏靡；白鹿麏䴢兮，或腾或倚。状貌崟崟兮峨峨，凄凄兮漇漇。猕猴兮熊罴，慕类兮以悲。攀援桂枝兮聊淹留。虎豹斗兮熊罴咆，禽兽骇兮亡其曹。王孙兮归来，山中兮不可以久留。

关于《招隐士》的主旨，王逸（约89—158年）在《楚辞章句》《招隐士》的解题中云："小山之徒闵伤屈原，又怪其文升天乘云，役使百神，似若仙者，虽身沉没，名德显闻，与隐处山泽无异，故作《招隐士》之赋，以章其志也。"清代王夫之（1619—1692年）则认为"此篇义尽于招隐，为淮南召致山谷潜伏之士，绝无闵屈子而章之之意"。今人马茂元进一步指出："武帝初年，因为没有太子，继承权的窥觊，引起了皇族内部剧烈的矛盾；据《史记》记载，淮南王刘安正处于这一矛盾的焦点上。他时常到长安去，交结大臣，探听消息。乐观的幻想充满了他的头脑，就使得他无视于处境的复杂和危险。作为他的臣下和宾客，看清了这种现实，希望他能够早日从虎口里抽身；而他又是一位爱好文学特别爱好'楚辞'的人，因而就通过他所喜爱的文学形式来打动他，启发他，这是很自然的事。"① 我们认为马茂元先生的理解比较合理。招隐士并非将隐士从山野招回宫廷，而是相反，从复杂、危险的社会争斗中招回到旷野，该赋的作者淮南小山只是淮南王的门客，该赋的视角不是皇帝而是民间。赋中首段对山野的描写并无危险、艰险之感，倒是呈现幽静。第二段所描写的"山中"是政治隐喻，指皇族内的争斗和官场的凶险。对于隐士而言，危险的也并非"猿狄群啸兮虎豹嗥"，而是官场的险恶，政治的污浊。相对于官场，山中有茂密的桂树，迷蒙的山气，峻拔的山岭，潺潺的溪流，还有自由的猿猴虎豹在桂枝间攀援栖居，所以作者感叹："王孙游兮不归，春草生兮萋萋"，王孙游于俗世，春草空自生长。显然是立足于自然的美好而招王孙归隐，而非招隐者回归社会与官场。唐王维化用《招隐士》中的句子而作《山中送别》："山中相送罢，日暮掩柴扉。春草明年绿，王孙归不归。"同样向往回归自然，享受

① 马茂元:《楚辞选》，人民文学出版社1958年版，第257页。

安逸。

东汉末张衡的《归田赋》是隐逸题材赋作的代表，文章表达了离开官场的决心以及回归田园所感受到的愉悦，《文选》将它纳入"志类"，是抒情小赋的代表。

据《后汉书·张衡传》载，张衡"虽才高于世，而无骄尚之情。常从容淡静，不好接俗人"。而当时的社会，政治领域宦官专权，学界"图谶虚妄"，于是张衡选择老庄的道路，"就薮泽，处闲旷，钓鱼闲处，无为而已矣"。（《庄子·刻意》）归向田园闲情，憧憬"谅天道之微昧，追渔夫以同嬉。超埃尘以遐逝，与世事乎长辞"的超逸生活。顺帝永和三年（138 年），张衡辞却河间相，归隐田园，作有《归田赋》：

> 游都邑以永久，无明略以佐时；徒临川以羡鱼，俟河清乎未期。感蔡子之慷慨，从唐生以决疑。谅天道之微昧，追渔父以同嬉；超埃尘以遐逝，与世事乎长辞。
>
> 于是仲春令月，时和气清。原隰郁茂，百草滋荣。王雎鼓翼，鸧鹒哀鸣；交颈颉颃，关关嘤嘤。于焉逍遥，聊以娱情。
>
> 尔乃龙吟方泽，虎啸山丘。仰飞纤缴，俯钓长流；触矢而毙，贪饵吞钩；落云间之逸禽，悬渊沉之鲨鳣。
>
> 于时曜灵俄景，继以望舒。极般游之至乐，虽日夕而忘劬。感老氏之遗诫，将回驾乎蓬庐。弹五弦之妙指，咏周孔之图书；挥翰墨以奋藻，陈三皇之轨模。苟纵心于物外，安知荣辱之所如？

文章首段交代自己久处京都政治中心，但不能实现抱负，而前途又难以预料，心中迷惘。作者引用战国时燕人蔡泽不得志而请梁人唐生决断疑惑之事进一步说明自己的疑惑。于是心生告别纷杂的世务，离开混浊的尘世而回归田园的决心。接下来描写了春天原野和谐美妙的景象，自己与渔夫一样湖畔逍遥的生活，夕阳下的宁静与琴书之乐，将隐逸生活的闲适之美展露无遗。

张衡《归田赋》不用繁词铺叙，而是以凝练的语言、整齐的句式表达内心的情感，寓情于景，篇幅大多短小；在内容上，开拓了田园隐居之乐的题材，这种隐居题材既有无可奈何的自慰，如司马光所言："邦有道则仕，邦无道则隐。隐非君子之所欲也。人莫己知而道不得行，群邪共处而害将及身，故深藏以避之。"（《资治通鉴》卷五一，上海古籍出版社 1987 年版）也有真心的归隐。《归田赋》将庄子"就薮泽，处闲旷"（《庄子·刻意》）之哲学思想拓展成"追渔父以同嬉"的闲适主题。

第二节　"文艳用寡"

《汉书·叙传》评价司马相如的赋"文艳用寡"。司马相如是汉代赋家的魁首，其赋作是汉大赋的标志，因此"文艳用寡"可以用来概括汉赋的基本面貌。班固站在儒家正统立场，强调文学的政治功用性，对司马相如赋的"文艳用寡"予以批评，但同时深刻地发现了赋的特征——文艳用寡。"用寡"，功用性的减弱，则其独立性、艺术性增强。

1. 劝百讽一
（1）讽谏

历来对汉赋的评价大多不高。扬雄是汉代著名赋作家，但是他也认为汉赋乃"童子雕虫篆刻"，"壮夫不为也"。（《法言·吾子》）晋代挚虞列举了汉赋的四种过失："夫假象过大，则与类相远；逸辞过壮，则与事相违；辩言过理，则与义相失；丽靡过美，则与情相悖。此四过者，所以背大体而害政教。"（《文章流别论》）刘知几说汉赋"无裨奖劝，有长奸诈"（《史通·载文》）；柳冕说汉赋"文多用寡"（《与徐给事论文书》）；清人程廷祚在《青溪集·骚赋论下》说汉赋"有助于淫靡之思，无益劝诫之旨"。

汉赋之所以被轻视甚至否定主要是因其政治功用性减弱而娱乐休闲功能增强。扬雄认为赋的功能主要体现在政治领域，集中体现在"讽"。讽谏是历代官吏参与政治生活的主要方式，以文章的形式影响君主，进而救济苍生，这是中国古代许多文士的理想。赋在汉代主流观念看来应以讽谏为主，"主文而谲谏"。司马迁批评赋这种文体"靡丽多夸"，但因"其旨风谏"，故给予了肯定，"相如虽多虚词滥说，然要其归，引之节俭，此与诗之风谏何异"？（《史记·司马相如列传》）

汉赋中确实包含讽谏的内容。枚乘作《七发》其写作的目的在于"戒膏粱之子"（刘勰《文心雕龙·杂文》），文章借吴客说楚太子，批评"贵人之子"贪图安逸的萎靡生活：

> 今夫贵人之子，必官居而闺处，内有保母，外有傅父，欲交无所。饮食则温淳甘膬，腥醲肥厚；衣裳则杂遝曼煖，燂烁热暑。虽有金石之坚，犹将销铄而挺解也，况其在筋骨之间乎哉？故曰：纵耳目之欲，恣支体之安者，伤血脉之和。且夫出舆入辇，命曰蹶痿之机；洞房清宫，命曰寒热之媒；皓齿蛾眉，命曰伐性之斧；甘脆肥脓，命曰腐肠之药。

同样司马相如作赋大抵意在讽谏。汉武帝好驰射，司马相如奏《哀秦二世赋》以讽；汉武帝好神仙之术，司马相如上《大人赋》以讽谏其事。其《子虚赋》、《上林赋》也意在讽谏。如《上林赋》在铺写天子游猎盛况之后，在结尾处表达了惩奢劝俭的用意：

于是历吉日以斋戒，袭朝服，乘法驾，建华旗，鸣玉鸾，游于六艺之囿，驰骛乎仁义之涂，览观《春秋》之林，射《狸首》，兼《驺虞》，弋玄鹤，舞干戚，载云罕，揜群雅，悲《伐檀》，乐乐胥，修容乎礼园，翱翔乎书圃，述《易》道，放怪兽，登明堂，坐清庙，次群臣，奏得失，四海之内，靡不受获。于斯之时，天下大说，乡风而听，随流而化，芔然兴道而迁义，刑错而不用，德隆于三王，而功羡于五帝。若此故猎，乃可喜也。若夫终日驰骋，劳神苦形，罢车马之用，抏士卒之精，费府库之财，而无德厚之恩，务在独乐，不顾众庶，亡国家之政，贪雉兔之获，则仁者不繇也。从此观之，齐楚之事，岂不哀哉！地方不过千里，而囿居九百，是草木不得垦辟，而人无所食也。夫以诸侯之细，而乐万乘之侈，仆恐百姓被其尤也。

司马迁认为"相如以子虚，虚言也，为楚称；乌有先生者，乌有此事也，为齐难；无是公者，无是人也，明天子之义，故空借此三人为辞，以推天子诸侯之苑囿。其卒章归之于节俭，因以风谏"。元代祝尧也认为《上林赋》"此篇之末有风义"，"《上林》、《甘泉》，极其铺张，终归于讽谏，而风之意未泯"。（祝尧：《古赋辨体》卷三）

西汉孔臧在《蓼虫赋》中对膏粱之子提出警告："安逸无心，如禽兽何？逸必致骄，骄必致亡。匪唯辛苦，乃丁大殃。"一味沉湎于安逸就会导致骄奢，最终走向灭亡。不思稼穑之艰，就会遭遇大的祸殃。这基本上是延续《尚书·无逸》的思想。

东汉赋家也往往在赋作中表达讽谏之意，《后汉书·张衡传》说："时天下承平日久，自王侯以下，莫不逾侈。衡乃拟班固《两都》，作《二京赋》，因以讽谏。"

（2）颂

然而，汉代处于中国封建社会的上升时期，国家统一，疆域辽阔，经济发展速度，物产丰饶，人们被一种欣欣向荣的气象所感染，充满积极向上的精神情绪，这种情绪鼓舞着赋家。

扬雄在《长杨赋》中写道："于是圣武（汉武帝）勃怒，爰整其旅，乃命票、卫，汾沄沸渭，分梨单于，磔裂属国，金镞淫夷者数十万人，皆稽颡树颌，扶服蛾伏，二十余年矣，尚不敢惕息。"武帝对外用兵，结束了匈奴犯边的困扰，赋家充满自豪。东汉中期继西汉武、宣以来又出现了一个盛世，赋家们又争相赞颂。班固在《两都赋》里说："自孝武之所未征，孝宣之所未臣，莫不陆詟水栗，奔走而来宾，是日也，天子受四海之图籍，膺万国之贡珍；内扶诸夏，外绥百蛮。"强盛、和平、安宁的大汉帝国正是赋家们所津津乐道的。

儒家诗论不外"美"与"刺"，对君王的过失可以讽刺、讽谏，对君王的优点可以赞美、称颂。面对汉朝的如此盛世，赋家发出赞叹是十分自然的事情。

东汉班固超越单纯的"讽谏"标准，提出赋体之文除了讽谏，还可以宣扬、歌颂，"昔成康没而颂声寝，王泽竭而诗不作。或以抒下情而通讽喻，或以宣上德而尽忠孝，雍容揄扬，着于后嗣，抑亦雅颂之亚也"。（《两都赋序》）虽然历史上的赞美大多出于统治集团"润色鸿业"的需要，多为谀誉之声，但也不乏士人内心真正的声音。故"赋颂"常常合称，乃至后世有"赋颂同一"的观念。"在汉人的心目中，赋具有歌颂与讽谏两方面的职能。这是符合汉赋创作的实际的。但在实际作品中，歌颂又往往淹没了讽谏。"① 汉赋的主体倾向性不在讽谏，而在歌颂。虽然在赋作中也能找出讽谏的因素，但主体倾向已发生了根

---

① 龚克昌：《汉赋——文学自觉时代的起点》，《文史哲》1988 年第 5 期。

本变化，赋不再是"贤者失志"之作，像屈原、荀子等人以赋讽谏。"汉兴枚乘、司马相如，下及扬子云，竞为侈丽宏衍之词，没其风谕之义。"(《汉书·艺文志·诗赋略》)

在"讽"与"颂"的这种转换中，出现了令正统观念所拒斥的局面："劝百讽一。"赋家的这种创作意图往往收到的是相反的效果。班固在《汉书·扬雄传》中指出"雄以为赋者，将以风之也，必推类而言，极丽靡之辞，闳侈巨衍，竞于使人不能加也，既乃归之于正，然览者已过矣。往时武帝好神仙，相如上《大人赋》，欲以风，帝反缥缥有凌云之志。由是之，赋劝而不止，明矣"。①

西汉朝廷自成帝以降呈现衰腐末世局面。皇帝幼弱昏庸，汉元皇后擅权，外戚干政，成帝好女色，奸佞当权，忠直之士寒心。扬雄也曾以"四赋"讽谏，但"劝而不止"，遂"辍不复为"，选择了"官隐"。在扬雄看来，赋的功能应该是讽，既然现实中赋"劝百讽一"，不能充分体现"讽谏"之意，扬雄奋然放弃了作赋。"或曰：'赋可以讽乎？'曰：'讽乎！讽则已，不已，吾恐不免于劝也。'或曰：'雾縠之组丽。'曰：'女工之蠹矣。'"故"壮夫不为"。

2. "辩丽可喜"

扬雄站在政治功利的角度对赋的价值予以否定，从反面说明了一个事实，赋迎合了人们的某些心理要求，受到人们的喜爱。王充在《论衡·谴告篇》中也认为司马相如、扬雄等人的赋"反顺人心以非应之，犹二子为赋颂，令两帝惑而不悟也"。这里所说的"顺应人心"当然不仅仅是帝王对颂赞的喜好，还包括普通人的喜好。这种喜好也就是王充站在政治功利立场上所否

---

① 班固：《汉书·扬雄传》，岳麓书社 1993 年版，第 1547 页。

定的"惑",是与感官的愉悦相联系的"迷惑"。

《汉书·王褒传》记载,汉宣帝认为赋既可与古诗同义,重视讽谏,但也可娱人耳目:

> 不有博弈者乎,为之犹贤乎己!辞赋大者与古诗同义,小者辨丽可喜。譬如女工有绮縠,音乐有郑卫,今世俗犹皆以此愉悦耳目。辞赋之义,尚有仁义讽谏,鸟兽草木多闻之观,贤于倡优博弈远矣。

汉宣帝似乎在褒扬赋之"大者"——讽谏,但实际上汉赋更看重的是赋之"小者",即"辩丽可喜"、"愉悦耳目"者。《汉书·景十三王传》载广川王刘去"好文辞、方技、博弈、倡优"。这里将文辞与各种游艺活动相连属,说明赋的娱乐性,文辞主要就是赋。

历来对赋的否定基本上是站在政治功利立场上作出的评价,如果我们跳出政治功利,从休闲学的立场上看,汉赋也就有其独特的价值和地位。如果我们将休闲和人的全面解放作为人的目的,那么其他的一切不过是实现这一目的的手段,政治、道德均属于手段之列。在人类的文明进程中,手段的合理性往往会放大,进而取代目的的合理性。汉赋将注意力从手段的合理性中转移出来,具体而言就是从政治讽谏中挣脱出来。

3. 赋家的身份认同

赋家的身份从政治领域向文学领域的转化。中国自春秋时期开始就有私人署名著述,但多限于政治、伦理、哲学、军事等领域。现存文学著作最早私人署名的是屈原,但是,屈原是以政治家的身份发表内心的郁闷和牢骚,并未自我认同著作家的身份。汉代是中国文学自觉时代的开始,其表现之一就是文章学家身份的确立。文章学家不同于儒者、诸子的标志是从政治领域悄悄隐退。西汉的司马迁和东汉的班固都是以文章家的身份为司马相如立传，《汉书·叙传》云："文艳用寡，子虚乌有，寓言淫丽，讬风终始，多识博物，有可观采，蔚为辞宗，赋颂之首。述《司马相如传》第二十七。"

赋家大多是王侯的侍从，随王侯出行，给王侯讲讲奇闻异俗，给王侯逗乐打趣。汉代赋家，大多被皇帝召为待诏。枚皋、东方朔作为汉武帝的文学侍从，常从武帝出行。《汉书·枚乘传》记载枚乘之子枚皋曾"从行至甘泉、雍、河东，东巡狩，封泰山，塞决河宣房，游观三辅离宫馆，临山泽，弋猎射驭狗马蹵鞠刻镂，上有所感，辄使赋之。为文疾，受诏辄成，故所赋者多"。《王褒传》载："上令褒与张子侨等并待诏，数从褒等放猎，所幸宫馆，辄为歌颂，第其高下，以差赐帛。"

汉代赋家往往把自己称为"小臣"。如枚乘《柳赋》："君王洲穆其度，御群英而玩。小臣瞽聩，于此陈词。"又曰："隽人英髦，列襟联袍，小臣莫效于鸿毛，空衔鳞而嗽醪。"如公孙乘《月赋》："文林辩囿，小臣不佞。"据古文字学家考证殷商卜辞中出现的"小臣"主要充当王的宫廷近侍，服侍王的日常生活，随王征伐、田猎或出行。高明认为，小臣是"家庭内从事王室生活庶务的侍者"。（《论商周时代的臣和小臣》、《尽心集》）《中国大百科全书·中国历史》的解释是"侍奉君主的近臣，地位和奴仆相近。"（第1311页）司马相如虽然受到汉武帝的赏识才由"临邛之一食客"而"威加海岳，声振廊庙"（王勃《为人与蜀城父老书》），但汉武帝之激赏司马相如并非因其政治才华、外交能力，而是其文章家的身份。历来将此视为士人身份下降的标志，先秦士人的理想是"帝王师"，协助王侯平定天下，治理国家。然而，汉代立国，在中央集权的强大控制力和大一统观念之下，士人不可能像战国时期的游士那样为养士者提供政治上的谋略。政治上能够效忠的唯一对象是汉皇帝。汉赋作者似乎并无多大政治上的抱负，只是希望以辞赋获得君王的重视。鲁迅先生曾说过："中国的开国的雄主，是把'帮忙'与'帮闲'分开来的，前者参与国家大事，作为重臣，后者却不过叫他献诗作赋，'俳优蓄之'，只在弄臣之例。"（《从帮忙到扯淡》）汉赋讽谏意味的减弱当与赋家的身份定位有关。刘勰《文心雕龙·杂文》所列举的"七体"的作者都有从游某个文学集团的经历，这并非偶然。

　　汉赋作家即便参与政治生活，但似乎对官场并不执着。西汉著名赋家枚乘（？—前140年）曾以游谈之士充当吴王刘濞、梁王刘武的文学侍从。刘濞（前216—前154年）为刘邦兄之子，剽悍勇猛，二十岁时以骑将随刘邦破英布军。刘邦顾及吴郡接壤东越等国，乃需选壮王镇之，封刘濞为吴王。刘濞颇有政治野心，刘邦就发现他"状有反相"，并警告他好自为之，不要造反。刘濞治下有豫章郡铜山，他招致天下亡命者私自铸钱，在东边煮海水为盐，而且吴国不用纳税，所以资财非常富有。文帝时刘濞的太子刘贤入京，在与皇太子刘启博弈时发生争执，被皇太子失手打死，吴王刘濞更是心生怨恨，且称病不朝见文帝。景帝时，御史大夫晁错削弱诸王的封地加剧了朝廷与诸王之间的矛盾，刘濞鼓动胶西王、胶东王等联合反汉。作为吴王的文学侍从，枚乘上书谏阻吴王起兵；七国叛乱中，又上书劝谏吴王罢兵。吴王均不听。于是离开吴国至梁国，从游于梁孝王刘武。七国之乱平定后，景帝拜枚乘为弘农都尉，但他"久为大国上宾，与英俊并游，得其所好，不乐郡吏，以病去官"。（《汉书·贾邹枚路传》）

　　司马相如是汉赋的代表作家，他曾为汉景帝的武骑常侍，景帝不好辞赋，但当时的一些诸侯王颇喜欢网罗文学之士，如淮南王、梁孝王等。一次梁孝刘武来京城朝觐，司马相如得以结交邹阳、枚乘等辞赋家，志趣相投，便称病辞职前往梁国。就政治前途而言，天子身边的机会无疑比诸侯身边多许多，然而吸引司马相如的不是政治生命，而是文学兴趣。

扬雄是继司马相如之后西汉最著名的辞赋家。扬雄自幼家贫，性淡泊，不慕富贵。40岁后，始游京师。《解嘲》写他不愿趋炎附势去作官，而自甘淡泊来写他的《太玄》。扬雄受到位高权重的大司马车骑将军王音的赏识，被召为门下史，推荐为待诏。后被"好文辞"的成帝召入宫廷，任给事黄门郎，与王莽、刘歆、董贤同列。此三人中，刘歆继承其父刘向的事业致力于经学，哀帝时王莽推举他做了侍中太中大夫，迁骑都尉、奉车光禄大夫，为"上公"。董贤官至大司马，位列三公，王莽更是权倾人主，最终坐上了龙庭。而扬雄历成、哀、平"三世不徙官"，为何如此？班固的解释是："恬于势利乃如是。实好古而乐道，其意欲求文章成名于后世。"（《汉书·扬雄传》）

中国古代的士人的地位往往是依附于政治的，因此我们评价士人的立足点习惯上也倾向于看其在政治生活中的位置。汉代赋家的政治地位的确不高，类似于倡优、俳优。然而，士人是以其文化生产为本质特征的。从某种意义上讲，从政治生活中疏离，倒是士人走向独立的标志。汉代赋家文学家的角色体认是士人独立的表现，也是文学独立的内在原因之一。这也为后来魏晋时期的士人独立奠定了基础。

赋家的身份转变之后，民间性的事物的价值开始显露出来。例如在音乐领域，"郑卫之音"不再被否弃，它站在了与"雅颂"同等的地位。《礼记·乐记》贬斥郑卫之音，"郑音好滥淫志，宋音燕安溺志，卫音趋数烦志"。元代陈澔《礼记集说》解释说："溺音，淫弱之音也。滥者，泛滥之义，谓泛及非己之色也燕者，宴安之意，谓耽于娱乐而不反也。趋数，迫促而疾速也。"与此相关联，赋的娱乐功能呈现出来。

4. 赋的功能转向——由讽谏转向娱乐

汉代是我国历史上娱乐游戏十分发达的时期。我们从出土的一些实物、绘画可以强烈地感受到当时的休闲文化氛围。

汉代墓穴壁画，有大量描绘娱乐休闲的画面。古人有"侍死如侍生"的习惯，从这些壁画大致可以感受当时人们的娱乐休闲生活的种种。其内容包括：宴饮、骑射、狩猎、吹竽、吹篪、鼓瑟、挑丸、马术、戏车、建鼓舞、盘舞、长袖舞、斗鸡、斗牛、斗虎、驯马等等。

山东省费县垛庄镇汉墓出土的乐舞百戏画像中有吹排箫的，有吹埙的，有给主人扇风的，有击鼓伴奏的，主人端坐台上观看。河南密县打虎亭二号汉墓，有一幅《百戏图》，画的西部绘红地黑色幄幕，其前绘有大案，案面绘朱色杯盘。案旁坐二人，身着长衣，似为墓主人宴饮图像。幄幕两侧各绘四个衣着不同的侍者，案前绘有跪、立的人像。画面上下两边各绘一排贵族人物，他们身穿各种不同色彩的袍服，跽坐于席上，宴饮作乐，观看百戏。图中绘有跳丸、盘舞等多姿献技的图像。

此外汉代画象砖、画象石内容也出现了歌舞、射猎，出行、百戏、斗鸡、驯牛、击刺、投壶等等。杂技的场面有掷盘、跳丸、冲狭、扛鼎、吞刀吐火、蹴鞠、踢拊、弄剑、击刺、角抵象人之戏、斗兽等等。

投壶是古代宴会上一种助酒兴的游戏。画像的中央立一壶，壶内已经插有两只"矢"，壶的左侧有三条腿的酒樽，樽上搁置一把舀酒的勺子。有两人分别跽坐于壶的左右，每人怀抱三只矢，一只手举起矢向壶投掷。画面的右端有一人跪坐，两手拱抱，为旁观者。画面左端一彪形大汉席地而坐，他似乎因醉酒而不能自持，又像投壶落败后颇为懊丧（见图6—1）。

在我国休闲学历史上，蜀地具有特别重要的意义。

图6—1　投壶（南阳汉画馆藏）

　　成都北郊羊子山1号东汉墓画像石，展现了一个贵族家宴饮观剧的场面，前有酒爵肉鼎供宴，后有姜女侍奉。主客前面的场地上，有12人在表演技艺高超的百戏，内容包括跳丸、跳剑、盘旋、盘鼓舞、宽袖舞等等。右侧有5个乐人坐席伴奏。

　　成都扬子山二号墓出土的《宴乐歌舞杂技画象砖》（成都博物馆藏），图上部左侧有一男一女坐榻上，地位比较尊贵，可能是墓主人夫妇。图坐下部位有二乐工坐榻吹排萧，右方上部有二人赤裸上身，一人弄丸，丸在空中划出一道彩虹般的弧线，另一人右手持剑，左肘立一坛，此即当时所谓"扛鼎"戏。右下部有舞者二人：一男子裸上体，右手持鼗调节，一女子高髻长袖踏柎而舞（见图6—2）。

　　1957年成都天回山出土的"击鼓说书俑"，左手抱鼓，右手执桵而击，袒其上体，赤足而跷举其一，眉眼带笑，张口吐音。

　　汉代在蜀地出现了一些放映劳动场景和田园生活题材的作品。下面我们引用几段李浴《中国美术史纲》中的文字描述，来感受其中的娱乐和休闲氛围。

　　　　在四川现有的二十一个阙身上，多有四神、车马出行，

图6—2 宴乐歌舞杂技画像砖（成都博物馆藏）

图6—3 击鼓说书俑

历史故事，神话传说，歌舞狩猎，农村生活等等题材之浮雕画象；其中如渠县蒲家湾无名阙上的青龙、朱雀与《田边小憩》，——这幅农村生活图，表现了一个持锸的农夫和一坐于独轮车上的人在田边休息；此外还有一树一人，构成了一幅完整的风俗画面。再如建于延光年间（公元121—125年）的沈君阙，阙身雕有朱雀，白虎，青龙之外也有独轮车、农民持锸的田家生活图以及仙人骑鹿等浮雕。……这些石阙上的石刻画象，不但在内容上，特别是关于农民生活之田家风俗浮雕图象为河南、山东等地的画象所少见。①

我们说四川画象砖艺术之更具有进步性，则是从其内容取材和形式作风两方面而言的。在内容上，一个突出的表现就是几乎百分之九十是反映现实生活的题材，其中包括地主阶级人们的车马出行、仪仗、属吏、骑从，居常生活的饮宴、待客、歌舞百戏、拜遏、讲学、六博、馈赂及其甲第、庭院、门阙建筑等；其次是劳动人民的生产与生活，如：盐场，收获，弋射，采莲，采桑，播种，田猎等等。②

1972 年四川大邑安仁乡出土的《弋射收获》画像砖整个画面分成上下两部分：上部为弋射图，右为莲池，池内浮着莲叶，水中有鱼鸭遨游，空中有惊飞的水鸟，二名射手，一人跪地射向前方，另一人低身仰望高空，引弓待发。下部为收获图，右侧两人挥舞长镰在收割，中间三人俯身拾稻捆束，左侧一人肩挑稻束，右手提篮，似兼送饮食。整个画面，简洁明快，生活气息浓郁（见图6—4）。

感受了汉代游乐之盛，我们也就容易理解汉赋的品格。傅毅在《舞赋》的序文中说：

> 楚襄王既游云梦，使宋玉赋高唐之事，将置酒宴饮，谓宋玉曰："寡人欲觞群臣，何以娱之？"
> 玉曰："臣闻歌以咏言，舞以尽意，是以论其诗，不如听其声，听其声，不如察其形。《激楚》《结风》《阳阿》之舞，材人之穷观，天下之至妙。噫！可以进乎？"

---

① 李浴：《中国美术史纲》上卷，辽宁美术出版社 1984 年版，第 324—325 页。
② 同上书，第 330 页。

图6—4　　《弋射收获画像砖》（四川省博物馆藏）

王曰："如其郑何？"

玉曰："小大殊用，郑雅异宜。弛张之度，圣哲所施。是以《乐》记干戚之容，《雅》美蹲蹲之舞，《礼》设三爵之制，《颂》有醉归之歌。夫《咸池》《六英》，所以陈清庙、协神人也；郑卫之乐，所以娱密坐、接欢欣也。余日怡荡，非以风民也，其何害哉？"

王曰："试为寡人赋之。"

玉曰："唯唯。"

文章假托楚襄王游云梦泽，让宋玉赋高唐之事，然后置酒欢宴，楚王提出何以娱悦群臣的问题。文章以宋玉之名比较了集中"娱"人的方式：宴饮、诗歌、舞蹈，文章似乎在推荐舞蹈的娱乐价值，然而，实现娱人价值的是"赋"，楚王命宋玉作《舞赋》。这段文字揭示了汉赋的基本职能——娱人。

关于汉赋的娱乐功能，我们可以从赋体的来源、汉赋的表现形式、汉赋的基本题材、主题等几个方面来说明。

（1）赋的开端

真正的开端总是包含着尚未展开的一切丰富性。在分析赋的特点和功能的时候有必要返回其开端或源头。关于赋体的开端和来源，有多种观点，其中一种观点认为赋源于先秦时流行的"隐语"。晚清文学家王闿运在《湘绮楼论诗文体法》中指出："赋者，诗之一体，即今之迷也，亦隐语，而使人谕谏。"朱光潜也认为"赋即源于隐"。（《诗论》，载《大家小书从书》，北京出版社2001年版，第35页）游国恩认为"不但楚辞与隐有关，而且发现战国时一般的赋乃至其他许多即物寓意，因事托讽的文章几乎无不带有隐的意味"。"隐的性质无论为体为用，其实都与辞赋相表里。"（游国恩：《论屈原文学的比兴作风》，载《游国恩学术论文集》，中华书局1999年版，第172—173页）

"隐"或"隐语"是不直接将意思明示而是加以隐晦表达的语言形式。刘勰《文心雕龙·谐隐》云："讔者，隐也。遁辞以隐意，谲譬以指事也。"隐语亦称"廋语"、"廋辞"。闻一多在《说鱼》中认为："隐语古人只称着隐，它的手段和喻一样，而目的完全相反，喻训晓，是借另一事物来把本来就不明白的说得明白点；隐训藏，是借另一事物来把本来可以说得明白的说得不明白点。"

隐语作为一种委曲的表达方式运用在众多领域，诗歌的比兴、寓言、图谶，刘勰云："隐语之用，被于纪传。"（《文心雕龙·谐隐》）日常生活中也常常用到隐语。

对于赋而言，隐语不仅仅是一种表现手法，而且决定赋体及其风格。刘勰《文心雕龙·谐隐》云：

　　汉世《隐书》，十有八篇，歆、固编文，录之赋末。昔楚庄、齐威，性好隐语。至东方曼倩，尤巧辞述。但谬辞诋戏，无益规补。自魏代以来，颇非俳优，而君子嘲隐，化为谜语。

这段文字中大致可以发现这样几点：

其一，以隐语写成的文本"隐书"在汉代刘歆、班固的编选的文章中"隐语"是与赋放置在一起的，说明在当时学者心目中隐语与赋特别是杂赋的一致性。如班固《汉书·艺文志·诗赋略》把赋分为屈原赋、陆贾赋、荀卿赋、杂赋四类。《隐书》十八篇就隶属于"杂赋"。

其二，隐语在前秦一度流行，汉代亦有之。《新序·杂事篇二》载齐宣王"立发《隐书》而读之"，《史记·滑稽列传》载：

> 齐威王之时喜隐，好为淫乐长夜之饮，沉湎不治，委政卿大夫。百官荒乱，诸侯并侵，国且危亡，在于旦暮，左右莫敢谏。淳于髡说之以隐曰："国中有大鸟，止王之庭，三年不蜚又不鸣，王知此鸟何也？"王曰："此鸟不飞则已，一飞冲天；不鸣则已，一鸣惊人。"于是乃朝诸县令长七十二人，赏一人，诛一人，奋兵而出。诸侯振惊，皆还齐侵地。威行三十六年。

其三，隐语没有多少政治规劝功能，主要是游乐、谐戏之词，其风格是诙谐幽默。其功能主要是休闲娱乐，与射覆类似的游戏，西汉刘向编撰的《新序·杂事第二》直接称其为"隐戏"："庄王莅政，三年不治，而好'隐戏'。"清人刘天惠在《学海堂集》卷七《文笔考》中说："诗赋家有《隐书》十八篇，盖隐其名而赋其状，如射覆之类。""射覆"是汉代宫廷流行的一种游戏。"射"有猜度之意，"覆"是覆盖、遮盖之意，用瓯、盂等器皿覆盖某一物件，让人猜测。颜师古《汉书》注曰："于覆器之下置诸物，令闇射之，故云射覆。"射覆类似于后世的猜谜。隐语、射覆有一共同的特点，即设置悬念，让人猜测、琢磨，而一旦揭秘会让人获得一种豁然开朗的感觉。《汉书·东方朔传》：

> 上尝使诸数家射覆，置守宫盂下，射之，皆不能中。朔自赞曰："臣尝受《易》，请射之。"乃别著布卦而对曰："臣以为龙又无角，谓之为蛇又有足，跂跂脉脉善缘壁，是非守宫即蜥蜴。"上曰："善。"赐帛十匹。复使射他物，连中，辄赐帛。
>
> 时，有幸倡郭舍人，滑稽不穷，常侍左右，曰："朔狂，幸中耳，非至数也。臣愿令朔复射，朔中之，臣榜百，不能中，臣赐帛。"乃覆树上寄生，令朔射之。朔曰："是窭薮也。"舍人曰："果知朔不能中也。"朔曰："生肉为脍，干肉为脯；著树为寄生，盆下为窭薮。"上令倡监榜舍人，舍人不胜痛，呼謈。朔笑之曰："咄！口无毛，声謷謷，尻益高。"舍人恚曰："朔擅诋欺天子从官，当弃市。"上问朔："何故诋之？"对曰："臣非敢诋之，乃与为隐耳。"上曰："隐云何？"朔曰："夫口无毛者，狗窦也；声謷謷者，鸟哺鷇也；尻益高者，鹤俯啄也。"舍人不服，因曰："臣愿复问朔隐语，不知，亦当榜。"即妄为谐语曰："令壶龃，老柏涂，伊优亚，狋吽牙，何谓也？"朔曰："令者，命也。壶者，所以盛也。龃者，齿不正也。老者，人所敬也。柏者，鬼之廷也。涂（途）者，渐洳径也。伊优亚者，辞未定也。狋吽牙音，两犬争也。"舍人所问，朔应声辄对，变诈锋出，莫能穷者，左右大惊。上以朔为常侍郎，遂得爱幸。

　　章太炎先生认为这段文字与上引《史记·滑稽列传》的文字"纯为赋体"。这两段文字均与"滑稽"、谐戏相关，似乎表明了赋体的风格。赋家大多"不通经术，诙笑类俳倡，为赋颂好嫚戏"。（《汉书·贾邹枚路传》）东方朔被视为"滑稽之雄"[①]，他生性滑稽诙谐，不拘细行。武帝伏日赐肉，负责分肉的官吏迟迟未到，东方朔便抽出身上的佩刀，割下一块肉便转身离去。次日，武帝诏令自责，东方朔从自责转为自夸，其诙谐、幽默的言行令武帝大为欢乐，免其不敬之罪，且"复赐酒一石，肉百斤"。西晋夏侯湛说他"戏万乘若僚友，视俦列如草芥"（《东方朔画赞一首并序》），他作为汉武帝的待诏，但俸禄微薄，也见不到武帝，他恐吓武帝身旁的优人侏儒："皇上认为你们这些人对朝廷没有用处，耕田比不过农夫，当官又不能治理百姓，上战场又不能带兵打仗，对国家没有丝毫用处，只会耗费衣食，现在皇上要把你们全都杀掉。"侏儒们听了非常害怕，哭哭啼啼。东方朔教唆他们说："皇上马上要经过这里，你们就叩头请罪。"过了一会儿，听说皇上路过，侏儒们都哭着跪在地上磕头。皇上问："你们怎么了？"侏儒们回答说："东方朔说皇上要把我们全都杀掉。"皇上知道东方朔诡计多端，就召见了东方朔，责问他为什么要恐吓那些侏儒。东方朔应答道："臣东方朔活着也要说，死了也要说。侏儒身高三尺多，俸禄是一袋小米，二百四十钱。我东方朔高九尺多，俸禄也是一袋小米，二百四十钱。侏儒都快撑死了，而我快饿死了。我的话如果可以采纳，希望皇上改变态度和方式对待我；如果不能采纳，就让我卷铺盖回家，也免得我白吃长安的白米。"武帝听了大笑，并经常接见他。假传圣旨在古代是十恶大罪，但东方朔不但没有受到责罚，反而逗得汉武帝哈哈大笑，得到信任和亲近。东方朔等文学侍从

---

　　① 扬雄：《扬子法言》，上海古籍出版社 1989 年版，第 28 页。

其身份地位类似西方宫廷的"Fou"（弄臣、小丑），他们能使君王愉悦。马禄（Jean Marot）描写路易十二与佛朗苏第一的 Fou（小丑、弄臣）杜里布来时曾说："（他）模仿每个人，歌唱、跳舞、演说，而且一切都做得如此可笑有趣致，使无人生气。"[1]

汉代赋家"其高者颇引经训风喻之言，下则连偶俗语，有类俳优"。（蔡邕《上封事陈政要七事》）实际上，保持讽谏之意的赋作并不占主流，赋作大抵是"有类俳优"。"俳"、"优"以及"倡"都是指以诙谐的言语或歌舞娱人者。许慎《说文解字》："俳，戏也。"段玉裁《说文解字注》云："以其戏言之，谓之俳；以其音乐言之，谓之倡，亦谓之优，其实一物也。"他们的共同特征是娱乐，尽戏谑、谐戏、调侃之能事，只是程度有些许区别。颜师古："倡，乐人也。优，戏人也。俳谓优之褒狎者也。"（汉史游：《急就篇》颜师古注，岳麓书社 1989 年版第 199 页）倡、优是滑稽戏演员，而俳的幅度更大。

据冯沅君先生的研究，中国早在公元前 8 世纪就在宫廷中使用优，《国语》等典籍中有大量记载。不仅天子、诸侯用优，平民也以优来娱乐。《左传·襄公二十八年》记载："陈氏、鲍氏之圉人为优。庆氏之马善惊，士皆释甲束马而饮酒，且观优，至于鱼里。"士兵前往鱼里观赏滑稽戏表演，表演的地点并非在宫廷或官邸，而是在鱼里。冯沅君先生在她的《古优解》中从心理学方面分析了优产生的原因："若果就心理方面着眼，我们可以说人们需要倡优是基于寻求笑乐的本能。这种本能虽不似饮食男女那些本能的重要、强烈，但也不容忽视。人们的精神状态那能永张不弛呢？优人能歌舞，工杂技，每以异常的言语、动作使

---

[1]　转引自冯沅君《古优解》，载《冯沅君古典文学论文集》，山东人民出版社 1980 年版，第 4 页。

人发笑。他们既能满足人们的欲求，自然人们需要他们了。"①

（2）铺陈与体物

冯沅君先生在《汉赋与古优》一文中提出"汉赋乃是'优语'的支流，经过天才作家发扬光大过的支流"。优的娱乐性自然转移到了汉赋之中。汉赋的娱乐性体现在两个主要的方面：

其一，赋作为一种文体，它具有恣意铺陈，曲尽其态的特点，在语言的游戏中呈现出一种快感。刘勰在《文心雕龙·诠赋》中指出："赋者，铺也；铺采摛文，体物写志也。"历来论者大多从功用出发对赋颇多批评，然而，若超越实用功能的考虑，汉赋对文辞的极度关注，正显示了文学的自觉和独立。龚克昌认为，汉赋是"文学自觉时代的起点"（《汉赋研究》，山东文艺出版社 1990 年版，第 335 页）《史记·叙传》批评司马相如赋"靡丽多夸"，但"靡丽多夸"正是文学语言有别于实用性语言的地方；《汉书·叙传》批评相如赋"寓言淫丽"、"文艳用寡"，然而，文学的表意不同于非文学文章的表意，它往往意生文外，而且文学不能单以实用来考察。班固在《汉书·司马相如传赞》说赋"虚辞滥说"，但文学并非纯然纪实，它可以让人类的想象纵横驰骋，故不必处处"征实"。刘勰在《文心雕龙·情采》称汉赋"为文而造情"，但文学并非只是作者内在情感的直接表现，它可以借文字的独立性"造"出形式化的感情。而且，越是成熟的艺术作品，其形式感会越强，并能够产生持久和普泛的艺术感染力。

汉赋作者以"把玩"的心态对待文字语词，大量使用比喻以增强语言的形象感和视觉效果。如《答宾戏》中形容汉帝国的国威和盛况："炎之如日，威之如神，涵之如海，养之如春。"《七发》中形容波涛：

---

① 《冯沅君古典文学论文集》，山东人民出版社 1980 年版，第 15 页。

其始起也，洪淋淋焉，若白鹭之下翔。其少进也，浩浩澄澄，如素车白马帷盖之张。其波涌而云乱，扰扰焉如三军之腾装。其旁作而奔起者，飘飘焉如轻车之勒兵。六驾蛟龙，附从太白。纯驰皓蜺，前后络绎。颙颙卬卬，椐椐强强，莘莘将将。壁垒重坚，杳杂似军行。訇隐匈磕，轧盘涌裔，原不可当。观其两旁，则滂渤怫郁，闇漠感突，上击下律，有似勇壮之卒，突怒而无畏。蹈壁冲津，穷曲随隈，逾岸出迫。遇者死，当者坏。初发乎或围之津涯，荄轸谷分。回翔青篾，衔枚檀桓。弭节伍子之山，通厉骨母之场，凌赤岸，篲扶桑，横奔似雷行，诚奋厥武，如振如怒，沌沌浑浑，状如奔马。混混庉庉，声如雷鼓。

汉赋极尽夸张之能事，"竞为侈丽闳衍之词"。（《汉书·艺文志》）写波涛之汹涌："鸟不及飞，鱼不及回，兽不及走。"（《七发》）写通台之高，"翔鸥仰而不逮，况青鸟与黄雀"（《西京赋》）。写狩猎场面羽旄之壮观，"焱焱炎炎，扬光飞文。吐熛生风，欱野歕山。日月为之夺明，丘陵为之摇震"。（《东都赋》）写猎获之多，则有"风毛雨血，洒野蔽天"（《西都赋》），"流血丹野，羽毛翳日"。（《七激》）

对于汉赋而言，夸张不仅仅是一种修辞手法，而是赋体的存在形式。矜夸游观、田猎、音乐、馆室，是赋体的常态。司马相如的《子虚赋》中子虚作为楚的使臣出使于齐，受到齐王的盛情接待，畋猎毕，子虚"过诧乌有先生"。《史记集解》引郭璞曰："诧，夸也。"子虚拜访乌有先生，夸耀楚王之猎，乌有先生虽然对子虚先生"盛推云梦以为高，奢言淫乐，而显侈靡"的做法表示不满，但同样夸耀齐国园囿之大，游戏之乐，秋田之盛。在《上林赋》中，亡是公一开始也对子虚和乌有的竞相夸饰不以为然，然而接下来却以更大的热情、更盛的气势夸耀上林苑的辽阔和天子田猎的壮观景象。

另外，汉赋重视语言的音节美。如东汉傅毅的《舞赋》：

> 夫何皎皎之闲夜兮，明月烂以施光。朱火晔其延起兮，耀华屋而熺洞房。黼帐祛而结组兮，铺首炳以焜煌。陈茵席而设坐兮，溢金罍而列玉觞。腾觞爵之斟酌兮，漫既醉其乐康。严颜和而怡怿兮，幽情形而外扬。文人不能怀其藻兮，武毅不能隐其刚。简惰跳踃，般纷挐兮。渊塞沉荡，改恒常兮。
>
> 于是郑女出进，二八徐侍。姣服极丽，姁媮致态。貌嫽妙以妖蛊兮，红颜晔其扬华。眉连娟以增绕兮，目流睇而横波。珠翠的砾而炤燿兮，华袿飞髾而杂纤罗。顾形影，自整装。顺微风，挥若芳。动朱唇，纡清阳。亢音高歌为乐之方。歌曰："摅予意以弘观兮，绎精灵之所束。弛紧急之弦张兮，慢末事之骩曲。舒恢炱之广度兮，阔细体之苛缛。嘉《关雎》之不淫兮，哀《蟋蟀》之局促。启泰贞之否隔兮，超遗物而度俗。扬激征，骋清角，赞舞操，奏均曲。形态和，神意协，从容得，志不劫。……

前段写舞蹈表演的场景，由夜空写起，继之写华屋，再落笔宴乐，文字绚丽，押韵整齐。次段写郑女的装束、容貌，及其歌舞，而写郑女歌舞的文字切合歌舞的节奏，富有韵律。俞安期云："尝诵傅毅《舞赋》，遣辞洵美，写态毕妍。其后平子梁王之俦，抽毫并作，咸不逮兹。"（《歌赋》，黄宗羲《明文海》卷三十六）

汉赋将语言之美发挥到极致，朱光潜指出："汉魏的赋就已有几分文人卖弄笔墨的意味。扬雄已有'雕虫小技'的讥诮。

音律排偶便是这种'雕虫小技'的一端。但是虽说是'小技'，趣味却是十足。他们越做越进步，越做越高兴，到后来随处都要卖弄它，好比小儿初学会一句话或是得到一个新玩具，就不肯让它离口离手一样。他们在辞赋方面见到音义对称的美妙，便要把它推用到各种体裁上去。艺术本来都有几分游戏性和谐趣。于难能处见精巧，往往也是游戏性和谐趣的流露。"① 语言的自觉是文学走向真正独立和自觉的基本条件。

　　读者也能从中领略、"玩弄"文字本身的魅力，真可谓"练色娱目，流声悦耳"。（枚乘《七发》）"孝武善《子虚》之赋，征司马长卿。孝成玩弄众书之多，善杨子云，出入游猎，子云乘从。使长卿、桓君山、子云作吏，书所不能盈牍，文所不能成句，则武帝何贪，成帝何欲？故曰：玩杨子云之篇，乐于居千石之官；挟桓君山之书，富于积猗顿之财。"（王充：《论衡·佚文》）

　　其二，汉赋尤其是大赋与主体思想情感进行了切割，偏重于对外物进行描写。赋作为铺陈在战国策士们的论辩中已有体现，但策士们的铺陈是为了反复申说某个道理，重在议论。汉赋的铺陈则主要表现在描写，对事物的细致描写。陆机《文赋》："诗缘情而绮靡，赋体物而浏亮。"李善注："浏亮，清明之称。"赋与诗相比，一个重视外部事物的叙写，一个重视内在情志的抒发。汉赋虽然也不乏抒发情志，发愤抒情之作，如贾谊的《吊屈原赋》、司马迁的《悲士不遇赋》，以及东汉的抒情小赋等等，但汉赋的主流是以叙写外部事物为主。赋家或者叙山，或描水，或咏物，写动植、矿产、建筑、音乐，莫不曲尽其态，不动声色，细细道来。

　　如枚乘《七发》写波涛：

　　将以八月之望，与诸侯远方交游兄弟，并往观涛乎广陵之曲江。至则未见涛之形也，徒观水力之所到，则恤然足以骇矣。观其所驾轶者，所擢拔者，所扬汩者，所温汾者，所涤汔者，虽有心略辞给，固未能缕形其所由然也。怳兮忽兮，聊兮栗兮，混汩汩兮，忽兮慌兮，俶兮傥兮，浩瀇瀁兮，慌旷旷兮。秉意乎南山，通望乎东海。虹洞兮苍天，极虑乎崖涘。流揽无穷，归神日母。汩乘流而下降兮，或不知其所止。或纷纭其流折兮，忽缪往而不来。临朱汜而远逝兮，中虚烦而益怠。莫离散而发曙兮，内存心而自持。于是澡概胸中，洒练五藏，澹澉手足，颒濯发齿。揄弃恬怠，输写淟浊，分决狐疑，发皇耳目。

又如司马相如《子虚赋》写云梦的山：

　　云梦者，方九百里，其中有山焉。其山则盘纡茀郁，隆崇嵂崒；岑崟参差，日月蔽亏；交错纠纷，上干青云；罢池陂陀，下属江河。其土则丹青赭垩，雌黄白坿，锡碧金银，众色炫耀，照烂龙鳞。其石则赤玉玫瑰，琳珉昆吾，瑊玏玄厉，碝石碔砆。其东则有蕙圃：衡兰芷若，芎藭昌蒲，茳蓠麋芜，诸柘巴苴。其南则有平原广泽，登降陁靡，案衍坛曼。缘似大江，限以巫山。其高燥则生葴菥苞荔，薛莎青薠。其埤湿则生藏莨兼葭，东蔷雕胡，莲藕觚卢、庵闾轩于，众物居之，不可胜图。其西则有涌泉清池，激水推移，外发芙蓉菱华，内隐钜石白沙。其中则有神龟蛟鼍，瑇瑁鳖鼋。其北则有阴林：其树楩柟豫章，桂椒木兰，蘗离朱杨，櫨梨樗栗，橘柚芬芳；其上则有鹓雏孔鸾，腾远射干；其下则有白虎玄豹，蔓蜒貙犴。

《上林赋》写上林的水：

> 丹水更其南，紫渊径其北。终始灞浐，出入泾渭；酆镐潦潏，纡馀委蛇，经营乎其内。荡荡乎八川分流，相背而异态。东西南北，驰骛往来，出乎椒丘之阙，行乎洲淤之浦，经乎桂林之中，过乎泱漭之野。汨乎混流，顺阿而下，赴隘狭之口，触穹石，激堆埼，沸乎暴怒，汹涌澎湃。滭弗宓汩，逼侧泌瀄。横流逆折，转腾潎洌，滂濞沆溉。穹隆云桡，宛潬胶戾。逾波趋浥，莅莅下濑。批岩冲拥，奔扬滞沛。临坻注壑，瀺灂霣坠，沉沉隐隐，砰磅訇礚，潏潏淈淈，湁潗鼎沸。驰波跳沫，汩㶚漂疾。悠远长怀，寂漻无声，肆乎永归。然后灏溔潢漾，安翔徐回，翯乎滈滈，东注太湖，衍溢陂池。

扬雄的《甘泉赋》写宫殿楼阁：

> 于是大厦云谲波诡，摧嶊而成观，仰挢首以高视兮，目冥眴而亡见。正浏滥以弘惝兮，指东西之漫漫。徒回回以徨徨兮，魂固眇眇而昏乱。据軨轩而周流兮，忽軮轧而亡垠。翠玉树之青葱兮，璧马犀之瞵？金人仡仡其承锺虡兮，嵌岩岩其龙鳞。扬光曜之燎烛兮，乘景炎之炘炘。配帝居之县圃兮，象泰壹之威神。洪台掘其独出兮，㩆北极之嶟嶟。列宿乃施于上荣兮，日月才经于柍桭。雷郁律而岩突兮，电倐忽于墙藩。鬼魅不能自还兮，半长途而下颠，历倒景而绝飞梁兮，浮蠛蠓而撇天。

汉赋因其铺叙外物，与中国古代"言志"、"抒怀"的传统颇有分歧，因而历来对汉赋评价不高，甚至目之为形式主义。然而，汉赋乃"体物写志"，其"志"是在"体物"的过程中产生的。而所体之"物"尽为华美之物，所以汉赋所写之"志"往往不是悲秋伤春迁客缠绵之情，而是借文字的华美繁复，叙写的夸张纵横，传递一种形式感十分强的愉悦之情，一种挣脱了沉重叹息的"浏亮"、清新。正如滑稽演员在舞台上不会呈现自己生活的心酸，他只努力呈现剧中的人和物，在精湛的记忆表演中让自己也让观众获得愉悦感。清人刘熙载《艺概·赋概》云："屈子之缠绵，枚乘、长卿之巨丽，渊明之高逸，宇宙间赋，归趣总不外此三种。"汉代大赋与骚体赋最大的区别就在于赋家自身情感的切割。屈子的赋及其继承者基本上是"言志"派，而大赋是逍遥派、娱乐派。至于陶潜的"高逸"实际上也是从逍遥派中化出。冯沅君先生在论及汉赋时指出：

> 这个浩荡的文潮可分为若干宗派，大别之有二。一派是"铺摛文藻"，以描写客观事物为主，一切尚夸张，体物象，涉嘲戏的作品都属此类。另一派是规摹《楚辞》，以抒写内在的情志为主，一切写哀感、申怀抱，述行役的作品都属此类。二派中，前者是汉代新兴的文体（自然和前代的作家、作品不是绝对无关系），创造性较多，后者是《楚词》的苗裔，创造性特少。①

娱乐是人的本质需求，汉赋满足了人们娱乐的要求。祢衡《鹦鹉赋序》云：

> 时黄祖太子射，宾客大会。有献鹦鹉者，举酒于衡前

---

① 《冯沅君古典文学论文集》，山东人民出版社1980年版，第78—79页。

曰："祢处士，今日无用娱宾，窃以此鸟自远而至，明慧聪善，羽族之可贵，愿先生为之赋，使四坐咸共荣观，不亦可乎？"衡因为赋，笔不停辍，文不加点。

娱乐轻松能保持人们良好的心态，有益于健康。"娱神遗老，永年之术。"（傅毅《舞赋》）汉赋的娱乐功能还可以治疗疾病。《汉书·王褒传》云："太子体不安，忽忽善忘不乐，诏使褒等皆至太子宫虞侍太子，朝夕讽读奇文及所自造作，疾平复乃归。"枚乘《七发》中楚太子有疾，而吴客往问之，看来是有现实依据的。

当然，娱乐性也并非与讽谏决然对立，它们也可以巧妙地相结合，"以谈笑讽谏"。如《史记·滑稽列传》中记录优孟谏楚王：

优孟，故楚之乐人也。长八尺，多辩，常以谈笑讽谏。

楚庄王之时，有所爱马，衣以文绣，置之华屋之下，席以露床，啗以枣脯。马病肥死，使群臣丧之，欲以棺椁大夫礼葬之。左右争之，以为不可。王下令曰："有敢以马谏者，罪至死。"

优孟闻之，入殿门。仰天大哭。王惊而问其故。优孟曰："马者王之所爱也，以楚国堂堂之大，何求不得，而以大夫礼葬之，薄。请以人君礼葬之。"王曰："何如？"对曰："臣请以彫玉为棺，文梓为椁，楩、枫、豫章为题凑，发甲卒为穿圹，老弱负土，齐、赵陪位于前，韩、魏翼卫其后，庙食太牢，奉以万户之邑。诸侯闻之，皆知大王贱人而贵马也。"

王曰："寡人之过一至此乎！为之奈何？"优孟曰："请为大王六畜葬之。以垅灶为椁，铜历为棺，赍以姜枣，荐以

木兰，祭以粮稻，衣以火光，葬之于人腹肠。"于是王乃使
以马属太官，无令天下久闻也。

汉赋中也融合了讽谏的因素，但就其总体效果而言，是
"劝百讽一"。

（3）田猎

汉代"天下安宁，四宇和平"，国运繁盛，物质丰富，商业
发达，社会遍行娱乐之风。东汉王符在《潜夫论·浮侈篇》中
指出：

> 今民奢衣服，侈饮食，事口舌，而习调欺，以相诈绐，
> 比肩是也。或以谋奸合任为业，或以游敖博奕为事，或丁夫
> 世不传犁锄，怀丸挟弹，携手遨游。或取好土作丸卖之。夫
> 弹，外不可以御寇，内不足以禁鼠，晋灵好之，以增其恶，
> 未尝闻志义之士，喜操以游者也。惟无心之人，群竖小子，
> 接而持之，妄弹鸟雀，百发不得一，而反中面目，此最无用
> 而有害也。或坐作竹簧，削锐其头，有伤害之象，傅以蜡
> 蜜，有甘舌之类，皆非吉祥善应。或作泥车、瓦狗、马骑、
> 倡俳，诸戏弄小儿之具以巧诈。

汉代画像砖石中有表现奏乐、歌舞、杂技、博戏、投壶、走
马、斗鸡、搏兽、蹴鞠、击剑、扛鼎等游艺活动的场景。

与民间小巧精致的游艺活动相比，当时社会高层最时尚的娱
乐就是游观、田猎。《尚书·无逸》曾告诫君王"无淫于观、于
逸、于游、于田"。可见至少在西周之初"游观"和"田猎"就
已在上流社会流行。有关田猎的记录在甲骨卜辞中就已经出现，
田猎主要是国王或诸侯参与的大规模狩猎活动，田猎在古代是与
休闲密切相关联的，它兼有军事训练和游艺双重属性。《左传·

隐公五年》载：“春搜，夏苗，秋狝（xiǎn），冬狩，皆于农隙以讲事也。”农隙即农闲，讲事即讲习武事，也就是教民征战。田猎活动依据四季的不同各有不同的名称，“春猎为搜，夏猎为苗，秋猎为狝，冬猎为狩”。（《尔雅·释天》）

游观、田猎最能显示恢宏的气势，因而成为汉代大赋的主要题材，几乎形成了“无赋不猎”的局面。梁萧统《文选》按题材将赋分为15类，田猎列为第4类。

枚乘《七发》假设楚太子有疾，吴客往问，“说七事以启发太子也”。（李善《文选》注）为了引起太子的兴趣，吴客一连陈说了七件事：音乐、饮食、车马、游观、田猎、观涛、妙道。当吴客游说音乐、饮食、车马、游观之时，楚太子恹恹在床，没有丝毫兴趣。当吴客再三申说田猎之壮时，楚太子眉宇之间露出了喜色，“有起色矣”，愿意前往观赏。当吴客陈说观涛之时，楚太子产生了兴趣，主动追问波涛的气象。最后，吴客向太子推荐有名望的“方术之士”，“论天下之精微，理万物之是非”，楚太子“据几而起”，疾病霍然而愈。作者的本意也许在于讽谏“贵人之子”不要长期沉湎于安乐，以免产生精神萎靡和志气消沉。后世论者也大多认为七发乃讽谏之作。刘勰《文心雕龙·杂文》评《七发》：“枚乘摛艳，首制七发，腴词云构，夸丽风骇。盖七窍所发，发乎嗜欲，始邪末正，所以戒膏粱之子也。”《文选》李善注：“七发者，说七事以启发太子也，犹楚词七谏之流。”从《七发》结尾处来看，似乎也说明医治精神萎靡最好的药方是“妙道”。然而，作品对“妙道”的论述只有短短的六七十字，与其他六事相比篇幅差别悬殊，不及田猎四分之一，不及观涛的七分之一，给人草草收场的感觉。而且对“妙道”的内容未置一词，不能让人产生丝毫的印象和知识，仅罗列数名方术之士的名字，而且十分驳杂，儒道墨等兼具，还有不知名者，给人才力不济的感觉，这与前面对音乐、饮食、车马、游观、田猎和观涛的全面铺叙形成鲜明对照，看罢全篇，人们印象最深的是前面的游观、田猎、观涛。

其写游观广博：

> 既登景夷之台，南望荆山，北望汝海，左江右湖，其乐无有。于是使博辩之士，原本山川，极命草木，比物属事，离辞连类。浮游览观，乃下置酒于虞怀之宫。连廊四注，台城层构，纷纭玄绿。辇道邪交，黄池纡曲。湎章、白鹭，孔鸟、鹍鹄，鸹雏、鸧鶇，翠鬣紫缨。螭龙、德牧，邕邕群鸣。阳鱼腾跃，奋翼振鳞。潆溔菁蓼，蔓草芳苓。女桑、河柳，素叶紫茎。苗松、豫章，条上造天。梧桐、并闾，极望成林。众芳芬郁，乱于五风。从容猗靡，消息阳阴。列坐纵酒，荡乐娱心。景春佐酒，杜连理音。滋味杂陈，肴糅错该。练色娱目，流声悦耳。于是乃发《激楚》之结风，扬郑、卫之皓乐。使先施、征舒、阳文、段干、吴娃、闾娵、傅予之徒，杂裾垂髾，目窕心与。榆流波，杂杜若，蒙清尘，被兰泽，嬿服而御。此亦天下之靡丽、皓侈、广博之乐也。

其写田猎之壮：

> 将为太子驯骐骥之马，驾飞軨之舆，乘牡骏之乘。右夏服之劲箭，左乌号之雕弓。游涉乎云林，周驰乎兰泽，弭节乎江浔。掩青苹，游清风。陶阳气，荡春心。逐狡兽，集轻禽。于是极犬马之才，困野兽之足，穷相御之智巧，恐虎豹，慑鸷鸟。逐马鸣镳，鱼跨麋角。履游麕兔，蹈践麖鹿。汗流沫坠，冤伏陵窘。无创而死者，固足充后乘矣。此校猎之至壮也……冥火薄天，兵车雷运，旌旗偃蹇，羽毛肃纷。

驰骋角逐，慕味争先。微墨广博，观望之有圻；纯粹全牺，献之公门。……于是榛林深泽，烟云闇莫，兕虎并作。毅武孔猛，袒裼身薄。白刃砏砀，矛戟交错。收获掌功，赏赐金帛。掩苹肆若，为牧人席。旨酒嘉肴，羞炰宾客。涌觞并起，动心惊耳。诚不必悔，决绝以诺；贞信之色，形于金石。高歌陈唱，万岁无斁。

《七发》开头吴客分析楚太子的病因是"久耽安乐，日夜无极，邪气袭逆，中若结轖"，"纵耳目之欲，恣肢体之安者，伤血脉之和"，作者提出"出舆入辇，命曰蹷痿之机；洞房清官，命曰寒热之媒；皓齿蛾眉，命曰伐性之斧；甘脆肥脓，命曰腐肠之药"。然而在文章的主体部分吴客陈述音乐、饮食、车马、宴游、狩猎、观潮六事，极尽夸饰之美，并未显现否定的意向。关于《七发》的主题思想，有戒膏粱说，如刘勰。这从文首段对"贵人之子"的告诫中可以直接看出。也有从枚乘的经历出发，结合枚乘的《谏吴王书》提出谏吴王说，如赵逵夫认为《七发》"要吴王濞顺天委命，保其福寿"[①]。与此类似的还有谏梁孝王说，如《四部丛刊》收宋刊本《六臣注文选》李善注："乘事梁孝王，恐孝王反，故作《七发》以谏之。"总之，戒膏粱说或讽谏吴王、梁孝王叛逆说，均是从文学政治功用着眼，有一定的道理，在文章中或文章外也能找到些许证据。然而，又都有无法解释的地方。比如"七发"之中前面六事与最后的第七事的关系如何？一般认为"吴客"列举了音乐、饮食、车马、游观、田猎、观涛六事，只是为了铺垫，实际上都是要被否定的事情，最后的"要言妙道"才是他所正面倡导的，亦即引导"楚太子"

---

① 赵逵夫：《〈七发〉与枚乘生平新探》，《西北师范大学学报》（社会科学版）1999 年第 1 期。

认可的，即"六过一是"。刘勰《文心雕龙·杂文》云："自《七发》以下，作者继踵，观枚氏首唱，信独拔而伟丽矣。及傅毅《七激》，会清要之工；崔骃《七依》，入博雅之巧；张衡《七辨》，结采绵靡；崔瑗《七厉》，植义纯正；陈思《七启》，取美于宏壮；仲宣《七释》，致辨于事理。自桓麟《七说》以下，左思《七讽》以上，枝附影从，十有馀家。或文丽而义暌，或理粹而辞驳。观其大抵所归，莫不高谈宫馆，壮语畋猎。穷瑰奇之服馔，极蛊媚之声色。甘意摇骨髓，艳词洞魂识，虽始之以淫侈，而终之以居正。然讽一劝百，势不自反。子云所谓'先骋郑卫之声，曲终而奏雅'者也。"

然而，《七发》中的七事是否是"始之以淫侈，终之以居正"呢？其首段言：

> 客曰："今太子之病，可无药石针刺灸疗而已，可以要言妙道说而去之，不欲闻之乎？"
> 太子曰："仆愿闻之。"

然而，接下来吴客所说的是音乐、饮食、车马等等。不少学者也注意到《七发》内容结构上的一个"缺憾"，但学者们往往是从维护"要言妙道"的角度加以解释，赵逵夫先生认为《七发》之所以未将"要言妙道"陈述清楚，是因为要言妙道涉及谏吴王刘濞谋逆的内容，不便直说出，《七发》只是枚乘谏吴王刘濞的一个"引子"。

《七发》被认为是汉代散体大赋形成的标志，如果忠实于《七发》这篇赋本身，我们可以看出，七事实际上是一个整体，文章结尾处楚太子虽是听了方术之士的妙道而"据几而起"，但这是前面叙述六事的到达的一个临界点，不能据此而否定前面六事。

从休闲学的角度上讲，《七发》是以七事来调养人的身心，用各个不同方式感发人的精神。楚太子作为饱食终日的贵人之子，其病根是精神的萎靡不振，文章开头吴客分析道"精神越渫，百病咸生"。要治疗其疾病首先要从精神上入手。所谓"要言"应是切中精神疾病的言论，所谓"妙道"应是能感发精神的理论。今如太子之病，扁鹊、巫咸的方法并不能奏效，"独宜世之君子，博见强识，承间语事，变度易意"。

需要强调的是，休闲并非无所事事，也并非"纵耳目之欲，恣支体之安"，而是身心的调和。楚太子的病可以说就是长期沉湎于逸乐所致："今太子肤色靡曼，四支委随，筋骨挺解，血脉淫濯，手足堕窳；越女侍前，齐姬奉后；往来游燕，纵恣于曲房隐间之中。"这种逸乐并不是真正的或正确的休闲。从《七发》中我们似乎可以领略枚乘在倡导一种健康的休闲。对于解决了衣食温饱的"贵人之子"如何超越耳目之欲、肢体之安，而进入身心的大畅快？《七发》借音乐、美食、游览、田猎等方式作了说明。这也反映了汉代虽然秉承了周代"无逸"的思想观念，但从精神气质上讲，休闲和娱乐已深入人心。

汉代最具代表性的赋家当属司马相如。史载，汉武帝读了司马相如的《子虚赋》十分喜爱，说："朕独不得与此人同时哉！"蜀人杨得意遂向汉武帝推荐了自己的同乡，"得意曰：'臣邑人司马相如自言为此赋。'上惊，乃召问相如。相如曰：'有是。然此乃诸侯之事，未足观也。请为《天子游猎赋》，赋成奏之'。（《史记·司马相如列传》）《天子游猎赋》就是《文选》所载的《上林赋》。《子虚赋》和《上林赋》（《天子游猎赋》）是司马相如最著名的两篇赋，都写到田猎，故可视为姊妹篇，甚至有学者认为这两篇实际上就是《史记·司马相如列传》里提到的《天子游猎赋》。

《子虚赋》言楚国派子虚先生出使齐国，齐王指挥千辆兵车，选拔上万名骑手，与子虚一同到东海之滨打猎。打猎完毕，子虚前去拜访乌有先生，并向他夸耀此事。齐王本想夸耀他的车马众多，子虚却用楚王在云梦泽打猎的盛况相炫耀。赋的主体部分就是子虚对楚国云梦田猎的描述。

先写田猎的场地——云梦泽：从云梦泽的山写起，延及矿藏，然后从东南西北不同的方位分别介绍花草、水体、水族、植物，然后介绍田猎的对象——野兽。

次写田猎的人员，有专门勇士，他们能空手击杀凶猛的野兽，主角则是楚王。

接下写田猎前的准备、装束：楚王和随从者驾驶华丽的马车，挥动鲜艳的旗帜，手持锋利的箭戟，左手拿着雕有花纹的乌嗥名弓，右手拿着夏箙中的强劲之。

再写狩猎的激越场面，车马刚刚进入猎场就已踏倒了强健的猛兽。车轮飞奔，万马奔驰，箭矢如雨，猎物纷纷倒毙，覆盖了野草，遮蔽了大地。

最后写打扫战场：楚王就停鞭放马，缓步而行，浏览山北的森林，观赏壮士的凶猛，巡视野兽的惊恐，捕捉那精疲力竭的野兽。

紧张、雄壮的首轮狩猎过后是曼妙的歌舞，于是，郑国肤色细嫩的美女，身穿华丽的服装登场，她们的衣带在风中飘扬，婀娜的身姿在原野上移动，隐约缥缈，恍恍忽忽，有如仙境。

舒缓、优美的歌舞之后，开始了新一轮的狩猎，楚王和众美女一起在蕙圃夜猎：在林莽间缓慢行走，爬上一座坚固的大堤。用网捕取翡翠鸟，用箭射取锦鸡。箭矢射向天际，白色的天鹅，黑色的鹤纷纷坠落。打猎疲倦之后，泛舟清波。用网捞取玳瑁，钓取紫贝。敲打金鼓，吹起排箫，船夫唱起低沉的古歌。鱼鳖为此惊骇，湖水为之沸腾。泉水涌起，与浪涛汇聚。

众石相互撞击，发出硁硁礚礚的响声，就像雷霆轰鸣，声传几百里之外。

最后，夜猎将停，敲起灵鼓，点起火把。战车按行列行走，骑兵归队而行。队伍整齐从容地行进。楚王就登上阳云之台，显示出泰然自若安然无事的神态，保持着安静怡适的心境。

这段写楚王狩猎的文字语言华丽，形象生动，动静相合，节奏鲜明，再现了古代君王狩猎的盛大场景。

《上林赋》写天子田猎的场景，比《子虚赋》所写的诸侯的田猎更加宏大。作品开头以亡是公的口吻对子虚和乌有的竞相夸耀予以批评："二君之论，不务明君臣之义，正诸侯之礼，徒事争于游戏之乐，苑囿之大，欲以奢侈相胜，荒淫相越，此不可以扬名发誉，而适足以贬君自损也。"但紧接着笔锋一转："且夫齐楚之事，又乌足道乎！君未睹夫巨丽也？独不闻天子之上林乎？"接下来便大肆铺叙上林苑之大，径流之众，水族之多，宝石之润，飞禽之繁，山林之奇，兽类之灵，植物之美，仅上林苑南北之兽就有 20 种之多。进而写天子校猎壮，游戏之乐。只是到文章结尾处才偶及"仁义"，对"忘国家之政，贪雉兔之获"提出讽谏。这种符合正统思想的言论或"主旨"总给人一种"狗尾续貂"的感觉，游离于整篇赋之外。从整体上看，《子虚赋》和《上林赋》凸显的是汉代强盛时期人们的自信、愉悦之情，并无多少忧虑之怀。其主旨也似不在讽谏，倒是"萧散"意味颇浓。《西京杂记》卷二载："司马相如为《上林》、《子虚赋》，意思萧散，不复与外事相关。"

汉代的著名赋家几乎都铺写田猎，以雄壮的田猎来呈现汉代的壮美旨趣。扬雄《羽猎赋》和《长杨赋》都以大幅文字描写狩猎活动，但"讽谏"的意味相对较浓，作者希望以赋的形式来警示汉成帝不要田猎扰民，纵情逞欲。汉代帝王的田猎也称"羽猎"或"校猎"。帝王出猎，士卒负羽箭随从，故称"羽猎"。"校"，考也，有"考核"之义。"校猎"指以狩猎相较武功，考核士兵。此外，班固的《东都赋》、《西都赋》，张衡的《西京赋》也对汉代的田猎进行了精彩的描述。

（4）汉赋与儒道思想和休闲美学

汉赋的思想背景学界有两种主要的观点。一种认为儒术是汉赋的主要思想背景。

关于汉赋，历来比较重视班固《两都赋序》中的一段文字：

> 赋者，古诗之流也。……或以抒下情而通讽谕，或以宣上德而尽忠孝，雍容揄扬，着于后嗣，抑亦雅颂之亚也。

这里有赋源的判断："古诗之流"；也有赋的功能的判断："讽"（"讽喻"、"讽谏"）和"颂"（"宣上德"）。这两种判断是相联系的，《诗大序》对《诗》的理解"上以风化下，下以风刺上，主文而谲谏"。班固认为汉赋与《诗经》均主讽谏，他评价，司马相如："相如虽多虚辞滥说，然要其归引之于节俭，此亦《诗》之风谏何异？"（《汉书·司马相如传赞》）将赋归属于儒家思想背景之下。班固既是赋家又是史家，其对赋的判定影响深远，后世大多以此为视点评议汉赋。"逮孝武崇儒，润色鸿业，礼乐争辉，辞藻竞鹜。"（刘勰《文心雕龙·时序》）然而，以讽谏为主的汉赋为何会"劝百而讽一"？汉大赋有对汉王朝的歌颂，但汉赋所"劝"者大多并不是"上德"，而是游观、田猎、饮食。"汉赋是一个大体制的文体，所谓骋辞大赋。大赋之大，客观上有宣扬帝国声威的需要，但实际效果却常常是迎合汉王朝统治者的娱乐需要，助长他们淫侈骄纵的欲望，武帝征枚乘、司马相如是这个目的，相如续作《上林赋》亦是为取悦武帝。汉赋的'大'内容，使我们联想到黄老学说也有这方面的内容。"①

　　另一种观点认为道家思想是汉赋的主要思想背景。

　　汉代儒家和经学地位崇高，但就汉赋的思想背景而言似乎得之于道家的更为明显。汉初，为了恢复社会生产，统治者利用黄老之学或黄老之术。黄老学派原本是战国中期齐国稷下形成的道家的一个派别，代表人物有慎到、田骈等。此派假托黄帝的名字，改造和发挥了老子的思想，故称黄老之学。黄老学在政治上继承了老子无为而治的思想，同时又吸取了儒家的礼义，仁爱思想，以及法家的法治思想等，带有融合各家的性质。司马谈在《论六家之要指》（六家指阴阳、儒、、墨、名、法、道德）中做了颇为全面的概括："道家使人精神专一，动合无形，赡足万物。多为术也，因阴阳之大顺，采儒、墨之善，提名、法之要，与时迁移，废物变化，立俗施事，无所不宜，指约而易操，事少而功多……道另无为，又曰无不为。其实易行，其辞难知。其术以虚无为本，以因循为用。无成势，无常形，故能究万物之情；不为物先，不为物后，故能为万物主。有法无法，因时为业，有度无度，因物与合。故曰圣人不朽，时变是守。虚者道之常也，因者君之纲也。群臣并至使各自明也。""内圣外王"是黄老之学的精髓所在。"黄老道德"强调为政治服务，郭沫若认为它"援道入法"。（参见《十批判书·稷下黄老的批判》）汉初甚兴黄老之学，曹参为相，即以黄老学者为师，推行"清净无为"，"与民休息"的政策，在政治和经济上都取得一定效果。汉初窦太后控制朝政数十年，她推崇黄老排斥儒生，"帝及太子诸窦不得不读《黄帝》、《老子》，尊其术"。（《史记·外戚世家》）武帝时，她还"明儒学"的官员予以打压。这些对汉代士人的政

---

　　①　汪小洋、杨海涛：《黄老学说与汉赋兴盛》，《南京理工大学学报》（社会科学版）1999 年第 5 期。

治观念、人生态度也产生重要影响。如贾谊的思想中就有道家痕迹，在《吊屈原赋》、《鹏鸟赋》中均有表露。武帝为了加强中央集权，从政治、经济、文化等多方面入手，文化中采纳董仲舒"罢黜百家，独尊儒术"主张，道家的地位相对降低，但道家在养生、个人内心修养方面的影响并未削弱。西汉后期著名思想家严遵雅性淡泊，学业加妙，专精大《易》，耽于《老》、《庄》。著《老子指归》，为道书之宗。扬雄等人深受严遵的影响，班固《汉书》载扬雄："默而好深湛之思，清静亡为，少嗜欲，不汲汲于富贵，不戚戚于贫贱，不修廉隅以徼名当世。"（《扬雄传》）

还有的认为儒家和道家对汉赋均有影响。

儒家和道家是中国古代影响文人最大的两个思想学派，它们在汉代都有着突出的地位，它们对汉赋的影响是不言自明的。从汉赋的主旨和表现形式来看，道家的影响更突出一些。

也许我们无须执着哪一派影响了汉赋，哪一派在汉赋思想中占主导地位。汉赋作为有汉一代的代表文体，其思想源泉是多方面的。我们认为应该进一步追问汉代赋家为何接受了道家思想，或者说汉代接受道家思想的条件是什么？

我们认为，汉代赋家接受道家思想的背景主要是汉代自上而下的休闲娱乐之风，是休闲的生活兴趣影响了汉代学者、赋家对道家思想的接受。

人具有"好逸恶劳"的天性。汉代由于国家实力的强大、社会经济发展和物质条件的改善，为休闲提供了基础。道家哲学崇尚"自然"，强调人的自适其意，与人的天性相契合。人类逍遥"优游"的天性在道家哲学中体现的最为鲜明。《淮南子·淑真训》曰："夫鱼相忘于江湖，人相忘于道术。古之真人，立于天地之本，中至优游，抱德炀和，而万物杂累焉，孰肯解构人间之事以烦物其性命乎？"汉代蜀郡游乐休闲之风尤盛，严遵"雅性淡泊"，据说街头卜卦只为糊口，得数钱便收工休息。严遵在

《得一篇》中提出无忧无虑安定闲散的生活理想："是以圣人……贵而无忧，贱而无患，高而无殆，卑而愈安。"我们也许可以认定，正是对"安逸"的追求，人们选择了道家思想作为理论依据和价值支撑。

为了逸乐，超越名利。东方朔《与友人书》云："不可使尘网名缰拘锁，怡然长笑。"为了逸乐，人们选择离开官场和仕途，选择"岩岫颐神，娱心彭老"（郭泰《答友劝仕者》），"追渔父以同嬉"（张衡《归田赋》）。西汉著名学者刘向的祖父"清静少欲，常以书自娱，不肯仕"。为了逸乐，人们可以超越贫贱，对于士人而言，"宽裕"的生活并不一定是富足的生活，首先在于休闲和逸乐，崔琦在《四皓颂》中提出"马四马高盖，其忧甚大。富贵而畏人，不如贫贱而轻世"。扬雄"为人简易佚荡，口吃不能剧谈，默而好深湛之思，清静亡为，少嗜欲，不汲汲于富贵，不戚戚于贫贱，不修廉隅以徼名当世。家产不过十金，乏无儋石之储，晏如也。自有大度，非圣哲之书不好也。非其意，虽富贵不事也"。这里我们既可看到道家的痕迹，也能感受到儒家的影子。

汉代中后期，"黄老之术"主要表现为养生怡情，王充《论衡·自然》："黄老之操，身中恬淡，其治无为。"《后汉书·光武纪》记载，光武帝勤劳执政，废寝忘食。皇太子劝谏："陛下有禹、汤之明，而失黄老养性之福。愿颐爱精神，优游自宁。"

我们习惯从入世与出世来划分士人，我们也可以以乐世和忧世来划分士人，而将乐世与忧世结合在汉代的代表是汉末的仲长统。

仲长统（公元180——220年）东汉后期著名思想家、文学家。《后汉书·仲长统传》记载，"仲长统，字公理，山阳高平人也。少好学，博涉书记，赡于文辞。年二十余，游学青、徐、并、冀之间，与交友者多异之"。"统性俶傥，敢直言，不矜小节，默语无常，时人或谓之狂生。每州郡命召，辄称疾不就。"

仲长统思想中儒道兼具，既有忧世救世的胸襟，又有乐世乐志的情怀；既有社会批判精神，又有个体适志兴趣。其针砭时弊的著作有《昌言》，明代归有光《诸子汇函》记仲长统："清忠亮节于朝野，悯时政之多乖，愤风俗之颓败，作《昌言》。"（《诸子汇函》四库全书存目丛书（子部 126）四库全书存目丛书编纂委员会编，齐鲁书社 1995 年版，第 782 页）《昌言》对当时纲纪不振，宦官外戚专权以及豪强土地兼并予以抨击，并提出具体改革建议；对世俗化的游士，他以"三俗"、"三可贱"、"三奸"来贬斥；他甚至直言哀帝的断袖之癖："董贤之于哀帝，无骨肉丝发之亲，又不能传其气类，定其继嗣，以丈夫宴接之欢，自成胶漆也？"文笔犀利，直言不讳，表现了"狂士"的风貌。

既有愤风俗之颓败的《昌言》，也有表现人生之乐《乐志论》：

　　使居有良田广宅，背山临流，沟池环匝，竹木周布，场圃筑前，果园树后。舟车足以代步涉之艰，使令足以息四体之役。养亲有兼珍之膳，妻孥无苦身之劳。良朋萃止，则陈酒肴以娱之；嘉时吉日，则烹羔豚以奉之。蹰躇畦苑，游戏平林，濯清水，追凉风，钓游鲤，弋高鸿。讽于舞雩之下，咏归高堂之上。安神闺房，思老氏之玄虚；呼吸精和，求至人之仿佛。与达者数子，论道讲书，俯仰二仪，错综人物。弹《南风》之雅操，发清商之妙曲。消摇一世之上，睥睨天地之间。不受当时之责，永保性命之期。如是，则可以陵霄汉，出宇宙之外矣。岂羡夫入帝王之门哉！①

————————

　　① 范晔：《后汉书》，中华书局 1965 年版，第 646 页。

　　这篇文章首先描绘了安逸、适意的居住环境，其中既反映了汉代庄园经济的某些生活场景，也寄托了士人们的生活理想，后世将其称为"仲长园"①。周维权先生认为仲长统对仲长园的描绘开启了中国休闲园林的端绪："这个庄园（《乐志论》所述庄园）既有基址选择和生产经营方面的规划，也包含某些朴实无华的、原始的园林创作成分。如此具有园林意味的庄园，给予仲长统的感受也是十分深刻的：'蹰躇畦苑，游戏平林……岂羡夫入帝王之门哉。'这段文字明确表述了一位隐者受老庄思想的影响，避世于林下而充分享受大自然的美好赐予，以及一种悠然自适的情愫的流露。这不仅在当时具有代表性，也可以说是开启了魏晋南北朝别墅园林之先河。"②

　　接着，仲长统叙述了休闲生活的具体内容：行有舟车，食有珍馐、美酒，亲朋好友相聚，游戏平林，效曾点之乐，求至人真人之志，论道讲书，纵论人物，俯仰天宇，睥睨大地，远离世务，逸乐养生……此等逸乐、休闲生活是人间最珍贵的，胜过帝王之家。这在汉末很具有代表性。如石崇《思归引序》亦云：

　　　　余少有大志，夸迈流俗，弱冠登朝，历位二十五。年五十以事去官，晚节更乐放逸，驾好林薮，遂肥遁于河阳别业。其制宅也，却阻长提，前临清渠，柏木几于万株，江水周于舍下。有观阁池浴，多养鱼鸟。家素习技，颇有秦赵之声。出则以游目弋钓为事，入则有琴书之娱。……

---

　　①　仲长园，又称仲长室，首见于南朝梁简文帝萧纲《游韦黄门园诗》："息车冠盖里，停辔仲长园。檐疏远兴积，宾至羽觞繁。"

　　②　周维权：《中国古典园林史》，清华大学出版社2008年版，第110页。

　　仲长统在文章中将儒家君子的仁者之乐与道家的超然之乐融为一体，体现了士人世俗名利的超越，对休闲生活的向往。仲长统云："常以为凡游帝王者，欲以立身扬名耳，而名不常存，人生易灭，优游偃仰，可以自娱，欲卜居清旷，以乐其志。"（范晔：《后汉书》卷49，中华书局1973年版，第1644页）余英时先生指出："汉晋之际士大夫论人生思想之文甚多，然罕有如公理《乐志论》之详尽透彻，足为典范者。"①

---

　　①　余英时：《士与中国文化》，上海人民出版社2003年版，第286页。

第七章　"悠然见南山"

第一节　性本爱丘山

1. 酣觞赋诗，以乐其志

陶潜（约公元365—427年）字渊明，又字符亮，谥号靖节先生。关于陶渊明后世有多种评判，有人称之为隐士，钟嵘在《诗品》中称赞他为"古今隐逸诗人之宗"。然而，"隐"者息影山林，世间原本是不知道的，"著名"、"隐者"原本就不合逻辑。而且，中国古代的隐者动机、方式繁多，朝隐、市隐、通隐、充隐、耕隐、遁隐等等，不一而足；有的是遗民式的忧愤，有的是汲汲于功名以寻求终南捷径。以"隐士"标记陶渊明的确标明了其某些方面或因素，但尚不足以概括其本质特征。有人认为陶渊明是一个"平和"的人，林语堂称陶渊明为"中国最伟大的诗人和中国文化上最和谐的产物"、"中国文学传统上最和谐最完美的人物"①。我们认为，陶渊明是中国历史上第一个真正闲适的人。

陶渊明在《五柳先生传》中云：

> 先生不知何许人也，亦不详其姓字。宅边有五柳树，因以为号焉。

---

① 林语堂：《生活的艺术》，湖南文艺出版社2013年版，第116页。

　　闲静少言，不慕荣利。好读书，不求甚解；每有会意，便欣然忘食。性嗜酒，家贫不能常得。亲旧知其如此，或置酒而招之；造饮辄尽，期在必醉。既醉而退，曾不吝情去留。

　　环堵萧然，不蔽风日。短褐穿结，箪瓢屡空，晏如也。常著文章自娱，颇示己志。忘怀得失，以此自终。

　　赞曰：黔娄之妻有言："不戚戚于贫贱，不汲汲于富贵。"其言兹若人之俦乎？衔觞赋诗，以乐其志。无怀氏之民欤？葛天氏之民欤？

　　文章名为"传"，但传主籍贯、姓名皆不详，没有丝毫社会历史中的痕迹，唯有住宅旁边有五棵柳树，因以为号，故名"五柳先生"。《五柳先生传》的开头有类阮籍的《大人先生传》："大人先生，盖老人也，不知姓字，陈天地之始，言神农、黄帝之事，昭然也。莫知生年之数，尝居苏门之山，故世咸谓之闲。"阮籍借"大人先生"对当时礼法制度的虚伪进行嘲讽和抨击，颇有愤懑不平之慨，用语繁富。陶渊明的《五柳先生传》则平和得多，五柳先生"闲静少言"。文章一再申说五柳先生的闲静性格和闲适生活。他保持心胸的宁静，不趋荣华，不逐富利，忘怀得失。

　　五柳先生的休闲生活首先体现为"好读书，不求甚解"。陶渊明年少时接受过儒家经典，但显然他接受的方式颇为通脱，与汉儒执着章句，恪守家法明显不同，是一种休闲式、自由的乐读，每当有所心得，便欣然忘食；而且，回归田园之后的陶渊明读大量的休闲书籍，"泛览周王传，流观山海图"。(《读山海经十三首》其一)《周王传》即《穆天子传》，书中记述周穆王观四荒，西游仙境，与西王母游乐的神异故事。《山海图》指《山海经图》，是有图画的《山海经》。《山海经》是我国最早的一部记录原始神话故事的书籍。这些被正统文化视为荒诞不经的故事却切合了人类的天真幻想。陶渊明的好友颜延之在为陶潜所做的诔中称道其："心好异书，性乐酒德，简弃烦促，就成省旷。"

五柳先生"性嗜酒"。魏晋时期的士人大多嗜酒，纵酒是魏晋士人生活的特征之一。鲁迅先生在《魏晋风度及文章与药及酒之关系》一文中，专门论及酒与魏晋风度的关系。"魏晋风度"的代表是"竹林七贤"，《世说新语·任诞》记"竹林七贤"有两个标志："七人常集于竹林之下，肆意酣畅。"竹林七贤的纵酒多少带有矫饰的色彩，严格说来并非出自"天性"，而是承载着"遗落世事"的功能。《资治通鉴》卷七十八载："谯郡嵇康，文辞壮丽，好言老、庄，而尚奇任侠，与陈留阮籍、籍兄子咸、河内山涛、河南向秀、琅琊王戎、沛国刘伶特相友善，号竹林七贤。皆崇尚虚无，轻蔑礼法，纵酒昏酣，遗落世事。"纵酒的代表人物首先要数阮籍，《世说新语·任诞》载：

> 王孝伯问王大："阮籍何如司马相如？"王大曰："阮籍胸中垒块，故须酒浇之。"

王孝伯（王恭，字孝伯）问王大（王忱，字佛大，又名王大），阮籍与司马相如的异同，王大认为阮籍与司马相如不同的地方在于阮籍心中有郁积的不平之气，所以需要借酒浇愁。阮籍纵酒乃是有所寄托，而非纯然适性。《晋书》《阮籍传》记载："（阮）籍本有济世志，属魏晋之际，天下多故，名士少有全者，籍由是不与世事，遂酣饮为常。文帝初欲为武帝求婚于籍，籍醉六十日，不得言而止。钟会数以时事问之，欲因其可否而致之罪，皆以酣醉获免。"

"五柳先生"嗜酒不同于"竹林七贤"，其嗜酒为纯然适性，是追求"酒中趣"。陶渊明十分敬佩其外祖父孟嘉"任怀得意"

的性情，在《晋故征西大将军长史孟府君传》中记录孟嘉："好酣饮，逾多不乱。至于任怀得意，融然远寄，傍若无人。温尝问君，'酒有何好，而卿嗜之?'君笑而答曰：'明公但不得酒中趣尔!'"陶渊明自己也感叹"酒中有深味"，所谓"酒中趣"、"酒中味"是在微醺状态下抛开一切世俗世务，超越外物的束缚而获得的自由和闲适。陶渊明一再吟诵："不觉知有我，安知物为贵"（《饮酒二十首》之十四），"忽与一觞酒，日夕欢相持"（《饮酒二十首》其一）。据逯钦立先生统计，现存陶诗的百分之四十以上是咏饮酒的。

　　"五柳先生"的休闲娱乐还表现在"常着文章自娱"，"酣觞赋诗，以乐其志"。诗文自娱是文人休闲的特殊方式，《闲情赋》序云："余园闾多暇，复染翰为之。虽文妙不足，庶不谬作者之意乎?"在《饮酒·序》中陶渊明写道：

　　　　余闲居寡欢，兼比夜已长，偶有名酒，无夕不饮。顾影独尽，忽焉复醉。既醉之后，辄题数句自娱，纸墨遂多。辞无诠次，聊命故人书之，以为欢笑尔。

　　作者写作的的动机一是自娱，二是供友人欢笑。而这些作品语无伦次，纯属无意为之的闲文。

　　"五柳先生"的休闲娱乐固然受到物质条件的干扰，"性嗜酒，家贫不能常得"，但总体说来，他能超越物质和外界条件的作用。虽然家中四壁空空，屋顶难挡风雨，但依然安逸自在；虽然身穿的是粗布短衣且破洞加补丁，但依然安逸自在；虽然瓴无储粟，箪瓢屡空，但依然安逸自在。不戚戚于贫贱，不汲汲于富贵，自适其志，这就是"五柳先生"。

　　沈约说陶渊明"潜少有高趣，尝着《五柳先生传》以自

况。……其自序如此，时人谓之实录"。① 萧统《陶渊明传》亦
云："渊明少有高趣，博学，善属文，颖脱不群，任真自得。尝
着《五柳先生传》以自况……时人谓之实录。"《五柳先生传》
名为"传"，似乎应按照史传的写法，"编年缀事"，"按实而
书"（《文心雕龙·史传》），但文章竟连传主的籍贯、姓名都不
清楚，文章有明显文学创作的色彩，但在"五柳先生"身上我
们又的确能看到作者陶渊明的性格特点，其最为突出者就是以逸
乐休闲为人生的目的。在《与子俨等疏》中，也可以看到陶渊
明的这种人生理想：

> 少学琴书，偶爱闲静。开卷有得，便欣然忘食。见树木
> 交荫，时鸟变声，亦复欢然有喜。常言五六月中，北窗下
> 卧，遇凉风暂至，自谓是羲皇上人。

正如人们向往童年时期的快乐和无忧无虑一样，中国文化将
远古时期描述为逸乐的典型，而"羲皇上人"是上古极乐时代
的象征。《五柳先生传》中所感叹的"无怀氏之民"、"葛天氏之
民"正是"羲皇上人"。晋代皇甫谧《帝王世纪》："女娲氏没，
大庭氏王有天下，次有柏皇氏……有巢氏、朱襄氏、葛天氏、阴
康氏、无怀氏，凡十五世，皆袭庖牺氏之号。"宋·罗泌《路
史》云：葛天氏，"其为治也，不言而自信，不化而自行"。无
怀氏，"甘其食，乐其俗，安其居，而重其生"。

2. 田园将芜胡不归

陶渊明曾祖陶侃为东晋开国元勋，曾官太尉、荆江二州刺
史，封长沙郡公，追赠大司马。其祖父陶茂曾为武昌太守。其父

---

① 梁·沈约：《宋书·隐逸传》，中华书局1974年版，第2287页。

早卒，陶渊明少而贫苦。出于少年时代的理想和"猛志"，也是基于物质生活的考虑，陶渊明曾步入仕途，侧身官场。但他在仕途或作或辍。大约二十九岁时"亲老家贫，起为州祭酒，不堪吏职，少日自解归"。后曾辞州主簿之聘。三十五六岁时入江州刺史桓玄的州府任官吏，旋即因母丧退归，并有归耕之意。四十岁复出，为刘裕镇军将军军府参军，明年转为江州刺史刘敬宣的参军。同年八月为彭泽令，不久弃职返里，不复出仕。

　　是什么原因促使陶渊明不顾生活的困顿和农事的辛劳而放弃仕禄呢？历史上人们常以隐逸来理解；但历来的隐逸者大多或基于政治上、道德上的节守，而非基于逸乐。新中国成立之后很长一段时间内，人们习惯从外部社会现实来探究原因，着眼于社会批判；但作反向超越的人，大多缺乏内心的信念和平和之气，只有从自己内心出发的追求才能真正拥有沉着、安定。魏晋时期士人们的超逸有时难免有惊世骇俗之嫌，矫饰之感，阮籍、刘伶且不论，即便是嵇康也是基于对"名教"的超越才选择"自然"，故其言行举止难免表演的痕迹，陶渊明有魏晋士人的超逸精神，但在言行上平和了许多。陈寅恪说"渊明的思想为承袭魏晋清谈演变之结果……而不似阮籍、刘伶辈之佯狂任诞"。①

　　陶渊明选择自然是基于对自然的喜爱，"少无适俗韵，性本爱丘山"。（《归园田居五首》其一）如果说嵇康等人是基于理性的批判而选择"自然"，那么陶渊明则是基于天性。在《归去来兮辞》的序文中言明自己为何"眷然有归欤之情，何则？质性自然，非矫厉所得"。在《晋故征西大将军长史孟府君传》中，陶渊明记录了桓温问孟嘉，欣赏音乐为什么"丝不如竹，竹不如肉"，孟嘉答曰："渐近自然。"弦乐（丝）不如管乐（竹），

---

①　陈寅恪：《陶渊明之思想与魏晋清谈之关系》，载《中华文化研究丛刊》第一种，燕京大学哈佛燕京社 1945 年刊印，第 56 页。

管乐不如歌喉（肉），因为歌喉超越了工具性而回归自然本身。正是这种发乎天性的喜爱，使得陶渊明深感俗世特别是官场的束缚，他将俗世比作"尘网"，将俗世中的人，特别是官场的人比作"羁鸟"和被困于浅池中的鱼儿。"羁鸟恋旧林，池鱼思故渊"，因而返回自然，徜徉田园对陶渊明而言是自然的选择。

在中国古代休闲文学的历史上，陶渊明留下了浓重的一笔。在《归去来兮辞》中作者就像误落尘网的羁鸟挣脱了绳索回归天空，就像被困涸辙或鱼钩钓住的鱼儿挣脱困境自由游弋（见图7—1）。

图7—1　元·钱选《归去来辞图》（局部）（纸本设色，
26cm×104cm，现藏美国大都会博物馆）

归去来兮，田园将芜胡不归！既自以心为形役，奚惆怅而独悲？悟已往之不谏，知来者之可追。实迷途其未远，觉今是而昨非。舟遥遥以轻飏，风飘飘而吹衣。问征夫以前路，恨晨光之熹微。

乃瞻衡宇，载欣载奔。僮仆欢迎，稚子候门。三径就荒，松菊犹存。携幼入室，有酒盈樽。引壶觞以自酌，眄庭柯以怡颜。倚南窗以寄傲，审容膝之易安。园日涉以成趣，门虽设而常关。策扶老以流憩，时矫首而遐观。云无心以出岫，鸟倦飞而知还。景翳翳以将入，抚孤松而盘桓。

归去来兮，请息交以绝游。世与我而相违，复驾言兮焉求？悦亲戚之情话，乐琴书以消忧。农人告余以春及，将有事于西畴。或命巾车，或棹孤舟。既窈窕以寻壑，亦崎岖而经丘。木欣欣以向荣，泉涓涓而始流。善万物之得时，感吾生之行休。

已矣乎！寓形宇内复几时！曷不委心任去留？胡为乎遑遑欲何之？富贵非吾愿，帝乡不可期。怀良辰以孤往，或植杖而耘耔。登东皋以舒啸，临清流而赋诗。聊乘化以归尽，乐夫天命复奚疑！

文章开头的"归去来兮，田园将芜胡不归"既是慨叹，也是呼告。"田园"不单单是自然界和生活中的空间，也是闲适的精神的象征，是人性之本源的符号。在文明的进程中，自然受到了污染，天性被遮蔽，人被外物所奴役。

作者接下来提出了人类休闲中的一对矛盾：形与心的矛盾。作者很长一段时间徘徊于仕与隐之间也是由于身体的安逸与精神的逸乐的艰难抉择。

"畴昔苦长饥，投耒去学仕"（《饮酒》），但官场的争斗违背作者的本性，其痛苦胜过身体的饥寒。

在《归去来兮辞》的序文中，作者写道："余家贫，耕植不足以自给。幼稚盈室，瓶无储粟。生生所资，未见其术。"家庭生活必需品的缺乏，也时时困扰着陶渊明，亲戚故交也都劝他外出做官，叔父陶夔看见他贫苦，就举荐他当了彭泽县令。于是，生活所需得以解决，"公田之利，足以为酒"。然而，官场的争斗又违背自己本性，官场的应酬耗损心力。这是两难的选择，一方是饥冻的煎熬，一方是违己的折磨。陶渊明在徘徊中倾向于听从内心的召唤，但还想再干一年辞职归田，恰好在这时同父异母的妹妹去世，于是自己免去职务，决心彻底离开官场。

离开了官场的陶渊明，顿觉逸乐轻松。整篇文章洋溢着欢愉、安逸的氛围。首先是亲人的迎候，远远望见自家的屋舍，心中充满欣喜，脚步也忽然变得轻盈。年轻的仆人前来相迎，年幼的儿女站在门边等候，家中酒杯已经斟满。亲人之间说着闲话，邻居来相告春耕时节。

其次是尽情享受园中的悠闲景致，白云毫不经意地从山间飘出，黄昏时节，飞鸟结伴归巢。文中的用字亦能显出休闲之态，"眄庭柯以怡颜"，"眄"指无意之间的斜视、闲观，而非注目观看；"倚南窗以寄傲"，"倚"指斜靠而非端立。作者像对待久别重逢的故友抚摸着园中的松柏，在小径上闲步，领略田园之趣，"策扶老以流憩，时矫首而遐观"。

最后，作者明确了自己的人生追求，既非汲汲于富贵，亦非遑遑于成仙长寿，而是委心任化，"日夕欢相持"。（《饮酒二十首》其一）陶渊明面对世人汲汲追求的富贵，秉承了儒家圣贤孔子颜回乐贫安道的心态，孔子"饭疏食，饮水，曲肱而枕之，乐亦在其中矣"（《述而》）对陶渊明产生深刻影响，在《时运》一诗中感叹："延目中流，悠想清沂；童冠齐业，闲咏以归。我爱其静，寤寐交辉；但恨殊世，邈不可追。"陶渊明的哲学基础是道家思想，有老子"五色令人目盲，五音令人耳聋"，"是以圣人为腹不为目"的影响，也有庄子物物而不物于物，拒斥人为物役的影响。陶渊明晚年有诗歌《咏贫士七首》，诗中也吟咏饥寒累及妻子儿女，内心也难免"贫富交相战"，但前贤安守清贫的生活方式是他最欣赏的，他愿意追随前贤的脚步，一往直前。

陶渊明对"营营以惜生"（《形影神》序）等执着的养生观

念予以否定，他认为"甚念伤吾生，正宜委运去"（《神释》），因而提倡登高舒啸，临流赋诗，尽情享受生命的欢愉，在微醺中放开胸怀，不复作忧生之嗟，"中觞纵遥情，忘彼千载忧；且极今朝乐，明日非所求"。（《游斜川》）甚至超越生死。"有生必有死，早终非命促"（《拟挽歌辞三首》），在《自祭文》中写道自己与世人的分别："惟此百年，夫人爱之，惧彼无成，愒日惜时。存为世珍，没亦见思。嗟我独迈，曾是异兹。宠非己荣，涅岂吾缁？捽兀穷庐，酣饮赋诗。识运知命，畴能罔眷，余今斯化，可以无恨。"给自己写祭文这本身就已超越的死亡。作者以旷达的胸怀面对生活，"纵浪大化中，不喜亦不惧，应尽便须尽，无复独多虑"。（《神释》）面对形与心、人与我的矛盾和纠结，作者不再迟疑，心的畅达、自我的逸乐才是最珍贵的。陶渊明倡导个体精神的自由，这为后世文人的休闲树立了样本。

第二节　寻找桃花源

1. 朴素的劳动之乐

陶渊明休闲思想的核心是精神的休闲胜过物质的享受，但这并不意味着他舍弃物质享受，物质是人生存的必须。如何获取物质资源呢？劳动是获取物质资源的基本途径。《移居》之二云："衣食当须纪，力耕不吾欺。"

陶渊明向我们描述了劳动演变的历程：在智巧未开的远古，没有剥削，没有压迫，也没有贪念，人们人人劳作，"傲然自足，抱朴含真"。（《劝农》）早期的劳动是素朴的劳动，朴素劳动以耕作最为典型，我们可以借庄子笔下的汉阴丈人来理解朴素劳动：

　　　　子贡南游于楚，反于晋，过汉阴，见一丈人方将为圃

畦，凿隧而入井，抱瓮而出灌，搰然用力甚多而见功寡。子
贡曰："有械于此，一日浸百畦，用力甚寡而见功多，夫子
不欲乎？"为圃者仰而视之曰："奈何？"曰："凿木为机，
后重前轻，挈水若抽，数如泆汤，其名为槔。"为圃者忿然
作色而笑曰："吾闻之吾师，有机械者必有机事，有机事者
必有机心。机心存于胸中则纯白不备。纯白不备则神生不
定，神生不定者，道之所不载也。吾非不知，羞而不为
也。"子贡瞒然惭，俯而不对。有间，为圃者曰："子奚为
者邪？曰："孔丘之徒也。"为圃者曰："子非夫博学以拟
圣，于以盖众，独弦哀歌以卖名声于天下者乎？汝方将忘汝
神气，堕汝形骸，而庶几乎！而身之不能治，而何暇治天下
乎！子往矣，无乏吾事。"

　　子贡卑陬失色，顼顼然不自得，行三十里而后愈。其弟
子曰："向之人何为者邪？夫子何故见之变容失色，终日不
自反邪？"曰："始吾以为天下一人耳，不知复有夫人也。
吾闻之夫子：事求可，功求成，用力少，见功多者，圣人之
道。今徒不然。执道者德全，德全者形全，形全者神全。神
全者，圣人之道也。托生与民并行而不知其所之，汒乎淳备
哉！功利机巧必忘夫人之心。若夫人者，非其志不之，非其
心不为。虽以天下誉之，得其所谓，謷然不顾；以天下非
之，失其所谓，傥然不受。天下之非誉无益损焉，是谓全德
之人哉！我之谓风波之民。"反于鲁，以告孔子。孔子曰：
"彼假修浑沌氏之术者也。识其一，不识其二；治其内而不
治其外。夫明白入素，无为复朴，体性抱神，以游世俗之间
者，汝将固惊邪？且浑沌氏之术，予与汝何足以识之哉！"

　　后来人类的巧智渐渐萌生，生活要求提高，供给便出现了问
题，但上古时代的圣人，如后稷教民众种植农作物，"舜既躬

耕，禹亦稼穑"，"民生在勤，勤则不匮；宴安自逸，岁暮奚冀"。（《劝农》）后来，社会分工进一步细化，"圣人"们开始鄙视劳动，"羲农去我久，举世少复真"。（《饮酒》）"孔耽道德，樊须是鄙。董乐琴书，田园不履。"（《劝农》）孔子沉湎于道德教化，认为轻视樊迟询问农事。董仲舒爱好琴书，整整三年足迹未至田园。朴素劳动分化为不同的形式，有劳力者和劳心者的分别，孟子云："劳心者治人，劳力者治于人。治于人者食人，治人者食于人：天下之通义也。"（《孟子·滕文公上》）陶渊明推崇素朴的生活，其《劝农》诗名为"劝农"，显然对孔子、董仲舒有批评的意味。

两晋南北朝时，庄园经济发达，但士族是不劳作的。颜之推《颜氏家训》云："多见士大夫耻涉农务。"陶渊明却超越成见，在其诗文中一再歌颂劳动，其中多次赞赏荷莜丈人"日夕在耕"。（《扇上画赞》）《论语·微子》载："子路从而后，遇丈人，以杖荷莜。子路问曰：'子见夫子乎？'丈人曰：'四体不勤，五谷不分，孰为夫子？'植其杖而芸。""安道苦节，不以躬耕为耻，不以无财为病。"（萧统《陶渊明集序》）他将劳动视为人生的正道，并将为衣食而展开的劳动视为安顿生命的必然，"人生归有道，衣食固其端。孰是都不营，而以求自安？"（《庚戌岁九月中于西田获早稻》）

陶渊明不仅歌颂劳动，而且自己践履田野，"聊为陇亩民"。实际上，陶渊明并非消极被动或暂时地"聊"为陇亩民，而是积极自觉长期地甘做陇亩民，在《癸卯岁始春怀古田舍二首》其二中作者：

> 先师有遗训，忧道不忧贫。瞻望邈难逮，转欲志长勤。
> 秉耒欢时务，解颜劝农人。平畴交远风，良苗亦怀新。
> 虽未量岁功，即事多所欣。耕种有时息，行者无问津。

日入相与归，壶浆劳近邻。长吟掩柴门，聊为陇亩民。

陶渊明躬耕陇亩，"代耕本非望，所业在田桑"（《杂诗》其八）；"晨兴理荒秽，带月荷锄归"（《归园田居》其三）；"开荒南野际，守拙归园田"（《归园田居》其一）。耕作对于陶渊明而言不仅仅是提供衣食，还在于帮助他离开"尘网"，享受休闲。

陶渊明生活中充满闲适，居有"闲居"（《九日闲居》），饮为"闲饮"（《答庞参军》），歌有"闲谣"（《九日闲居》），业为"闲业"（《和郭主簿二首》）。

蔼蔼堂前林，中夏贮清阴；凯风因时来，回飙开我襟。
息交游闲业，卧起弄书琴。园蔬有馀滋，旧谷犹储今。
营己良有极，过足非所钦。春秫作美酒，酒熟吾自斟。
弱子戏我侧，学语未成音。此事真复乐，聊用忘华簪。
遥遥望白云，怀古一何深。

"闲业"一般理解为看书、作文等闲居时的修业。但陶渊明的"闲业"还应该包含农耕，《庚戌岁九月中于西田获早稻》中"开春理常业"的"常业"即指农事。

历来将"休闲"与"劳作"相对立，时至今日，人们仍然将这两者视为分离的两个部分。然而，朴素的劳作本身是包含休闲的。陶渊明也承认劳作的辛苦，"田家岂不苦？弗获辞此难"（《庚戌岁九月中于西田获早稻》），但与官场的束缚相比，田园劳作轻松得多，"不言春作苦，常恐负所怀"（《丙辰岁八月中于下潠田舍获》），精神的愉悦远远抵消了劳作的艰辛。陶渊明有大量的咏叹劳动的欣喜和田园生活的优美的诗文：

茫茫大块，悠悠高旻，是生万物，余得为人。自余为人，逢运之贫，箪瓢屡罄，絺绤冬陈。含欢谷汲，行歌负薪，翳翳柴门，事我宵晨。春秋代谢，有务中园，载耘载籽，乃育乃繁。欣以素牍，和以七弦。冬曝其日，夏濯其泉。勤靡余劳，必有常闲。乐天委分，以至百年。（《自祭文》）

作者在辽阔的宇宙中来定位自己，从而给人生以超常的宽裕时空。接下来作者欣然领受命运中派定的的清贫。虽然食品短缺，饭筐水瓢空空，衣服不足，冬天还穿着夏天的单薄衣衫，但满怀喜悦去深谷汲水，背着柴禾边走边唱。简陋的柴门掩映在幽深的林间，我日夜忙碌，承当命运给予的安排。春秋代序，四季轮回，在田园中劳作，时而给庄稼除草，时而为植物培土，时而育苗，时而催果。将劳动的欢欣以文字记录下来，不时弹奏七弦琴。劳作之余，享受冬日的暖阳，感受夏日泉水的清凉。勤劳耕作，不遗余力，心情自得悠闲。乐天知命，愉快地度过一生。

　　熙熙令德，猗猗原陆。卉木繁荣，和风清穆。
　　纷纷士女，趋时竞逐。桑妇宵兴，农夫野宿。（《劝农》）

　　少无适俗韵，性本爱丘山。误落尘网中，一去三十年。
　　羁鸟恋旧林，池鱼思故渊。开荒南野际，抱拙归园田。
　　方宅十余亩，草屋八九间。榆柳荫后檐，桃李罗堂前。
　　暧暧远人村，依依墟里烟。狗吠深巷中，鸡鸣桑树颠。
　　户庭无尘杂，虚室有余闲。久在樊笼里，复得返自然。
（《归园田居》其一）

　　种豆南山下，草盛豆苗稀。晨兴理荒秽，带月荷锄归。

道狭草木长，夕露沾我衣。衣沾不足惜，但使愿无违。（《归园田居》其三）

陶渊明将劳动与休闲紧密的结合在于"劳"既包含辛劳，也包含辛劳所获——慰劳。"壶浆劳近邻"（《癸卯岁始春怀古田舍二首》其二），"劳"不仅是辛劳，还隐含许多的欢欣。《庚戌岁九月中于西田获早稻》一诗表达了陶渊明喜获早稻的心情。

人生归有道，衣食固其端。孰是都不营，而以求自安？
开春理常业，岁功聊可观。晨出肆微勤，日入负未还。
山中饶霜露，风气亦先寒。田家岂不苦？弗获辞此难！
四体诚乃疲，庶无异患干。盥濯息檐下，斗酒散襟颜。
遥遥沮溺心，千载乃相关。但愿长如此，躬耕非所叹。

诗的开端明言人生的根本道理，生活应皈依正道，所谓正道不是机巧，而是回到朴素的劳作，经营农事，这样才能获得安定和休闲。诗人叙写了种植的过程：开春后便抓紧时间从事农活，到了秋天收成真还不错。这里有劳作的自豪，收获的喜悦。日出而作，日入而息，山中霜露微寒，在一般人看来也许是辛苦的，但在陶渊明看来，它是收获的一部分，而且劳累后的歇息才是真正的休息和放松，放下农活，洗尽手脚在屋檐下休息，再抿一口自酿的酒，是劬劳的最好回报。"斗酒散劬颜"中的"劬"，大多数版本作"襟"或"忄禁"，曾集刻两册本作"忄禁"，并云：一作劬，又作矜，又作襟。联系上下文，我们认为作"劬"较稳妥。在诗歌的最后作者举古代的隐者自勉，领受耕作的果实和劳动的喜悦。

《丙辰岁八月中于下潠田舍获》也是一首欢庆丰收歌颂劳作的诗作。

> 贫居依稼穑，戮力东林隈。不言春作苦，常恐负所怀。
> 司田眷有秋，寄声与我谐。饥者欢初饱，束带候鸣鸡。
> 扬楫越平湖，泛随清壑回。郁郁荒山里，猿声闲且哀。
> 悲风爱静夜，林鸟喜晨开。日余作此来，三四星火颓。
> 姿年逝已老，其事未云乖。遥谢荷莜翁，聊得从君栖。

　　贫困的生活只有依靠耕作，劳作于是就成为温饱的前奏和准备。只有领略了饥饿感的人才真正能感受美食的意味。

　　陶渊明领略农事的快乐还体现在他与农人打成一片。"农人告余以春及，将有事于西畴。或命巾车，或棹孤舟，既窈窕以寻壑，亦崎岖而经丘。"（《归去来兮辞》）"清晨闻叩门，倒裳往自开。问子为谁欤？田父有好怀。壶浆远见候，疑我与时乖。"（《饮酒》其九）"漉我新熟酒，只鸡招近局。"（《归园田居》其五）

　　农人的纯朴、"素心"与陶渊明的"任真"高度契合：

> 昔欲居南村，非为卜其宅。闻多素心人，乐与数晨夕。
> 怀此颇有年，今日从兹役。敝庐何必广，取足蔽床席。
> 邻曲时时来，抗言谈在昔。奇文共欣赏，疑义相与析。
>
> （《移居二首》之一）

　　据考证，陶渊明的居处主要有三：上京里老家、园田居和南村村舍。《移居》当为移居南村时所写。上京里老家在柴桑城郊，《止酒》言"居止次城邑"。此处房舍较好，离都市较近，《饮酒》言"结庐在人境"。园田居，又称怀古田舍，在上京里老家之南，离城较远，房舍较简陋，园门为柴门。陶渊明在此野地过着清贫和闲暇的生活，与农人平等相处，谈着简单的闲话：

野外罕人事，穷巷寡轮鞅。白日掩荆扉，虚室绝尘想。
时复墟曲中，披草共来往。相见无杂言，但道桑麻长。
桑麻日已长，我土日已广。常恐霜霰至，零落同草莽。
（《归园田居》其二）

南村村舍更为偏远，但离自然更近。陶渊明与那里的人们结下了深厚的友谊，他在诗中吟咏道：

春秋多佳日，登高赋新诗。过门更相呼，有酒斟酌之。
农务各自归，闲暇辄相思。相思则披衣，言笑无厌时。
……（《移居二首》其二）

历史上有不少士人关心农民的疾苦，但往往是居高临下的怜悯和同情，如白居易的《观刈麦》：

田家少闲月，五月人倍忙。夜来南风起，小麦覆陇黄。
妇姑荷箪食，童稚携壶浆。相随饷田去，丁壮在南冈。
足蒸暑土气，背灼炎天光。力尽不知热，但惜夏日长。
复有贫妇人，抱子在其旁。右手秉遗穗，左臂悬敝筐。
听其相顾言，闻者为悲伤。家田输税尽，拾此充饥肠。
今我何功德？曾不事农桑。吏禄三百石，岁晏有余粮。
念此私自愧，尽日不能忘。

这一派农家劳动的景象在白居易是讽喻的对象，缺乏劳动锻炼的诗人站在人道的立场对农人予以怜悯，并略有自责。不过，若抛开外部、高处的眼光，而沉潜于农人的生活，"夜来南风起，小麦覆陇黄。妇姑荷箪食，童稚携壶浆。相随饷田去，丁壮

在南冈"，本是一幅忙碌而和谐农家生活画面，它对于委心任化
的人而言不乏逸乐的意味。陶渊明与白居易等文人不同，他与农
民同劳动，同欢乐。他笔下的农村没有悲苦无依的景象，而是田
园的和谐、安宁。这并非田园牧歌式的幻境，而是一个旷达的休
闲者的人生实况。

　　但陶渊明的农耕生活与真正的农夫似乎又大为不同。他并未
四季劳苦不休，而是在劳动中享受闲暇：或弹琴，或撰闲文，或
读异书，或与亲朋好友游玩。

　　其撰闲文如：

　　　　余园闾多暇，复染翰为之。虽文妙不足，庶不谬作者之
　　意乎？（《闲情赋》序）

　　其读异书如：

　　　　孟夏草木长，绕屋树扶疏。
　　　　众鸟欣有托，吾亦爱吾庐。
　　　　既耕亦已种，时还读我书。
　　　　穷巷隔深辙，颇回故人车。
　　　　欢言酌春酒，摘我园中蔬。
　　　　微雨从东来，好风与之俱。
　　　　泛览《周王传》，流观《山海图》。
　　　　俯仰终宇宙，不乐复何如？（《读《山海经》十三首》
　　其一）

　　其游玩如：

　　　　每忆有秋，我将其刈，与汝偕行，舫舟同济。三宿水

滨，乐饮川界。静月澄高，温风始逝。抚杯而言，物久人
脆。(《祭从弟敬远文》

　　这篇文章里叙述了陶渊明与其堂弟敬远的一段往事。有一年
秋收农忙时节，敬远弟帮助陶渊明收割水稻，但两人驾着两条船
并行渡水，在江边停留了三夜，在河畔两人尽情饮酒。当时，一
轮明月静静地挂在天际，暑气渐渐消散。两人举起酒杯说着闲
话，探讨人的命运。此时的陶渊明已年近五旬，早过了少年疯狂
的年龄，在农忙时节有此闲趣，当不是普通的农夫所能为。陶渊
明向往一种简朴而超然的生活，他欣赏一位姓阮的隐者，"阮公
见钱入，即日弃其官"(《咏贫士》其五)，而他自己更是一稔未
收便弃官归田。在《和郭主簿》中诗人写道：

　　　　蔼蔼堂前林，中夏贮清阴；凯风因时来，回飙开我襟。
　　　　息交游闲业，卧起弄书琴。园蔬有馀滋，旧谷犹储今。
　　　　营己良有极，过足非所钦。春秫作美酒，酒熟吾自斟。
　　　　弱子戏我侧，学语未成音。此事真复乐，聊用忘华簪。
　　　　遥遥望白云，怀古一何深。

　　诗人说自己经营生活只要能简单满足口腹即可，超过生活必
须的东西毫不羡慕。美国作家亨利·梭罗认为："世上有两种简
朴，一种是近乎愚昧的简朴，另一种是明智的简朴。智人的生活
方式，是外在简朴而内涵丰富。野人的生活方式则是内外都简
朴。"① 梭罗独自一人远离世俗社会，隐逸瓦尔登湖畔，过着
"简朴到禁欲的程度"的隐士生活，他想向世人证明："简朴"
的生活对于人的价值和意义：

---

　　① 程虹：《〈重读自然〉之七——瓦尔登湖的神话》，《文景》2006 年第 4 期。

　　五年多了，我能这样仅仅依靠双手劳动，养活我自己。我发现，每年之内只需工作六星期，就足够支付我所有生活的开销。整个冬天和大部分夏天，我都在自由而畅快地读书……简单一句话，我已经确信，根据信仰和经验，一个人要在世间谋生，如果生活得比较单纯而且聪明，那并不是苦事，而且还是一种消遣……①

　　陶渊明的简朴可以说是就是一种"明智的简朴"，他既有农民生活的简单，又有高士的胸襟。

　　钟惺说陶潜"高人性情，细民职业，不作二义看，惟真旷远人知之"，可谓知言。

2. "桃花源"

　　陶渊明并不回避世俗生活，只不过他"任真"地对待世俗生活，结果俗变成了大雅，因此陶渊明并未归隐。林语堂说陶渊明开创了中国文学精神的一个方面："逸乐的俗美"。他只是寻找一种最切己的生活，也是最休闲的生活。说陶渊明是一名隐士不如说他是休闲之士。他的诗文几乎皆可作为休闲文学来解读。如《饮酒》其五：

　　　　结庐在人境，而无车马喧。问君何能尔？心远地自偏。
　　　　采菊东篱下，悠然见南山。山气日夕佳，飞鸟相与还。
　　　　此中有真意，欲辨已忘言。

　　"问君"的"君"乃陶渊明自指。元刘履编《风雅翼》卷

---

① 亨利·梭罗：《瓦尔登湖》，徐迟译，吉林人民出版社 1999 年版，第 64 页。

五注云："此篇乃写其休闲自得之趣。言心志超远，不为尘物所滞，则目旷耳清，虽居人境，自无喧杂矣。故于东篱采菊之际，悠然见夫南山。初不经意，而景与意会，况山气日夕清佳，而飞鸟亦相与还，各遂其自然之性，则我于此岂不陶然自乐也哉！夫鸟倦飞则知还，人不得志则卷而怀之，此意甚真，人莫之察，然欲与之辨，则又有非言说可得而尽者，意味含蓄最宜潜玩。"

陶渊明心目中休闲世界的蓝本就是"桃花源"。

晋太元中，武陵人捕鱼为业。缘溪行，忘路之远近；忽逢桃花林，夹岸数百步，中无杂树，芳草鲜美，落英缤纷。

渔人甚异之。复前行，欲穷其林。林尽水源，便得一山。山有小口，仿佛若有光，便舍船，从口入。

初极狭，才通人；复行数十步，豁然开朗。土地平旷，屋舍俨然，有良田、美池、桑竹之属。阡陌交通，鸡犬相闻。其中往来种作，男女衣着，悉如外人。黄发垂髫，并怡然自乐。

见渔人，乃大惊；问所从来，具答之。便要还家，设酒杀鸡作食。

村中闻有此人，咸来问讯。自云先世避秦时乱，率妻子邑人来此绝境，不复出焉，遂与外人间隔。问今是何世，乃不知有汉，无论魏晋。此人一一为具言所闻，皆叹惋。余人各复延至其家，皆出酒食。

停数日，辞去。此中人语云："不足为外人道也。"

既出，得其船，便扶向路，处处志之。

及郡下，诣太守，说如此。太守即遣人随其往。寻向所志，遂迷，不复得路。

南阳刘子骥，高尚士也，闻之，欣然规往。未果，寻病终，后遂无问津者。

　　文章以叙述的笔触介绍了"武陵人"偶入"桃花源"的经历。该文具有史传的某些特色，首先交代了时间——"晋太元中"，晋太元为东晋孝武帝的年号，历 21 年。太元元年即公元 376 年，太元中大约在 386 年左右，而此时陶渊明已有二十多岁，陶渊明写作这篇散文的时间为南朝宋永初三年（422 年）。因此文中所记述的事情对陶渊明而言不是谈天论古，而是有现实观感的。文章末尾以南阳刘子骥欲探访桃花源未果作结，看似一闲笔，但极具意味。陶渊明称刘子骥为"高尚士"，《晋书·隐逸传》载：曾采药至衡山，深入忘返，见有一涧水，水南有二石囷，迷失道路，问径，好不容易才回到家中。后来有人想再次去寻找，最终不能知道原处。这与武陵人的经历有些类似。

　　其一，"桃花源"与"衡山"皆属遥远、偏僻之地。正如宋代杜敏求所言，"高怀本恬旷，野趣助闲适"。（明人曹学佺编《蜀中廣记》卷四）旷野满足了休闲生活所需的闲裕空间。《桃花源记》中的桃花源是在渔人"忘路之远近"的状况下才发现的，那里是一个远离"人境"的地方。"一个人若生活得诚恳，他一定是生活在一个遥远的地方。"①《周易》初爻多休美，从空间上讲，因其"最处远外宽闲之乡"。（李光：《读易详说》卷二）休闲具有某种逆城市化的倾向，或者说，它选择城市与旷野的中间地带，而田园正是这样一个中间地带，它既避免了原始荒野来自自然界对人的压迫，又克服了来自社会的繁复、嘈杂对人的精神的挤压。陶渊明的休闲生活就安顿在田园之中。当然，休闲生活所需的闲裕空间不仅仅是物理的空间，还应包含心理空间。明代文人陈继儒在《花史跋》中云："有野趣而不知乐者，樵牧是也；有果蓏（luǒ，草本植物的果实，一说有核为果，无

---

① 亨利·梭罗：《瓦尔登湖》，徐迟译，吉林人民出版社 1999 年版，第 2 页。

核为蓏。成玄英："在树曰'果',在地曰'蓏'")而不及尝者,菜佣牙贩是也;有花木而不能享者,富贵人是也。"

其二,武陵人"捕鱼"与刘高士的"采药"均属相对原始、素朴的作业。在人类走出自然的开始处,便有狩猎和采集,其后才有养殖和种植,再以后有手工业、机器生产等等,有了"劳心者"和官场的管理人员。单从技术层面上讲,原始劳动、素朴作业是比较繁重的,并不具备休闲的因素。但是,人类的休闲更主要是个体内心和精神的和谐与逸乐。社会化程度越高,文明进程越发达,机械性越强,对个体精神的牵制也越发明显。陶渊明由官场而转向回归田园,就物质资源来讲是越发窘迫,但就精神空间来讲则渐渐宽裕。陶渊明的历史观接近于道家,对人类文明的负面效应比较关注,"怡然有馀乐,于何劳智慧"?(《桃花源诗》)

其三,"桃花源"给人最初的感觉是狭隘、逼仄,"初极狭,才通人",一般的人往往会退缩,但若能坚持前行,便会"豁然开朗",这是对坚卓者和豁达者的奖赏。人类的休闲不同于动物的慵懒,它往往是在经过努力、劳作或获致的自由、松弛和愉悦。大多数人在登顶之前就退缩了,但有一部分足力强健者能涉过曲径和密林,登上山峰,领受心旷神怡的感觉。

其四,"桃花源"有一种舒缓的时间节奏,外面的世界所经历的种种剧烈的变化在这里没有丝毫痕迹。桃花源中的人说他们的祖先躲避秦朝战乱来到这里,过着一种与世隔绝的生活,保持古朴的生活方式,"俎豆犹古法,衣裳无新制"(《桃花源诗》);不知道汉朝,更别说魏晋。听武陵渔人将外界的世代更迭、政权演变,桃花源中人皆"叹惋",因为世代更替意味着倾轧、政变、杀戮、战乱。这里的时间只有四季的轮回,"虽无纪历志,四时自成岁"(《桃花源诗》)。休闲生活是一种慢节奏的生活,若用社会进步的观念来衡量,这是一个落后的世界,但就人类生活的根本目的而言,慢、闲散具有其价值。

其五，"桃花源"最鲜明的印象就是和谐安宁的生活。这里良好的自然条件为休闲提供了物质基础，"土地平旷，屋舍俨然，有良田、美池、桑竹之属"。这里的环境宜人，和谐安宁，这里人人劳动，往来种作，"菽稷随时艺"。（《桃花源诗》）这里个个休闲，"相命肆复澶，日入从所憩"（《桃花源诗》），老人小孩也怡然自乐，"童孺纵行歌，斑白欢游诣"。（《桃花源诗》）这里并不是幽闭的世界，而是通脱的世界，阡陌交通，没有丝毫窒碍；鸡犬相闻，没有半点阻隔；这里人们自给自足，没有官庭，"春蚕收长丝，秋熟靡王税"；人们好客真诚，闻有客人来，争相宴请，犹如一个大家庭。

其六，"桃花源"是一个不可复制的生活，是内在化的生活。桃花源的发现是渔人沿着小溪行走，在无意间忽然发现的。这里的景致奇美，"夹岸数百步，中无杂树，芳草鲜美，落英缤纷"。这给人"第一次相见"的新异感，故渔人甚异之。桃花源中人告诉渔人"不足为外人道"，这并非出于谨慎的劝阻，而是充满智慧地指出实情。最精微的东西总是难于难以为外人道的。老子云"道可道，非常道；名可名，非常名"。（《老子》第一章）《庄子·天道》篇亦云：

> 桓公读书于堂上，轮扁斲轮于堂下，释椎凿而上，问桓公曰："敢问：公之所读者，何言邪？"公曰："圣人之言也。"曰："圣人在乎？"公曰："已死矣。"曰："然则君之所读者，古人之糟粕已夫！"桓公曰："寡人读书，轮人安得议乎！有说则可，无说则死！"轮扁曰："臣也以臣之事观之。斲轮，徐则甘而不固，疾则苦而不入，不徐不疾，得之于手而应于心，口不能言，有数存乎其间。臣不能以喻臣之子，臣之子亦不能受之于臣，是以行年七十而老斲轮。古之人与其不可传也死矣，然则君之所读者，古人之糟粕

已夫！"

对于具有自我意识的人而言，生活绝非可以传递给他人的"体面"的形式。桃花源中人自得其乐，或者说他们真诚地生活本身就是快乐，而非被种种关于快乐的观念武装起来的生活形式。这其实正是陶渊明的人生感悟。

休闲不是一套程序化，一切程序化的设计终将归于无效，正如渔人，沿着通向桃花源的道路，处处留下标记，但这种外部的标记并不能成为通向桃花源的路标。所以，当太守派人随渔人再次前往时，再也找不到先前所作的标记，"遂迷不复得路"，南阳刘子骥计划前往，最后也因"病终"而没有结果。这里的"病"似乎是一种象征，人们习惯于向外部世界去寻找所谓的理想，包括从外在形式去追求休闲，然而外向寻求真能找到休闲吗？"盖好逸未必得逸，无逸者自然逸也。"①

桃源令人向往，然而，人终不能得其路径，难免使人怅惘。元人钱选《桃源图》题跋云："始信桃源隔几秦，后来无复问津人。武陵不是花开晚，流到人间却暮春。"②（见图7—2）

《桃源问津图》L44A 局部

图7—2　明·文征明《桃源问津图》（局部）（纸本设色，纵23cm，横578.3cm，辽宁省博物馆藏）

休闲不能一味外求，宇宙的大和谐与精神的安宁才是休闲的

① 《絜斋家塾书钞》卷五。
② 明郁逢庆编《书画题跋记》卷九"钱舜举《桃源图》"条。

根本。有一则故事，说在一处海滩上一个富翁很得意地说，经过三十年的努力，我现在终于可以在这海滩上休闲了，旁边一位穷人回应道，我在三十年前就这样在海滩晒太阳了。时下人们谈到休闲，往往带有这种程序化的色彩。张炜先生在一篇《谈简朴生活》的文章中谈到目前我国休闲生活中的一个重要概念"简朴"的混乱：

> 粗粗一看，小资们似乎涉及到简朴生活，大谈小城或郊外风光，还有旅游远足之类。这就是简朴吗？那么怎样的奢华才算是不简朴？如果仅仅是走向了这种所谓的"简朴"，离更大的奢华大概也就不远了。
>
> 自然环境回到原来的、好的生态时期，对自然环境来说就是简朴。人文环境回到诚实和有信，对人文环境来说就是简朴。简朴就是诚实无欺，就是极为符合人性的一种简单。简朴当然不会是简陋，不会是穷棒子精神。
>
> 现在这个时期，我们向西方学习，许多人很向往资产阶级特别是小资产阶级的生活。因为大资产阶级学不了，台阶更高，所以先学学小资。将来有了条件，就肯定会学大资。欲望是没有止境的。现在不学小资，不是觉悟，而是财力所限。所以这时候围绕着小资话题，从这个角度，谈了那么多的简朴和简单，实际上就是不得已而为之，是退而求其次的做法。
>
> 简朴生活不是在对比中被被确定的，小资生活也并不能因为大资的对比而变成了简朴生活。简朴是一种生活质地，是精神也是状态，这与第三世界初来乍到的小资生活毫无关系。
>
> 有人在商品经济中发了财，然后就卖力地推销一种生活方式，怎样抽雪茄，怎样吃巧克力、喝红酒，这方面的知识

印成的图书一排排的。小资的欲望调动起来是很容易的，调动者完全不负责任。据说这可以让人变得高贵。他们闭口不谈这样也可以让人变得轻浮。要知道雪茄、巧克力之类不是土生的国货，把洋化生活等同于高贵的生活，这是什么心态和逻辑？

张炜先生认为休闲、简朴须从精神层面加以思考，从内部加以思考。而上述这种建立在物质和外界眼光基础上的"小资"色彩的简朴和休闲，用古人的话说就是"矫言雅尚，反增俗态"。明代哲学家王阳明认为："苟其心之凡鄙猥琐，而待闲散疏放之是托，以为"远俗"，其如远俗何哉！"①

陶渊明以诗歌著称，其散文作品存世的仅为十余篇，但成就斐然。明代张溥在《汉魏六朝百三家集·陶彭泽集题辞》中如是评价："《感士》类子长之倜傥，《闲情》等宋玉之好色，《告子》似康成之《诫书》，《自祭》若右军之《誓墓》，《孝赞》补经，传记近史。陶文雅兼众体，岂独以诗绝哉？"

另外，陶渊明一些诗歌的序文也应归为散文之列。如《游斜川》序：

> 辛酉正月五日，天气澄和，风物闲美。与二三邻曲，同游斜川。临长流，望曾城；鲂鲤跃鳞于将夕，水鸥乘和以翻飞。彼南阜者，名实旧矣，不复乃为嗟叹。若夫曾城，傍无依接，独秀中皋。遥想灵山，有爱嘉名。欣对不足，率尔赋诗。悲日月之遂往，悼吾年之不留。各疏年纪乡里，以记其时日。

---

① 王阳明：《远俗亭记·戊辰》。

　　陶渊明的散文不仅内容具有闲逸的特征，而且其表现形式亦具有休闲美学的风格。朱熹曾以"语健而意闲"评价陶渊明的文章。实际上，陶渊明的散文不仅"意闲"，而且"语闲"，他自己说他的文章"辞无诠次"。（《饮酒》序文）的确，除了《感士不遇赋》等文章就有"语健"的风格，绝大多数散文都呈现出闲散、平淡的风格。没有浓墨重彩，没有夸张比喻，而是描写鲜明的印象，且造语平淡、自然、简洁同时又富有意味。宽平不迫而包蓄广大，这是审美性休闲散文的基本特征，陶渊明对后世作家包括苏轼等散文家和宋元以后的绘画产生了重大影响。

后　记

对中国散文闲适散淡的独特韵味最初的关注，来自于在珞珈山求学之时的阅读感受，但那时尚只是一种由文字而来的浅层体验，况这类散文长期又被"文以载道"的主流散文所遮蔽，但这却或明或暗地影响着我对散文欣赏的品味。

1996 年开设有关散文赏析的选修课，力图从散文史的角度解析中国散文作家和作品，授课时发现学生对于"唐宋八大家"、"鲁郭茅"、"巴老曹"这些大家的大作兴趣似不大，反倒是对我讲述的一些较边缘的作品意犹未尽，这使我感觉到随着经济的发展，文学散文的阅读倾向发生着一些变化，对闲适散文的兴趣可能并不是我年少之时的个别趣味，从中似乎蕴含着某些玄机。故 2010 年开设通识课程的散文赏析时，便有意以此作为专题进行研究和讲述，这便形成了这本书的大致提纲，从较古老的文本开始寻找由休闲文化到闲适散文之间的联系。自《尚书》、《周易》中奠定休闲的萌芽，之后孔子、庄子在出世、入世之间，以文的形式传达了仁者与隐者的气度，汉赋又以其宏大的对休闲生活的铺陈之作，使得感官、视听的娱乐性大大增强，把汉语独特的美推到极致，为魏晋文学的独立性打下了基础，展示了以玄学为基础的新风。陶渊明的出现，更为后世的知识分子提供了闲适的样本。限于篇幅，本书未言及这之后的闲适作品，但所叙之处正是闲适散文的奠基之处，这之后，休闲文化在唐宋、明清及现当代不断发展，闲适散文的风格更加个性化，作品更丰盈，如明清小品及现代作家的小品文，这一切皆显示出中国休闲文化与闲适散文的独特价值。

古人作闲适散文本是文人情趣的呈现，也许与载道散文相比，少了些宏大，但人生不能时刻紧张，在如今这样一个快节奏、人们普遍焦虑的时代里，云淡风轻的闲适散文正是一种值得珍视的人生景致。

此书从酝酿到成文，家人都给予了很多支持，爱人姜金元博士从文论的角度进行了理论疏离，并提供了一些文本范例，对此表示衷心感谢。

李漫天
2014 年 8 月 15 日于武汉